– Glück auf dem Lande –

Bauer sucht Fr…

Die Liebe kom… …ohlen

Machtlos ge… …die Liebe

Lass uns endlich glücklich werden

MOEWIG

MOEWIG ist ein Imprint der edel entertainment GmbH

www.moewig.de | www.edel.de

Text: Jan Gardemann (»Die Liebe kommt auf leisen Sohlen«),
Lothar Gräner (»Machtlos gegen die Liebe«,
»Lass uns endlich glücklich werden«)
Layout und Satz: Matrix Buchkonzepte,
Christina Modi & Maren Orlowski, Hamburg
Umschlaggestaltung: Antje Warnecke

Printed in Germany

ISBN 978-3-86803-276-5

Inhalt

– Glück auf dem Lande – Band 1 –

Die Liebe kommt auf leisen Sohlen

von

Jan Gardemann

1. KAPITEL

Sorgen auf dem Friedmann-Hof

Sorgfältig verteilte Hartmuth Friedmann das Futter mit einer Schaufel im Trog. Sofort drängten sich die Schweineschnauzen quiekend und grunzend zwischen den Gitterstäben der Buchten hervor. Die kurzen Rüssel wühlten sich tief in den grauen Brei und ein gieriges Schmatzen erfüllte den Stall.

Hartmuth lehnte die Schaufel an die weiß verputzte Wand und sah den Tieren beim Fressen zu.

So alltäglich der Anblick für ihn war, so sehr amüsierte ihn doch immer wieder das aufgeregte Gedrängel und Geschubse, das die Schweine am Trog veranstalteten. Ihr Quieken und Grunzen drückte so viel Lebensfreude und Übermut aus, dass Hartmuth jedes Mal schmunzeln musste.

Diese Freude wurde noch von den putzigen Ferkeln verstärkt, die mit ihrer Mutter in einem abgeteilten Bereich lagen. Während die Neugeborenen sich um die Sau drängten und versuchten, deren Zitzen zu erwischen, gebärdeten sie sich fast so ungestüm und übermütig wie ihre ausgewachsenen Artgenossen am Futtertrog, aber ihre tollpatschigen Bewegungen ließen sie noch drolliger erscheinen.

In solchen Momenten nahm Hartmuth den typischen strengen Stallgeruch kaum wahr. Er dachte auch nicht an die harte Knochenarbeit, die die Bewirtschaftung des großen Bauernhofes für ihn mit sich brachte, seit sein Vater vor fünf Jahren gestorben war.
Das Anwesen lag am Rande eines idyllischen Dorfes, nur wenige Kilometer von der Ostseeküste entfernt. Einige der zahlreichen Felder, die sich über die umliegenden Hügel erstreckten, gehörten zum Friedmann-Hof. Hartmuth baute dort hauptsächlich Weizen und Futtermais an, aber sein Landwirtsherz schlug für die Tiere, die er hielt und die jeden Morgen ganz begierig darauf waren, den neuen Tag zu beginnen.
Zufrieden strich sich der Bauer das kräftige, dunkle Haar aus der Stirn und lauschte.
Vom Pferdestall drang das unruhige helle Wiehern der beiden Fohlen herüber, die in diesem Frühjahr zur Welt gekommen waren. Offenbar wollten sie bei diesem schönen Wetter so rasch wie möglich auf die Koppel hinaus.
Das hatte aber noch zu warten, denn vorher musste Hartmuth die Kühe melken und anschließend auf die Weide treiben. Die Tiere lieferten die gewünschten Erträge nur, wenn sie einmal im Jahr kalbten. Bei vier Kühen stand die Entbindung kurz bevor, drei hatten ihre Jungen bereits geboren. Um die musste Hartmuth sich besonders kümmern.

Ein verhaltenes Lächeln erschien auf seinen Lippen. Auf seinem Hof war alles in bester Ordnung. Seine Tiere waren gesund und kräftig, sie vermehrten sich, wie die Natur es vorgesehen hatte, und sorgten für ein gutes Einkommen. Augenscheinlich gab es nichts, was Hartmuths Leben hätte trüben können.

Als er sich von den Schweinen abwandte, um in den Kuhstall zu gehen, streifte sein Blick kurz den halbblinden Spiegel, der seit Jahren über dem kleinen Handwaschbecken an der Wand hing.

Als der Landwirt sein schemenhaftes Gesicht in der spiegelnden Fläche sah, verharrte er unwillkürlich.

Ihm blickte das Antlitz eines reifen, kräftigen Mannes von fünfunddreißig Jahren entgegen. Das dunkle, volle Haar ließ die markanten Züge ein wenig hart erscheinen. Doch dieser Eindruck wurde von den hellen, freundlich dreinblickenden Augen wieder wettgemacht.

Skeptisch trat Hartmuth etwas näher an den Spiegel heran und nahm sein Gesicht prüfend in Augenschein. Jetzt konnte er die heimliche Verbitterung, die an ihm nagte und sich in kleinen Falten um seine Augen und den Mund herum eingegraben hatte, nicht mehr übersehen. Der fröhliche Schimmer in den Augen schien von einem schleichenden Gram getrübt.

Hartmuth presste die Lippen aufeinander und schüttelte langsam den Kopf.

»Schon wieder der Frühjahrsfrust?«, murmelte er leise. »Hast du denn immer noch nicht kapiert, Hartmuth Friedmann, dass nicht jeder auf der Welt die große Liebe findet und eine Familie gründet?«

Verärgert über seine Stimmungsschwankung wandte er sich

brüsk ab, um sich zum Kuhstall zu begeben. Er wusste, dass harte Arbeit das sicherste Mittel war, um unliebsame Gedanken zu vertreiben. Die eigenen Probleme mussten zurückstehen, wenn es darum ging, sich um den Hof zu kümmern, der schnell ruiniert wäre, wenn er seine Pflichten vernachlässigte. Und insbesondere das Wohlergehen seines Viehs stand für ihn an erster Stelle.

Da bemerkte Hartmuth, dass er im Stall nicht mehr allein war. Vor ihm im Gang stand eine stämmige Frau mit kurzem grauen Haar, das von wenigen dunklen Strähnen durchsetzt war. Sie trug eine derbe Schürze über dem geblümten, leicht ausgeblichenen Kleid und hielt in der Hand einen Weidenkorb mit ein paar Hühnereiern.

Gisela Friedmann hatte in ihrem Leben viele Schicksalsschläge hinnehmen müssen, aber der Tod ihres geliebten Mannes vor fünf Jahren war die härteste Prüfung gewesen, die der Schöpfer bisher für sie bereitgehalten hatte. Es hatte sie viel Kraft und Tränen gekostet, diesen Verlust zu verwinden.

Trotzdem schlummerten in Hartmuths Mutter noch immer eine Menge Vitalität und Lebensfreude. Mit ihren siebzig Jahren konnte sie zwar nicht mehr viele der Aufgaben bewältigen, die sie früher ganz selbstverständlich auf dem Hof erledigt hatte, aber sie tat ihr Bestes, um ihrem Sohn zur Hand zu gehen.

Giselas von Falten übersätes Gesicht strahlte viel Güte, aber auch eine gewisse Strenge aus, die ein arbeits- und entbehrungsreiches Leben in die Gesichter vieler Bauersfrauen zeichnet.
Jetzt aber betrachtete Gisela ihren Sohn eher kritisch und machte keine Anstalten, ihm dem Weg freizumachen.
Hartmuth, der nicht wusste, wie lange seine Mutter ihn schon beobachtet hatte, schenkte ihr ein etwas verlegenes Lächeln.
»Was gibt's denn, Mama?«, fragte er, »Ist etwas mit den Hühnern? War der Fuchs etwa wieder da?«
Gisela schüttelte den Kopf. Sie kannte die verschlossene, verstockte Art ihres Sohnes zu gut, um sich davon abschrecken zu lassen. Darin ähnelte Hartmuth sehr seinem Vater, der ebenfalls ein zugeknöpfter und dazu noch uneinsichtiger Mann gewesen war. Das Zusammenleben mit ihrem Bernhard war für Gisela keineswegs immer leicht gewesen. Trotzdem hatte sie ihren Mann über alles geliebt.
Und ihren Sohn liebte sie nicht weniger.

»Mit den Hühnern ist alles in Ordnung«, beantwortete sie Hartmuths Frage. »Aber mit dir stimmt etwas nicht, mein Junge.«
Hartmuth zuckte mürrisch mit den Schultern und deutete auf den fleckigen Spiegel hinter sich. »Man wird sich doch wohl mal im Spiegel ansehen dürfen, ohne dass einem daraus gleich ein Strick gedreht wird!«, polterte er los.
Gisela lächelte nachsichtig. »Abgesehen davon, dass du dich

im Spiegel betrachtest hast, als würdest du ein Gespenst sehen, habe ich schon seit einiger Zeit den Eindruck, dass dich etwas bedrückt.«
»Es gibt eben im Moment einfach eine Menge zu tun«, meinte Hartmuth ausweichend. »Die Jungtiere müssen über den Berg gebracht werden, und dann steht noch die Bewässerung der Felder an. Es hat ja seit Tagen nicht mehr geregnet.«
»Das sind doch alles Dinge, die du für gewöhnlich mit links erledigst«, stellte Gisela fest. »Du bist ein ebenso guter Landwirt, wie dein Vater einer war«, fügte sie hinzu. »Der Hof ist gut in Schuss, den Tieren geht es prächtig und wir werden auch in diesem Jahr sicher wieder eine gute Ernte haben.«
»Dann weiß ich nicht, warum du dir Sorgen machst, Mama.«
»Nicht um den Hof mache ich mir Sorgen«, stellte Gisela klar. Sie tippte mit dem Zeigefinger gegen Hartmuths breite Brust – genau dorthin, wo sich sein Herz befand.
»Darum mache ich mir Sorgen, mein Junge. Es ist schlimm für einen Menschen, wenn in seinem Leben die Liebe fehlt.«
»So ein Unsinn!«, fuhr Hartmuth seine Mutter an und stieß ihre Hand fort. »Wie kommst du denn darauf?« Er zwang sich zu einem Lächeln, breitete überschwänglich die Arme aus und machte eine Geste, die den ganzen Bauernhof mit einschloss.
»Ich hab doch dich, Mama, und dazu noch all die Tiere, um die ich mich kümmern muss. Mein Leben ist mehr als ausgefüllt!«
»Du hast keine Ehefrau, Hartmuth. Das ist es, was dir fehlt!«

Bestürzt sah Hartmuth seine Mutter an. So offen hatte sie bisher dieses Thema noch nie angesprochen. Sie hatte ihn zwar hin und wieder ermuntert, etwas zu unternehmen, um das eine oder andere Mädchen kennenzulernen. Aber sie hatte ihn nie unter Druck gesetzt und sich auch mit Kommentaren zurückgehalten, wenn seine seltenen Bekanntschaften in die Brüche gegangen waren.

Missmutig vergrub Hartmuth die Hände in den Hosentaschen und starrte finster vor sich hin.

»Du weißt doch selbst, dass es heutzutage für einen Bauern nicht einfach ist, eine Lebenspartnerin zu finden«, erklärte er nüchtern. »Und wenn er dazu auch noch so schüchtern und vertrottelt ist wie ich, ist die Sache von vornherein gelaufen.«

Das schien Gisela zu amüsieren. »Ein Draufgänger bist du wahrhaftig nicht«, stimmte sie ihm zu. »Dein Vater war da ganz anders. Du hättest ihn erleben sollen, als wir uns gerade kennengelernt hatten. Ich hatte meine liebe Mühe, ihn mir vom Hals zu halten. Ständig wollte er nur rumknutschen und kuscheln ...«

Peinlich berührt wendete Hartmuth den Kopf ab. Gisela legte ihm aufmunternd die Hand auf die Schulter und sagte: »Du bist ein prachtvoller Bursche, Hartmuth. Aber das musst du die Frauen auch wissen lassen. Sonst wirst du als ewiger Junggeselle enden.«

»Was soll das, Mama?«, brauste Hartmuth auf und schüttelte ihre Hand ab. »Ich bin ein erwachsener Mann. Ob ich was mit Frauen habe oder nicht, geht dich doch überhaupt nichts an!«

Gisela verkniff sich eine passende Antwort und sagte stattdes-

sen mit rauer Stimme: »Ich möchte doch bloß, dass du glücklich bist, Junge.«
»Aber das bin ich doch«, beharrte Hartmuth. »Ich hab hier alles, was ich brauche!«
Als Gisela darauf nur mit einem Seufzer reagierte, brach es plötzlich aus ihrem Sohn heraus:
»Ich hab doch gar nicht die Zeit, um mich nach einer passenden Frau umzusehen! Und wenn sich tatsächlich eine für mich interessieren sollte, dann würde sie das harte Landleben abschrecken. Das habe ich doch damals mit Anita schon erlebt.«
»Anita!«, stieß Gisela abfällig hervor. »Die war ja nun wirklich nichts für dich. Eine Frau aus der Großstadt, die nur auf ein flüchtiges Abenteuer aus war!«
»Die Frauen von hier in meinem Alter sind aber doch alle längst vergeben oder fortgezogen. Ich habe eben Pech gehabt, das ist alles. Und jetzt Schluss mit diesem Thema. Ich habe zu arbeiten, Mama.«
Er schob sich an seiner Mutter vorbei und eilte auf den Ausgang zu.
»Hartmuth!«, rief Gisela ihm mit strenger Stimme hinterher, sodass er sofort inne hielt und sich zu ihr umwandte.
»Was denn noch?«
»Eigentlich wollte ich dir nur sagen, dass ich vorhabe, ein Hoffest zu veranstalten.«
Hartmuth zog die Stirn in Falten. »So? Warum denn das? Ist mir irgendein Feiertag entgangen?«
»Seit Vaters Tod haben wir kein einziges Fest mehr gemacht«,

gab Gisela zurück. »Es wird langsam Zeit, dass wir unsere Bekannten und Nachbarn mal wieder einladen.«

»Haben wir nicht auch so schon genug um die Ohren?«, murrte Hartmuth wenig begeistert. »Ein Fest auszurichten ist eine Heidenarbeit.«

»Das lass nur meine Sorge sein«, erwiderte Gisela. »Du wirst von den Vorbereitungen überhaupt nichts mitbekommen. Ich spanne einfach einen Partyservice ein.«

»Einen was?«, stieß Hartmuth entgeistert hervor, der an seiner Mutter ganz neue Seiten entdeckte. »Einen Partyservice«, wiederholte sie.

»Ist das nicht verdammt teuer?«, wandte er ein.

Gisela schüttelte ungnädig den Kopf. »Geld haben wir genug, mein Junge. Wir können ruhig mal wieder was springen lassen.«

Hartmuth zuckte ratlos mit den Schultern. »Wenn du meinst«, gab er schließlich lustlos sein Einverständnis, obwohl ihm nicht im mindesten nach Feiern zumute war. Er wollte nichts anderes als seine Arbeit und seine Ruhe.

Hätte Hartmuth in diesem Moment geahnt, in welches Chaos das von seiner Mutter geplante Hoffest sein Leben verwandeln sollte, dann hätte er sich jetzt wohl kaum zum Kuhstall begeben, sondern mit allen Mitteln versucht, Gisela ihre fixe Idee schleunigst auszureden.

Doch so kam alles ganz anders.

2. KAPITEL

Giselas Geheimnisse

Auf einem Bauermhof ist der Tagesablauf zwangsläufig streng geregelt und läuft für gewöhnlich wie ein Uhrwerk ab. Darum sind Abweichungen besonders auffällig, auch wenn es sich bloß um Kleinigkeiten handelt. Und solche Kleinigkeiten nahm Hartmuth in den folgenden Tagen bei seiner Mutter wahr.

So fiel ihm auf, dass Gisela sich nun um zehn Uhr morgens immer in der Nähe des Briefkastens aufhielt, der an einem gemauerten Pfosten neben der Hofeinfahrt hing, um dort die Ankunft des gelben Postautos abzupassen – obwohl sie den Postboten, einen schweigsamen, mürrisch dreinblickenden Burschen, nicht sonderlich mochte. Trotzdem nahm sie jetzt von ihm die Tagespost jeden Morgen höchstpersönlich in Empfang.

Zunächst beachtete Hartmuth diese neue Marotte seiner Mutter kaum. Doch als er einmal mitbekam, dass der Postbote ihr einen gewaltigen Stoß Briefe überreichte, ließ er den Traktor, an dem er gerade eine kleine Reparatur vornahm, stehen und ging schnell zu Gisela hinüber, ehe sie im Haus verschwand.

»Was ist denn das für ein Haufen Post?«, erkundigte er sich beunruhigt. »Hoffentlich nicht Rechnungen, oder?«
Gisela verbarg die Briefe rasch hinter ihrem Rücken und bemühte sich, eine beiläufige Miene aufzusetzen.
»Nein, nein!«, beruhigte sie ihn, «nur Angebote von Partyausrichtern. Damit brauchst du dich gar nicht zu befassen, Junge.«
Hartmuth runzelte die Stirn und stemmte die Fäuste in die Hüften. Seit Gisela ihm im Schweinestall ihren Plan anvertraut hatte, hatte er keinen Gedanken mehr an das Hoffest verschwendet. »Du meinst es also wirklich ernst damit?«
Entrüstet schaute Gisela ihren Sohn an.
»Und ob ich das ernst meine. Du solltest deine Mutter gut genug kennen, um zu wissen, dass ich nicht bloß so daherrede.«
Hartmuth schaute misstrauisch auf den Packen Post in ihrer Hand. »Soll ich dir nicht doch dabei helfen, Mama?«
»Kümmere du dich um deinen Traktor«, wehrte Gisela ab. »Ich habe dir versprochen, dass du wegen unserer Party keine zusätzliche Arbeit haben wirst. Und daran werde ich mich auch halten!«
Hartmuth zuckte mit den Schultern. »Ich will ja nur nicht, dass du dich da in irgendwas verrennst«, meinte er diplomatisch.
»Was soll das denn heißen?«, empörte sich Gisela. »Befürchtest du, dass ich für unser Fest das Geld zum Fenster rausschmeiße? Du weißt doch, wie gut ich haushalten kann.«
»Klar weiß ich das«, versuchte Hartmuth, seine Mutter zu besänftigen. Trotzdem war ihm die Sache plötzlich nicht mehr

ganz geheuer. Irgendetwas an dem geheimnisvollen Treiben seiner Mutter wollte ihm ganz und gar nicht gefallen.
»Und jetzt geh endlich an deine Arbeit«, beendete Gisela den kleinen Disput. »Lass mich einfach nur machen. Und vielleicht bist du mir am Ende noch sehr dankbar für unsere kleine Landparty.«
Sie wandte sich um und schritt entschlossen über die holprige Hofeinfahrt auf das zweigeschossige Wohnhaus zu, das im Schatten hoher, alter Eichen lag.
Hartmuth sah ihr kopfschüttelnd hinterher. Tatsächlich kannte er seine Mutter gut genug, um sicher zu sein, dass es Gisela bei dieser Party offenbar um etwas ganz anderes ging als um die Pflege der nachbarschaftlichen Beziehungen.
Aber er liebte keine Überraschungen. Darum war er entschlossen herauszufinden, was Gisela da im Schilde führte. Doch zuerst musste er den Trecker reparieren, dessen Hydraulik ein kleines Leck aufwies.

Es war aber für Hartmuth gar nicht so einfach, etwas über Giselas wahre Pläne herauszufinden, denn seine Mutter achtete sehr darauf, dass keiner der rätselhaften Briefe in seine Hände fiel. Dabei machte sie sonst nie ein Geheimnis aus Angelegenheiten, die die ganze Familie oder den Betrieb betrafen. Aber was das Hoffest anging, konnte Hartmuth weder in der Küche noch im Wohnzimmer irgendwelche Prospekte oder Kostenvoranschläge entdecken. All diese Unterlagen bewahrte sie offenbar in ihrem eigenen Zimmer auf. Und dort herumzu-

schnüffeln und damit die Privatsphäre seiner Mutter zu verletzen, nur um etwas über das geplante Fest zu erfahren, wäre Hartmuth nicht im Traum eingefallen. So wichtig war ihm diese Angelegenheit nun auch wieder nicht.
Schließlich vergaß er die ganze Geschichte wieder, denn im Leben eines Landwirtes gibt es beileibe Wichtigeres, als sich in Dinge einzumischen, die Hartmuth im Grunde für eine Frauensache hielt.

Das sollte sich allerdings schlagartig ändern, als er einige Tage später seinen alten Schulkameraden und besten Freund Karsten Breitner traf. Hartmuth war gerade mit seinem Traktor unterwegs, um die Bewässerungsanlage seiner Getreidefelder zu überprüfen. Der Himmel zeigte sich nämlich seit Wochen in strahlendstem Blau. Und während der ausbleibende Regen für den Tourismus in dieser Region ein Segen war, erlebten ihn die Landwirte als Fluch. Karsten Breitner war an diesem Tag aus dem gleichen Grund mit seinem alten, staubigen Mercedes Benz unterwegs. Er hatte eine Feldbegehung auf seinem Maisacker durchgeführt und war nun auf dem Heimweg, um die kümmerliche Jungpflanze, die er mitgenommen hatte, in seinem kleinen Labor zu untersuchen, als Hartmuth ihm auf einem Feldweg entgegenkam. Beide stoppten ihre Gefährte und stiegen aus, um einen kleinen Plausch zu halten, wie sie es immer taten, wenn sie sich zufällig in der freien Natur begegneten.
Breit grinsend trat Karsten auf Hartmuth zu. Auch ihm war

das Liebesglück bisher nicht hold gewesen. Mit 34 Jahren lebte er noch immer als Junggeselle auf dem Bauernhof seiner Eltern. Seine beiden jüngeren Schwestern waren längst verheiratet und zu ihren Männern in die Stadt gezogen.
»Deine Mutter hat ja einen prächtigen Anschlag auf dich vor, mein Lieber«, meinte Karsten nun gut gelaunt, nachdem sie sich mit einem kräftigen Händedruck begrüßt hatten.
Karsten war etwas kleiner als Hartmuth und dank der guten Hausmannskost seiner Mutter ein durchaus gewichtiger und stämmiger Mann geworden.
»Wie bitte?«, fragte Hartmuth perplex. Karsten sah seinen Freund prüfend an. »Du hast wirklich nicht den blassesten Schimmer, was auf deinem Hof hinter deinem Rücken ausgeheckt wird, habe ich Recht?«, stellte er schießlich fest.
Hartmuths Miene verdüsterte sich. Langsam schwante ihm, worauf Karsten anspielte. »Du meinst doch nicht etwa das Hoffest, das meine Mutter plant?«
Karsten lachte amüsiert auf. »Hoffest ist gut!«, meinte er schelmisch. »So könnte man dieses Unternehmen natürlich auch nennen.«
»Welches Unternehmen? Wovon sprichst du?«
Karsten schüttelte den Kopf. »Ich will deiner Mama nicht ins Handwerk pfuschen. Wenn sie nicht will, dass du etwas erfährst, wirst du von mir auch nichts hören. Sie würde mir sonst gehörig den Kopf waschen, wenn ich das nächste Mal zu euch komme.«
Nun wurde Hartmuth doch ärgerlich. Die Geheimniskrämerei seines Freundes passte ihm ganz und gar nicht.

»Ich hatte bei dieser ganzen Sache von Anfang an kein gutes Gefühl«, grummelte er düster. »Gisela wird hoffentlich nicht über die Stränge schlagen. Wir sind schließlich nur einfache Bauern und keine Krösusse.«

»Keine Sorge«, beruhigte Karsten ihn und schlug ihm auf die Schulter. »Deine Mama ist schwer in Ordnung. Was sie da in die Wege geleitet hat, macht sie nur für dich. Und es wird dir bestimmt guttun, die Arbeit mal für einen Abend zu vergessen und stattdessen ans Vergnügen zu denken.«

Und wieder grinste Karsten unverschämt. »Also ich jedenfalls freue mich schon mächtig auf diesen Spaß. Dieses Hoffest wird bestimmt in die Geschichte unseres Dorfes eingehen!«

Hartmuths Laune sank noch um ein paar Grad. Karsten war ein unverbesserlicher Draufgänger, der keine Gelegenheit ausließ, es sich gutgehen zu lassen. Und wenn er sich so sehr auf dieses Hoffest freute, dann konnte das nur bedeuten, dass Gisela da etwas Großes vorhatte.

»Ich muss weiter«, sagte Karsten. »Mein Mais macht mir Sorgen. Ich glaube, ich muss die Düngergaben verbessern. Bei diesem trockenen Wetter verhält sich dieses Zeug ganz anders, als vom Hersteller angegeben.«

Er wandte sich seinem Wagen zu, aber Hartmuth hielt ihn am Arm zurück.

»Du musst mir unbedingt verraten, was Gisela da plant!«, verlangte er. »Ich hab nämlich die Befürchtung, dass sie eine große Dummheit begeht.«

Karsten schüttelte den Kopf. »Lass dich einfach überraschen«, forderte er seinen Freund auf. »Die Freude wäre verdorben, wenn ich jetzt alles ausplaudern würde. Außerdem weiß ich ja fast gar nichts.«

»Das sagst du doch nur, um dich aus der Affäre zu ziehen«, grollte Hartmuth. »Gisela und deine Mutter sind eng befreundet. Bestimmt haben sie sich über alles haarklein ausgetauscht. Und deine Mutter hat es dir daraufhin brühwarm erzählt. Ich weiß doch, wie es in unserem Dorf läuft. Bald weiß jedes Kind, was sich auf der Party abspielen wird – nur ich nicht!«

»Da täuschst du dich aber sehr«, stellte Karsten klar und machte sich von Hartmuth los. »Außer meiner Mutter und mir weiß niemand Bescheid. Und so wird es auch bleiben. Von mir wird niemand ein Sterbenswörtchen erfahren. Und du auch nicht, Hartmuth!«

Mit einem Winken ging er zu seinem Wagen und stieg ein.

Missmutig vergrub Hartmuth die Hände in den Hosentaschen. Mit finsterer Miene beobachtete er, wie sein Freund startete und anfuhr.

»Wir sehen uns in zwei Tagen auf dem Hoffest!«, rief Karsten im Vorbeifahren noch durch das geöffnete Seitenfenster, ehe er kräftig Gas gab und inmitten einer dicken Staubwolke über den Feldweg davonbrauste.

Hartmuth blieb ratlos und verärgert zurück. Etwas stimmte mit dieser merkwürdigen Party nicht, daran gab es keinen Zweifel mehr. Er musste endlich dahinterkommen, was seine Mutter vorhatte.

Aber erst am späten Abend sollte Hartmuth eine Gelegenheit finden, mit Gisela zu sprechen. Denn eine Kuh hatte gekalbt und bei der Geburt hatte es Komplikationen gegeben. Der Tierarzt hatte das Jungtier nur mit Mühe und Not am Leben erhalten können.

Nun aber waren Mutter und Kind jenseits aller Gefahren. Das Neugeborene lag erschöpft in einer kleinen, mit Stroh ausgekleideten Box und musste regelmäßig mit einer Nährlösung gefüttert werden.

Jedes Mal wenn ein Jungtier geboren wurde, fühlte Hartmuth sich etwas überfordert. Ihm schien, dass bei solchen Ereignissen eigentlich eine Frau dabei sein sollte. Er benahm sich bei fast jeder Geburt tollpatschig und unbeholfen. Natürlich beherrschte er die erforderlichen Handgriffe, aber ihm fehlten die Geduld und auch eine Art mütterliches Einfühlungsvermögen, über das seiner Meinung nach nur eine Frau verfügte. Gisela hatte diese Qualität, sie war mittlerweile jedoch zu alt und der körperlichen Belastung nicht mehr gewachsen, die eine Geburtshilfe oft mit sich brachte.

Auch heute hatte das Kalben Hartmuth wieder schmerzlich vor Augen geführt, wie dringend er eine Lebensgefährtin brauchte. Ein großer Bauernhof konnte nur dann reibungslos funktionieren, wenn sich ein tatkräftiger Mann und eine fürsorgliche Frau die Aufgaben teilten.

Gleichzeitig hatte es ihn geärgert, sich mit solchen Gedanken herumschlagen zu müssen. Darum war er nicht eben bester Laune, als er am Abend verschwitzt und verdreckt durch die Hintertür ins Haus trat.

Auf dem Weg ins Badezimmer sah er den Mantel der Hausärztin am Garderobenhaken in der Diele hängen.

Hartmuth verharrte einen Moment. War Gisela nicht erst vor drei Wochen bei Dr. Lisa Schwenkert in der Praxis gewesen? Seine Mutter hatte die Ärztin vorigen Monat gerufen, weil sie seit einiger Zeit an seltsamen Schwindelanfällen litt. Frau Dr. Schwenkert hatte Gisela nach einer kurzen Untersuchung dann aber in ihre Praxis einbestellt. Warum war sie nun schon wieder hier?

»Hoffentlich nichts Schlimmes«, dachte Hartmuth, ehe er im Badezimmer verschwand.

Als er nach einer Viertelstunde sauber und in frischer Kleidung wieder auf die Diele trat, war Dr. Schwenkert gerade dabei zu gehen. Gisela hatte die Ärztin nicht bis an die Tür begleitet, wie sie es mit Besuchern sonst immer tat.

»Dr. Schwenkert!«, hielt Hartmuth die Frau zurück. Der lange, schlichte Mantel betonte die schlanke Gestalt der Ärztin. Sie war weit über vierzig und hatte halblanges, graumeliertes Haar, das ihrer ganzen Erscheinung einen eleganten, aber auch etwas distanzierten Ausdruck verlieh.

»Herr Friedmann«, sagte sie und deutete ein Lächeln an.

Sie reichte Hartmuth ihre zierliche Hand und musterte ihn aufmerksam.

»Sie sehen erschöpft aus«, stellte sie fest. »Vielleicht sollten Sie sich einmal eine Auszeit gönnen.«

Hartmuth winkte ab. »Es gibt momentan einfach zu viel zu tun«.

»Wenn ich mich recht erinnere, sagen Sie das jedes Mal.«

Hartmuth zuckte mit den Schultern. »So ist eben das Leben eines Bauern«, gab er eine Spur schroffer zurück, als er es beabsichtigt hatte.
Er sah der Ärztin prüfend ins Gesicht.
»Ist meine Mutter etwa krank?«, wollte er dann wissen.
Frau Dr. Schwenkert zögerte einen Moment, ehe sie antwortete. »Hat sie denn mit Ihnen noch nicht über ihren Gesundheitszustand gesprochen?«
»Nein«, erwiderte Hartmuth und spürte, wie sich erneut Wut in ihm breitmachte. Die Geheimnistuerei seiner Mutter ging ihm langsam auf die Nerven. Alle außer ihm schienen immer genau Bescheid zu wissen, was mit Gisela los war und welche Pläne sie verfolgte.
»Sie sollten mit Ihrer Mutter einmal in Ruhe sprechen«, empfahl die Ärztin und fügte etwas spitz hinzu: »... sofern es Ihre Zeit erlaubt.«
Hartmuth überhörte den kleinen Tadel, denn seine Wut wich urplötzlich einer unerklärlichen Sorge.
Seine Kehle schnürte sich zu, und das Herz klopfte ihm bis zum Hals. Mit rauer Stimme stieß er hervor: »Das werde ich«, während er die Ärztin fast zum Ausgang drängte. Hinter ihr drückte er die Tür ins Schloss, um sofort hastig die Treppe hinauf zu eilen und ohne Anklopfen in die Zimmerflucht seiner Mutter zu stürmen.

Gisela bewohnte zwei ineinander übergehende Räume. Der erste war eigentlich als Wohnstube gedacht, aber seine Mutter hatte ihn in eine Art Privatmuseum verwandelt, in dem sie eine Menge Dinge aufbewahrte, die sie an ihren Mann erinnerten – Fotoalben, Schützenfestpokale, Auszeichnungen des Bauernverbandes und Gütesiegel für besonders hochwertige Landwirtschafterzeugnisse hingen an den Wänden oder standen auf den Möbeln.

Den Fernseher in der Schrankwand hatte Gisela noch nie benutzt. Fern sah sie nur zusammen mit Hartmuth unten in der großen Wohnstube.

Auf dem Couchtisch lagen all die Briefe und Couverts, die in den letzten Tagen mit der Post gekommen waren. Aber das interessierte Hartmuth im Augenblick nicht.

Er ging durch die angelehnte Verbindungstür in Giselas Schlafzimmer hinüber. Seine Mutter saß auf der Bettkante und starrte gedankenverloren zum Fenster hinaus. Die Sonne war bereits untergegangen und der wolkenlose Himmel hatte sich in ein scharlachrotes Meer verwandelt, über das Schwalben, Tauben, Krähen und Elstern in chaotischen Bahnen hinwegflogen.

»Mama«, sagte Hartmuth beklommen, da Gisela keine Anstalten machte, sich zu ihm umzudrehen. Sie hockte nur da und starrte stumm vor sich hin.

»Was ist denn, mein Junge?«, fragte sie schließlich mit tonloser Stimme.

»Ich mache mir Sorgen«, antwortete Hartmuth. »Was ist los mit dir?«

Gisela atmete tief durch. Dann deutete sie neben sich auf das Bett.

»Setz dich, Hartmuth«, forderte sie ihn auf.
Hartmuth gehorchte. Wenn seine Mutter ihn beim Vornamen nannte, bedeutete dies meistens, dass sie ein ernstes Gespräch mit ihm führen wollte.
»Ich habe Frau Dr. Schwenkert unten in der Diele getroffen«, sagte er. »Sie wollte mir aber den Grund ihres Besuches nicht verraten.«
»Das wäre auch nicht in meinem Sinne gewesen«, erwiderte Gisela und sah wieder zum Fenster hinaus, als wäre es ein Fernseher, in dem gerade ein spannender Krimi lief.
Hartmuth schüttelte verständnislos den Kopf. »Was ist bloß los mit dir? In letzter Zeit bist du wie ausgewechselt. Du hast doch sonst keine Geheimnisse vor mir.«
Ohne ihren Sohn anzusehen, tastete Gisela nach seiner Hand. Hartmuth erschrak, als er ihre kalten Finger fühlte.
»Ich werde wohl nicht mehr lange bei dir sein können, Junge.«
»Wie bitte?«, rief Hartmuth entgeistert. »Was soll das denn nun wieder heißen?«
Gisela wandte ihm das Gesicht zu. Ein Schreck durchfuhr ihn, als er in ihren Augen Tränen schimmern sah.
»Ich bin sehr krank, Hartmuth«, sagte sie mit belegter Stimme. »Mir bleibt vielleicht nicht mehr allzu viel Zeit.«

Hartmuth starrte seine Mutter bestürzt an.
»Mein Gott, Mama!«, stieß er hervor. »Was fehlt dir denn?«
»Krebs.«
Das Wort traf Hartmuth wie ein Schwerthieb, der seine Einge-

weide zerfetzte. Das konnte doch einfach nicht wahr sein!
»Und wenn sich Dr. Schwenkert irrt?«, suchte er einen Ausweg. »Du solltest noch einen anderen Arzt zu Rate ziehen.«
Gisela lächelte müde. »Sie würde eine solche Diagnose nie geäußert haben, wenn sie sich ihrer nicht sicher wäre.«
»Aber es muss doch eine Möglichkeit geben, dich zu heilen«, beharrte Hartmuth.
»Vielleicht«, räumte Gisela ein. »Dr. Schwenkert meinte aber, dass die Chancen dafür nicht allzu gut stehen. Die Krankheit ist schon ziemlich weit fortgeschritten.«
»Ich kann das einfach nicht glauben«, brauste Hartmuth auf. »Warum hat denn die Schwenkert den Krebs bei dir nicht eher entdecken können? Du bist doch immer regelmäßig zu den Vorsorgeuntersuchungen gegangen!«
»Die Krankheit hat bei mir offenbar einen sehr schnellen Verlauf genommen. Frau Dr. Schwenkert kann man dafür wohl kaum verantwortlich machen.«
Mit beiden Händen griff sie Hartmuths Oberarme und drückte sie kraftlos. »Wir müssen dem Unabwendbaren ins Auge sehen, Junge«, meinte sie nüchtern. »Sei stark und finde dich damit ab.«
Sie blickte in die Wohnstube hinüber, wo ein großes Porträtfoto ihres verstorbenen Mannes an der Wand hing.
»Bald werde ich wieder mit Bernhard vereinigt sein – das ist immerhin ein Trost für mich.«
»Aber was wird aus mir?«, begehrte Hartmuth auf. »Wie soll ich denn ohne dich auskommen, Mama?«
Gisela lächelte geduldig. »Früher oder später hättest du so-

wieso ohne mich auskommen müssen«, erwiderte sie. »Niemand lebt ewig.«

»Das weiß ich doch. Aber dass das schon jetzt sein soll ...«

»... ist eine Tatsache, mit der du dich abfinden musst«, vollendete Gisela seinen Satz. »Und ich denke, dass unser Hoffest dir ganz gut dabei helfen wird, denn ...«

Aber Hartmuth ließ seine Mutter nicht aussprechen: »Komm doch nicht wieder mit diesem vermaledeiten Hoffest! Meinst du, mir steht ausgerechnet jetzt der Sinn nach Feiern!?«

Gisela ließ ihre Hände in den Schoß sinken. Ihre Mine drückte allerdings Entschlossenheit aus. »Diese Feier wird auf jeden Fall stattfinden, Hartmuth. Und wenn das mein letzter Wunsch sein sollte!«

3. KAPITEL

Ein weiteres Kapitel wird gelöst

Fassungslos starrte Hartmuth seine Mutter an. Er wusste zu gut, dass er sie von ihrer fixen Idee nicht abbringen konnte, so alt und krank sie auch sein mochte. Sie hatte ihren Willen schon immer durchsetzen können.

»Dann sag mir doch bitte endlich, warum dir dieses alberne Fest so wichtig ist«, lenkte er ein.

»Ganz einfach«, sagte Gisela. »Es soll dir endlich zu deinem Glück verhelfen, Hartmuth.«

»Und wie das bitte?« In ihm regte sich der Widerstandsgeist. »Das Ganze macht nur Arbeit und kostet Geld. Und das ist nun wirklich nichts, was mich glücklich macht.«

In Giselas Augen blitzte es amüsiert auf. »Du solltest dich mal selbst hören, Hartmuth. Worum es bei einem Fest geht, scheinst du ganz vergessen zu haben.«

»Ja, ja!«, erwiderte Hartmuth unleidlich. »Man soll sich vergnügen! Aber das kann ich besser, wenn ich mit meinem Hund auf die Jagd gehe als mit Nachbarn und Bekannten, die sich auf unsere Kosten den Bauch vollschlagen und sich betrinken. Du weißt doch, wie solche Festivitäten in unserem Dorf für gewöhnlich ablaufen. Man zerreißt sich das Maul

über die anderen und erzählt sich irgendwelche Anekdoten, die man schon tausendmal gehört hat!«
Gisela lächelte hintergründig.
»Du kennst meine Gästeliste nicht, mein Lieber«, entgegnete Gisela. »Ich habe keineswegs nur Leute aus dem Dorf und der Umgebung eingeladen.«

Alarmiert zog Hartmuth die Augenbrauen zusammen. Die Worte seines Freundes Karsten fielen ihm wieder ein – und auch, dass er seiner Mutter daraufhin eigentlich hatte auf den Zahn fühlen wollen.
»Irgendetwas heckst du mit dieser Feier aus«, meinte er argwöhnisch. »Willst du mich nicht endlich einweihen, ehe es die Spatzen von den Dächern pfeifen und ich es auf diese Weise erfahre?«
Gisela tat erstaunt. »Außer Maria Breitner weiß niemand von meinem Vorhaben.«
»Abgesehen von ihrem Sohn Karsten!«, konterte Hartmuth. »Allerdings wollte er mir nichts verraten, sondern hat nur vage Anspielungen gemacht.«
»Der Schlingel muss an der Zimmertür gelauscht haben, als ich mich mit seiner Mutter besprochen habe. Maria hat mir hoch und heilig versprochen, niemanden einzuweihen.«
»Karsten ist ja auch nicht mit der Sprache rausgerückt«, ärgerte sich Hartmuth. »Der hat viel zu großen Respekt vor dir und würde nichts tun, womit er dich verärgern könnte.«
»Das würde ich ihm auch geraten haben«, drohte Gisela

scherzhaft. »Niemand sollte die Macht der Mütter unterschätzen!«
Hartmuth atmete tief durch. »Bitte, Mama«, brachte er das Gespräch auf den Punkt zurück. »Spann mich jetzt nicht länger auf die Folter. Was hat es mit diesem Fest wirklich auf sich?«
Gisela sah ihren Sohn forschend an. »Okay«, stimmte sie dann zu, »aber du musst mir versprechen, dich nicht aufzuregen, Hartmuth.«
»Ich werde ganz ruhig bleiben«, entgegnete er. »Nun aber endlich heraus mit der Sprache.«
»Also gut.« Gisela schluckte aufgeregt, beugte sich vor, legte Hartmuth die Hände auf die Knie und sah ihn fest an: »Ich habe drei fremde, heiratswillige Frauen zu unserem Fest eingeladen. Sie werden nur deinetwegen kommen, Hartmuth, und wollen dich unbedingt kennenlernen.«
Hartmuth starrte seine Mutter an, unfähig, ein Wort über die Lippen zu bringen.
»Du ... du hast was?«, platzte es dann aber doch aus ihm heraus.
»Du hast richtig gehört«, erwiderte Gisela gelassen. »Die ganze Feier findet nur statt, damit du diese drei Frauen treffen kannst. Ich habe mir gedacht, dass ein Hoffest einen guten Rahmen dafür abgeben würde. Das ist alles.«
Hartmuth rang um seine Fassung. »Ich weiß wirklich nicht, was ich dazu sagen soll, Mama. Was hast du dir denn dabei gedacht?«
»Ich möchte einfach, dass du endlich glücklich wirst. Und

zum Glück eines Mannes gehört eine Partnerin nun einmal dazu«, erklärte sie überzeugt. »Und da du anscheinend nicht aus eigener Kraft eine geeignete Frau finden kannst, habe ich einfach die Initiative ergriffen. Wenn du schon keine Partys besuchst, um jemanden kennenzulernen, hole ich eben eine Party zu uns – mitsamt ein paar Frauen, die vielleicht in Frage kommen.«

»Das ist doch verrückt!«, brauste Hartmuth auf, aber ehe er seinem Zorn freien Lauf lassen konnte, unterbrach ihn seine Mutter: »Ich werde bald sterben, Hartmuth, aber vorher möchte ich sicher sein, dass du eine gute Frau gefunden hast und unsere Familie und unser Hof nicht untergehen.«

Hartmuth spürte die kühle Hand seiner Mutter auf seiner.

»Ich hoffe sehr, dass du dich auf dieses kleine Abenteuer einlässt, mein Sohn«, drängte sie. »Vielleicht bringt dieses Fest die Wende in deinem Leben. Du wünschst dir doch selbst eine Frau, die dich liebt und dir in schweren wie in guten Zeiten zur Seite steht.«

»Natürlich tue ich das, Mama«, gab Hartmuth zu.

»Dann sind wir uns ja einig«, kam Gisela einem weiteren Aber zuvor, das ihrem Sohn auf der Zunge lag.

Sie schwiegen eine Weile, aber schließlich raffte sich Hartmuth dann doch zu einer nahe liegenden Frage auf: »Und was sind das für Damen, die du für mich ausgesucht hast?«

»Sie haben auf eine Annonce geantwortet, die ich in einigen Zeitungen Schleswig-Holsteins geschaltet habe«, erklärte Gisela sachlich. »Eine ganz normale Kontaktanzeige. Die Resonanz war erstaunlich, du hast ja die Briefstöße gesehen. Und nachdem ich alle Antworten, die von vornherein nicht in Frage kamen, ausgesondert hatte, blieben noch sechs Kandidatinnen übrig. Denen habe ich dann ein Foto von dir geschickt und auch eine Art ausführlichen Lebenslauf.«

Hartmuth wollte zu einer empörten Erwiderung ansetzen, aber Gisela hob gebieterisch die Hand und erstickte seinen Protest.

»Vier von den sechs antworteten auch auf mein Schreiben«, fuhr sie fort. »Ich hatte darin die Situation auf unserem Hof nicht beschönigt und so geschildert, wie sie ist. Die Frauen sollten wissen, worauf sie sich einließen. Zwei der sechs trauten sich das Leben auf einem Bauernhof nicht zu, die andern vier aber schickten mir nun ebenfalls Fotos und ihre Lebensläufe.«

Gisela zuckte mit den Achseln. »Eine von ihnen ist inzwischen ebenfalls abgesprungen. Die restlichen drei haben mir jedoch fest zugesagt, zu unserem Hoffest zu erscheinen, um dich kennenzulernen.«

Hartmuth schüttelte ungläubig den Kopf. »Das muss ja eine Heidenarbeit gewesen sein«, staunte er.

Wieder lächelte Gisela hintergründig. »Du müsstest doch wissen, Junge, dass eine Mutter für das Glück ihres Kindes sogar über ihren eigenen Schatten springen kann.«

Ernst sah sie ihren Sohn an. »Und das solltest du auch tun!«, mahnte sie. »Ich erwarte von dir, dass du dir Mühe gibst und dich während des Festes von deiner besten Seite zeigst.«

Hartmuth, der erstaunt feststellte, dass er nun tatsächlich neugierig geworden war, nickte gehorsam. »Ich würde mir die Fotos und Briefe dieser drei Frauen doch gern einmal ansehen«, gab er zu.

Prompt hellte sich Giselas Miene auf. »Ich hatte gehofft, dass du danach fragen würdest.«

Gemeinsam gingen sie in die Wohnstube hinüber.

Zielsicher zog Gisela drei Schnellhefter aus dem Haufen Papier der auf dem Couchtisch lag und drückte sie Hartmuth in die Hand. Dabei warnte sie: »Diese drei Damen sind etwa in deinem Alter. Und sie sind keine unbeschriebenen Blätter. Erwarte also keine Wunder, Junge.«

Hartmuth lachte auf. »Dann haben sich also nur Schreckschrauben für mich interessiert?«, erkundigte er sich grob.

Gisela warf ihm einen strafenden Blick zu. »Ich hatte nicht auf das Aussehen, sondern auf die Lebensläufe dieser Frauen hinweisen wollen. Sie haben schon einiges erlebt. Aber das sollte dich nicht stören. Sie alle haben versichert, dass sie zu einem Neuanfang bereit sind. Auf mich wirken jedenfalls alle drei recht sympathisch und ich müsste mich schon sehr in dir täuschen, wenn du das anders sehen solltest.«

Hartmuth ließ die Hand sinken, in der er die schicksalhaften Unterlagen hielt. Ihm schien es, als würden die Fotos und Briefe darin plötzlich Zentner wiegen.

Gleichzeitig spürte er, dass sein Herz wie wild klopfte. Könnte es möglich sein, dass er in diesem Moment vielleicht tatsächlich den Lebenslauf seiner zukünftigen Frau in den Händen hielt?

Jedenfalls hatte er es nun eilig, sich von seiner Mutter zu verabschieden. Er murmelte einen flüchtigen Dank, drückte ihr einen Kuss auf die Wange und stürmte dann fast aus ihrem Wohntrakt, um so schnell wie möglich in sein kleines Büro zu kommen und sich dort den Briefen der drei Anwärterinnen zu widmen.

Zwei Stunden später war Hartmuth so müde, dass er kaum noch die Augen offen halten konnte. Er hatte sich ins Bett gelegt, die Fotos der drei »Damen« jedoch mitgenommen. Bevor er einschlief, wollte er die Gesichter dieser fremden Frauen noch eine Weile betrachten und auf sich einwirken lassen.

Am meisten angetan war er von Anna Lorenz. Sie hatte aschblondes Haar und war auf dem Foto adrett geschminkt. Selbstbewusst hielt sie den Kopf erhoben, ohne dabei hochnäsig zu wirken. In ihren blauen Augen lag ein ungebändigter und zugleich kühler Ausdruck, der Hartmuth unter die Haut ging.

Sollte es mit dieser Anna etwas werden, würden ihn alle im Dorf sicherlich beneiden. Er würde gut auf sie Acht geben müssen.

In ihrem handschriftlichen Begleitschreiben hatte Anna versichert, ihr würde es nichts ausmachen, auf einem Bauernhof mal mit »anpacken« zu müssen – allerdings konnte Hartmuth sich kaum vorstellen, dass diese aufregende Schönheit einen Karren voller Mist vor sich her schob.

Anna hatte einen Beruf, sie war Bankkauffrau. Mit Männern habe sie bisher nur »Pech gehabt«, schrieb sie.
»Na – dann bist du bei mir ja genau richtig«, dachte Hartmuth, während er Annas Foto betrachtete.
»Ich bin lammfromm und werde dir bestimmt keine Scherereien machen.«
Er legte er das Foto neben sich auf das Bett und betrachtete nun noch einmal die Porträtaufnahme von Helen Dante.
Sie hatte eine helle Haut und langes, seidiges, pechschwarzes Haar, was ihrem hübschen Gesicht auf dem Foto eine etwas ungesunde Blässe verlieh. Mit ihren grünen Augen wirkte sie jedoch sehr geheimnisvoll und anziehend. Sie arbeitete als Erzieherin und war ledig. Über Männerbekanntschaften hatte sie in ihrem Brief nichts geschrieben, dafür aber von ihren Sehnsüchten gesprochen: Sie wollte einen Mann, der ihr ein Zuhause und Sicherheit bieten konnte.
Hartmuth nickte zufrieden. Damit und mit noch viel mehr könnte er durchaus dienen, wie er ungewohnt selbstbewusst fand. Eine Frau, die bereit war, mit ihm zusammenzuleben, konnte sich voll und ganz auf ihn verlassen, selbst dann, wenn sie aussah, als hätte sie in ihrem Leben nie Landluft geschnuppert!
Hartmuth rieb sich die müden Augen. Es wurde Zeit, endlich das Licht zu löschen und zu schlafen. Morgen musste er wieder früh aus den Federn, um nach dem neugeborenen Kalb zu sehen.
Er zog die dritte Fotografie unter den beiden anderen hervor und warf einen flüchtigen Blick darauf.

Trude Werner war eine gewöhnlich aussehende Frau mit brünettem Haar, grauen Augen und einem nicht sonderlich ausdrucksstarken Gesicht. Sie sah jedoch nicht unattraktiv aus, wie Hartmuth zugeben musste.
Trude war seit zwei Jahren geschieden und Hausfrau. Auf den ersten Blick wirkte sie vielleicht etwas langweilig und anspruchslos. Aber wer konnte schon wissen, was sich hinter der Fassade ihres Gesichts verbarg?

Hartmuth legte die Aufnahme zu den anderen zurück und knipste die Nachttischlampe aus.
Als er sich auf seine Schlafseite drehte, musste er plötzlich lächeln: Die Vorstellung, dass eine dieser drei »Damen« in gar nicht so ferner Zukunft leibhaftig neben ihm liegen könnte (und nicht nur das), hatte doch einen gewissen Reiz.
Plötzlich musste er sich eingestehen, dass er nun sich auf das Hoffest, das ihn bisher nur belastet hatte, regelrecht freute.
Schade nur, dass das alles von Mamas Krankheit überschattet wurde, dachte er. Andererseits wäre sie, wenn sie gesund geblieben wäre, vielleicht nie auf den Gedanken gekommen, für ihren Sohn auf diese außergewöhnliche Weise eine passende Frau zu suchen ...
Hartmuth seufzte. War es nicht ungerecht, dass er eine Ehefrau gegen das Leben seiner Mutter eintauschen sollte? Aber Gisela sah das ja ganz anders.
»Hoffentlich geht Mamas Rechnung auch auf«, ging es Hart-

muth durch den Kopf, »und ich finde auf dieser Party tatsächlich die Frau fürs Leben!«

Mit diesen Gedanken glitt er in den Schlaf hinüber, der in dieser Nacht überaus chaotische und turbulente Träume für ihn bereithielt.

4. KAPITEL

Das Fest naht

Als der Tag des Hoffestes kam, konnte Hartmuth sich kaum auf seine Arbeit konzentrieren. Immer wieder kreisten seine Gedanken um die herannahende Feier und seine »drei Damen«, wie er die Heiratskandidatinnen insgeheim nannte. Gott sei Dank hatte er sich rechtzeitig Hilfe besorgt, denn auch an einem solchen Tag konnte man einen Bauernhof nicht einfach sich selbst überlassen.

Toni Lemmer, ein junger kräftiger Bursche, war der einzige Sohn benachbarter Kleinbauern. Er studierte Ingenieurwesen in der Stadt, besuchte aber seine Eltern so oft es ging, um ihnen bei der Bewirtschaftung ihres kleinen Anwesens zur Hand zu gehen. Dass er den Hof seines Vaters nicht übernehmen wollte, war kein Geheimnis und hatte in seiner Familie lange für böses Blut gesorgt. Mittlerweile hatten sich die Eltern jedoch damit abgefunden, dass ihr Sohn mit der Landwirtschaft nichts zu tun haben wollte. Der kleine Lemmer-Hof würde irgendwann veröden, davon waren die meisten Nachbarn überzeugt. Doch Toni sah die Sache keineswegs so. Er hatte vor, aus dem Bauernhof seiner Eltern etwas ganz anderes zu machen, wenn er eines Tages auf ihn übergehen sollte.

Was das allerdings sein sollte, darüber schwieg sich Toni beharrlich aus, was im Dorf für böse Gerüchte und Verdächtigungen sorgte.

Hartmuth kam mit dem jungen Mann jedoch hervorragend aus, denn Toni verstand eine Menge von der Landwirtschaft. Er war ein praktisch denkender Mensch und scheute auch vor harter körperlicher Arbeit nicht zurück. Hartmuth rechnete es Toni hoch an, dass er sich für den heutigen Tag Zeit genommen hatte, um bei den Friedmanns auszuhelfen.

»Schließlich geht es ja um einen guten Zweck«, hatte der Junge augenzwinkernd gemeint, als Hartmuth bei ihm anfragte, und damit darauf angespielt, dass es sich bei dem Hoffest der Friedmanns in Wahrheit um eine Eheanbahnung handelte.

Inzwischen wusste nämlich das ganze Dorf Bescheid. Da Gisela ihren Sohn nun eingeweiht hatte, sah sie keine Veranlassung mehr, den wahren Grund des Festes weiterhin geheim zu halten.

»Du kannst dich auf mich verlassen, Hartmuth«, versicherte Toni. »Bereite du dich mal in aller Ruhe auf dein erstes Rendezvous vor und überlass mir die Arbeit.«

Das war aber mit Hartmuth nicht zu machen. Der Junge sollte ihm nur helfen, etwas früher als gewöhnlich Feierabend machen zu können. Ihm aber die ganze Arbeit anzuvertrauen, kam nicht in Frage.

Allerdings ging Hartmuth an diesem Tag nichts so richtig von

der Hand. Ständig widerfuhren ihm irgendwelche Missgeschicke. So riss er während des Melkens versehentlich einen Schlauch der Melkmaschine ab, so dass sich ein Schwall Milch über den Boden des Tankraums ergoss.
Dann stieß er beim Rangieren mit einem an den Traktor angehängten Gerät gegen die Hofhecke und riss so ein großes Loch in die akkurat geschnittene Buchenwand.
Als dann auch noch eines der Fohlen aus seiner Box ausbrach und quer durch den Ort galoppierte, riss Hartmuth der Geduldsfaden. Er machte seinem Ärger so lautstark Luft, dass die Leute vom Partyservice, die auf der Hofwiese gerade das Festzelt aufbauten, ihm halb befremdete, halb belustigte Blicke zuwarfen.

Unversehens tauchte Toni neben Hartmuth auf. »Hast du einen Augenblick Zeit?«, fragte er.
»Sehe ich so aus?«, wetterte Hartmuth mit hochrotem Kopf. »Das Fohlen muss wieder eingefangen werden. Ich mach mich ja zum Gespött des ganzen Dorfes!«
Toni zog Hartmuth am Arm in den Schatten eines Nebengebäudes.
»Das Fohlen wird von allein zu seiner Mutter zurückkehren, wenn es Hunger bekommt. Atme jetzt erst einmal tief durch«, befahl er freundlich. »So nervös wie du bist, solltest du für den Rest des Tages lieber die Finger von der Arbeit lassen.«
»Nervös?«, grollte Hartmuth, »Wieso nervös?«
Toni lächelte verständnisvoll. »Na ja, ein Date gleich mit drei

Frauen kann einen schon ganz schön ins Schwitzen bringen, oder?«

Hartmuth sah ein, wie Recht Toni hatte. Das bevorstehende Zusammentreffen mit seinen drei Damen setzte ihm tatsächlich gehörig zu.

Also atmete er gehorsam durch, ehe es dann doch aus ihm herausplatzte:

»Ich habe doch nicht die geringste Ahnung, wie ich mich diesen Frauen gegenüber verhalten soll!«, lamentierte er.

»Klar«, nickte Toni, »das habe ich mir schon gedacht.«

Hartmuth vergrub die Hände in den Hosentaschen und starrte auf seine staubigen Stiefelspitzen.

»Seit heute Morgen versuche ich, mir irgendwelche Worte zurechtzulegen. Aber mir will nicht einmal eine halbwegs vernünftige Begrüßungsrede einfallen. Ich werde vor diesen Frauen wie ein Idiot dastehen und nur dummes Zeug vor mich herstammeln!«

»Hör einfach auf, dir den Kopf zu zerbrechen, Hartmuth«, riet Toni. »Lass es einfach auf dich zukommen. Frauen bemerken sowieso sofort, wenn du ihnen etwas vorspielst. Am besten gibst du dich ihnen gegenüber einfach so, wie du bist.«

»Du hast gut reden«, erregte sich Hartmuth. »Meine letzte Verabredung mit einem Mädchen liegt schon Jahre zurück. Und die ging auch daneben.«

»Lass dir von einem erfahrenen Frauenversteher einen Rat geben«, grinste Toni. »Es gibt einen einfachen Trick: Mache deinen Kandidatinnen Komplimente. Das kommt gut an, denn jede Frau will dann mehr über diesen Burschen erfahren, dessen Wohlgefallen sie offenbar geweckt hat. Aber lass dich nicht dazu hinreißen, den Mädels etwas vorzulügen. Sie würden es sowieso irgendwann spitzkriegen und dich dann für deine Unaufrichtigkeit hassen.«

Hartmuth dachte einen Moment über Tonis Tipp nach. »Ich fürchte, meine Damen werden mich stinklangweilig finden, wenn ich mich so gebe, wie ich bin«, meinte er verzagt. »Mein ganzes Leben besteht doch nur aus der Landwirtschaft. Und glaubst du, es wird sie interessieren, von mir etwas über die Schweinezucht oder die neuen Kartoffelsorten zu hören, die dieses Jahr auf den Markt gekommen sind?«

»Warum sollten sich Frauen für so was nicht interessieren?«, gab Toni zurück. »Allerdings solltest du nicht ausschließlich darüber reden, denn sonst bekommst du wirklich ein Problem. Es gibt ja wohl außer der Landwirtschaft auch noch anderes, über das du sprechen könntest.«

»Und was sollte das sein?«

»Wie stehts zum Beispiel mit deinen Wünschen und Sehnsüchten?«, fragte Toni unumwunden.

Unangenehm berührt zuckte Hartmuth mit den Schultern. »Was soll damit schon sein?«, gab er schroff zurück.

Toni grinste wieder. »Keine Ahnung. Sag du es mir.«

»Ich mach mir nur selten Gedanken über so was.«

»Dann würde ich mal damit anfangen. Schließlich will deine Zukünftige doch wissen, was in dir vorgeht und wie du dir ein Zusammenleben mit ihr vorstellst.«

Hartmuth stöhnte auf. »Oh Gott, dieser Abend wird bestimmt ein totaler Reinfall«.

»Kopf hoch!«, sagte Toni und klopfte Hartmuth auf die Schulter. »Dir wird schon das Richtige einfallen. Vertrau einfach deinen Instinkten.«
In diesem Moment ließ sich das Fohlen plötzlich in der Hofeinfahrt blicken. Zögernd stakste es auf seinen langen Beinen unbeholfen über die gepflasterte Zufahrt.
»Da siehst du's«, sagte Toni. »Am Ende wendet sich alles zum Guten.«
Aber Hartmuth fand, dass jetzt genug geredet worden war. Gemeinsam fingen sie das Fohlen ein und brachten es zu der Stute zurück.
Zwei Stunden später hatte Hartmuth seine Arbeit für diesen Tag erledigt. Um den Rest würde sich Toni kümmern. Die Sonne stand schon tief am Himmel. Es wurde allmählich Zeit, dass Hartmuth sich für das Fest zurechtmachte. Es sollte um sieben Uhr beginnen und um acht wurden die drei Hauptdarstellerinnen im Festzelt erwartet.
Als Hartmuth das Wohnhaus betrat, trommelte sein Herz so heftig, als wollte es seine Brust sprengen und sich in eine dunkle Ecke verkrümeln, aus der es erst wieder hervorkommen würde, wenn diese Nacht vorüber war.

Gisela hatte für ihren Sohn einen dunklen Anzug zurechtgelegt, den er nur dann trug, wenn ein Kirchgang anstand oder er einer festlichen Einladung folgen musste – in den letzten Jahren war das nur selten geschehen. Auch frische Wäsche und glänzend geputzte Schuhe fand Hartmuth vor, als er aus dem Bad kam, um sich anzukleiden. In seinem Schlafzimmer duftete es nach frischer Bettwäsche. Auf einem Beistelltisch stand eine Vase mit gelben Tulpen.

Das ganze Haus war wie aus dem Ei gepellt. Gisela hatte dafür gesorgt, dass die Räume einen ansprechenden, gepflegten Eindruck machten. Die Zimmer waren gut gelüftet und jedes mit einem Blumenstrauß geschmückt.

»Nur für den Fall, dass du unseren Besuch durch das Wohnhaus führen möchtest«, hatte Gisela diesen umfassenden Frühjahrsputz begründet. »Schließlich soll es in unserem Haus nicht aussehen wie in einer Junggesellenbude.«

»Es hat hier nie wie in einer Junggesellenbude ausgesehen«, hatte Hartmuth protestiert, der es nicht gern sah, dass sich seine schwerkranke Mutter so sehr abrackerte. »Wir haben ein schmuckes Mehrgenerationenhaus«, hatte er noch ergänzt.

»Dafür musst du wohl erst noch sorgen, mein Junge«, mahnte sie ihn liebevoll.

Während Hartmuth die Knopfleiste seines Hemds schloss, dachte er wieder an diese Worte seiner Mutter. Von diesem Abend hing so viel ab!

Wohl oder übel würde er sich die allergrößte Mühe geben müssen, um die Hoffnungen seiner Mutter nicht zu enttäuschen.

Fluchend nestelte er an seiner Krawatte herum, denn der Knoten wollte ihm heute einfach nicht gelingen.

Da klopfte es an der Tür.

»Ja!«, rief Hartmuth ungnädig, rang sich dann aber ein Lächeln ab, als Gisela hereinschaute.
»Ich wollte nur mal sehen, ob du zurechtkommst.«
Stöhnend ließ Hartmuth von dem missglückten Krawattenknoten ab. »Jetzt bin ich doch aufgeregt, Mama«, gestand er.
Gisela trat heran. Sie hatte drei hübsch verpackte kleine Schachteln in der Hand, die sie behutsam auf dem Nachttisch ablegte, ehe sie Hartmuth fachmännisch die Krawatte band.
»Was hast du da mitgebracht?«, wollte Hartmuth wissen und schielte zu den Schachteln hinüber.
»Selbstverständlich Geschenke«, erklärte Gisela. »Oder hattest du vor, deinen Frauen bei der Begrüßung mit leeren Händen entgegenzutreten?«
»Mama – ich bitte dich. Das sind doch nicht meine Frauen!«
»Eine kann es aber werden«, sagte Gisela, »Und sie alle nehmen eine kleine Weltreise auf sich, um dich kennenzulernen – das solltest du schon honorieren.«
Hartmuth seufzte entnervt. Er hatte heute eigentlich genug gute Ratschläge bekommen. Tonis Belehrungen über den Umgang mit Frauen spukten ihm noch immer im Kopf herum und hatten dort eher noch mehr Verwirrung angerichtet.
»Hörst du mir überhaupt zu?«, fragte Gisela zweifelnd.
»Selbstverständlich«, beteuerte Hartmuth. Erst jetzt fiel ihm auf, dass Gisela sich bereits für das Fest zurechtgemacht hatte. Sie trug ein Trachtenkleid aus blauweiß kariertem Stoff mit Spitzenschürze und Schmuckband um den Oberarm. Ihr Haar war sorgfältig frisiert und sogar etwas Rouge hatte sie auf die Wangen aufgetragen.

»Du siehst sehr gut aus, Mama«, stellte er fest.

Giselas Miene hellte sich auf. »Danke, aber heb dir die Komplimente lieber für deine Damen auf«.

Hartmuth verzog das Gesicht: »Wie wäre es denn mit: Sie sehen reizend aus. Oder: Charmant, wie Sie hier auftreten! Klingt das nicht galant?«

Aber Gisela bliebt unerschütterlich: »Offenbar hast du dich auf das Zusammentreffen schon ein bisschen eingestimmt«, spottete sie, »Da konntest du natürlich an Geschenke für deine speziellen Gäste nicht denken.«

»Wie auch. Ich hatte zu arbeiten«, verteidigte Hartmuth sich. Er nahm eine der kleinen Schachteln und schüttelte sie vorsichtig. »Was ist da drin?«, wollte er wissen.

»In jeder etwas anderes«, erklärte Gisela.

»Du hast dich dafür hoffentlich nicht in Unkosten gestürzt?«, fragte Hartmuth.

»Sei nicht albern«, antwortete Gisela, »Es sind nur kleine Aufmerksamkeiten. Für teure Verlobungsringe wäre es ja wohl zu früh gewesen.«

»Wenn es denn überhaupt dazu kommt.«, verbiss sich Hartmuth wieder.

»Du willst doch jetzt nicht etwa kneifen?«, hakte Gisela nach.

»Natürlich nicht«, versicherte Hartmuth. »Ich werde dich ganz bestimmt nicht enttäuschen, Mama.«

Gisela schüttelte den Kopf und sah ihrem Sohn in die Augen. »Dir ist hoffentlich klar, dass du das nicht für mich tust, Junge«, sprach sie mit Nachdruck. »Es geht hier vor allem um dein Glück, Hartmuth. Vergiss das nicht!«

»Wie könnte ich«, gab er nüchtern zurück.
Gisela schaute auf ihre Armbanduhr. »Steck jetzt die Geschenke ein. Wir müssen raus, die Gäste sind bestimmt schon da ... ausgenommen natürlich deine Frauen.«
»Mama!«, begehrte Hartmuth noch einmal auf, aber Gisela wehrte ab: »Ich will jetzt kein Genörgel mehr hören!«, befahl sie. »Komm endlich!«
Hartmuth ließ die bunten Päckchen in den Taschen seines Jacketts verschwinden. Seine Mutter hatte an alles gedacht: Jedes war mit einem Namenskärtchen versehen.
»Soll ich so tun, als ob ich diese Geschenke ausgesucht habe?«, fragte Hartmuth, während er seiner Mutter aus dem Zimmer folgte.
»Das wäre wohl keine gute Idee, eine künftige Partnerschaft gleich mit einer Lüge zu beginnen«, war sich Gisela sicher. »Steh dazu, wie es ist. Dann verstrickst du dich auch nicht in irgendwelchen Ungereimtheiten.«
Hartmuth nahm sich vor, diese Empfehlung zu beherzigen. Toni hatte ihm ja eigentlich das Gleiche geraten.
Allerdings sollte er schon bald erfahren, dass der Umgang mit der Wahrheit nicht immer ganz einfach ist.

5. KAPITEL

Es geht los!

Das große Festzelt war auf der Hofwiese aufgebaut worden. Als Gisela und Hartmuth es betraten, hatten sich alle Gäste hineingeflüchtet, denn es hatte leicht zu regnen begonnen. Die Regentropfen trommelten gemütlich auf das Zeltdach, ein Geräusch, das von der Musik und dem Gesprächslärm übertönt wurde.

Am Ende des Zeltes war ein Tanzboden aufgbaut worden, dahinter thronte auf einem Podest vor seinem Mischpult der Diskjockey. Obwohl er mit seiner Musik den Geschmack der Anwesenden sicher gut traf, war die Tanzfläche noch leer. Und auch das Büfett war noch nicht eröffnet worden. Die belegten Brötchen und die Fleischplatten auf den schmalen Partytischen am Rand des Zeltes sahen überaus verlockend aus. Gisela hatte den Dorfschlachter Schmitt damit betraut, sich um die Verköstigung der Gäste zu kümmern. Das Servierpersonal hatte allerdings Anweisung, die Leute erst dann zu bedienen, wenn auch die drei Heiratskandidatinnen eingetroffen waren. Es würde einen schlechten Eindruck machen, wenn das Büfett beim Eintreffen der wichtigsten Gäste nur noch einem Schlachtfeld gliche.

Der Getränkeausschank jedoch erfreute sich bereits eines regen Zuspruchs.
Als Hartmuth mit seiner Mutter erschien, sahen sie sich neugierigen Blicken ausgesetzt. Die Gespräche verstummten und ein allgemeines Getuschel setzte ein. Denn natürlich hatte sich mittlerweile bis in den letzten Winkel des Orts herumgesprochen, dass dieses Hoffest nur die Kulisse für etwas ganz anderes abgeben sollte.
Hartmuth spürte, wie man ihn musterte. Einige der Männer blinzelten ihm kumpelhaft zu, andere grinsten fast unverschämt. Die Frauen hielten sich zurück, aber einige konnten ein albernes Kichern nicht unterdrücken.
Hartmuth war es nicht im Mindesten gewohnt, so im Brennpunkt der Aufmerksamkeit zu stehen und ihm brach der pure Angstschweiß aus. Als Gisela ihn dann auch noch stehen ließ, um dem Schlachter letzte Anweisungen zu geben, fühlte er sich unter all den Leuten so verloren, dass er am liebsten auf dem Absatz kehrtgemacht hätte.
Das hätte ihn allerdings erst recht zum Gespött des Dorfes gemacht. Plötzlich wurde ihm klar, dass nachher sein Zusammentreffen mit den drei Frauen gewissermaßen in aller Öffentlichkeit stattfinden würde. Alle seine Nachbarn würden jedes seiner Worte und jede seiner Gesten begutachten und kommentieren. Dieses unselige Hoffest würde in dem kleinen Ort noch auf Jahre hinaus Gesprächsthema Nummer eins sein!
Hartmuth rettete sich zu einem freien Stehtisch und musste sich an der runden Tischplatte festklammern, um nicht den

Boden unter den Füßen zu verlieren. Er war sich sicher, dass dieser Abend in einem Fiasko enden würde.

Da trat Karsten plötzlich auf ihn zu. Mit seinem typischen Grinsen stellte er ein volles Bierglas vor Hartmuth auf den Tisch.

»Auf dein Wohl, alter Junge!«, rief er dann laut mit seiner kräftigen Stimme, die die Musik mühelos übertönte. Alle Gäste schauten herüber. Karsten hob sein halb geleertes Glas und stieß kräftig mit Hartmuth an. »Wir alle hier hoffen, dass du heute die Liebe deines Lebens treffen wirst!«, versicherte er. »Möge also das Glück dir hold sein, alter Freund!«

Zaghaft applaudierten erst nur ein paar Gäste, aber dann fielen alle lautstark ein, klatschten, pfiffen und johlten.

Hartmuth atmete auf. Karsten hatte es geschafft, die steife Atmosphäre in dem Festzelt zu lösen. Alle Anwesenden betrachteten ihn nun mit unverhohlener Sympathie.

Er hob nun ebenfalls sein Glas und blickte in die Runde. »Ich danke euch allen, dass ihr gekommen seid«, begann er. »Und ich danke euch natürlich auch dafür, dass ihr Gisela bei ihren schlüpfrigen Plänen so tatkräftig unterstützt. Genießt also diese Feier nach Herzenslust! «

Nach dem freundlichen Beifall der Gäste wandte sich Hartmuth wieder seinem Freund zu.

»Wenn du wüsstest, wie aufgeregt ich bin!«, seufzte er und fächelte sich mit der Hand Luft zu.

Karsten grinste ihn an. »Ich möchte jetzt wirklich nicht in dei-

ner Haut stecken, mein Lieber«, gab er zu. »Eine Eheanbahnung vor aller Augen, das ist schon wirklich mutig, Hartmuth.«
»Du weißt doch, es war Giselas Idee«, winkte Hartmuth ab.
»Wie auch immer«, sagte Karsten. »Ich wünsche dir jedenfalls viel Glück.«
»Danke. Das kann ich sicher gebrauchen.«
Karsten sah auf seine Uhr. »Jetzt müssten die Kandidatinnen bald eintreffen. Bin ja mal gespannt, wie die aussehen.«
»Du auch?«, wunderte Hartmuth sich.
Und mit einem Mal wurde ihm bewusst, dass er ja nicht der einzige Junggeselle in diesem Festzelt war. Außer Karsten gab es noch einige andere Landwirte, die noch nicht unter der Haube waren.
Also musste er wohl all diese Burschen als seine Konkurrenten ansehen. Niemand garantierte ja, dass die drei angereisten Frauen sich nur für ihn, Hartmuth, interessierten.
»Wer weiß«, antwortete Karsten seinem Freund, »vielleicht fällt für mich am Ende ja auch eine ab – du wirst ja wohl keinen Harem gründen wollen.« Trotz des ironischen Tons erkannte Hartmuth, dass es seinem Freund ernst war. Er nahm einen tiefen Schluck aus seinem Bierglas. Die ganze Tragweite dieses Unternehmens, das seine Mutter da in die Wege geleitet hatte, ging ihm erst jetzt auf.
Und mit einem Mal konnte er es gar nicht mehr erwarten, dass die Hauptattraktionen endlich eintrafen.

6. KAPITEL

Die Damen kommen

In diesem Moment verstummte die Musik. Der Discjockey ließ einen kräftigen Tusch aus den Lautsprechern dröhnen. »Meine Damen und Herren, jetzt kommen wir zum Höhepunkt dieser Festivität«, verkündete der junge Mann. »Wie ich soeben erfahren habe, sind die Ehrengäste gerade eingetroffen und werden jeden Moment eintreten!«

Erwartungsvoll schauten alle Gäste auf den Zelteingang.

»Viel Glück!«, raunte Karsten seinem Freund zu und ließ ihn dann an dem Stehtisch allein zurück.

Überraschenderweise betrat zunächst Toni das Zelt. Er trug einen schwarzen Frack, auf dem Regentropfen schillerten. Er verbeugte sich theatralisch und hielt dann die Zeltplane auf.

In der dunklen Öffnung erschien nun ein großer schwarzer Regenschirm, unter dem Gisela und zwei Frauen sichtbar wurden, die sich schüchtern lächelnd in dem hell erleuchteten Zelt umschauten.

Unter dem höflichen, zurückhaltenden Applaus der Gäste führte Gisela sie zu dem Stehtisch, an dem Hartmuth wartete.

»Das ist mein Sohn Hartmuth«, brachte Gisela mit einem leichten Zittern in der Stimme hervor. »Er ist mein all und alles. Trotzdem wäre ich froh, wenn ich ihn endlich in die Hände einer liebenden Frau übergeben könnte.«

Sie wischte sich verstohlen eine Träne aus den Augenwinkeln. Dann stellte sie die beiden Frauen ihrem Sohn vor.

Eine gespannte Stille begleitete die kleine Szene.

Hartmuth hatte seine Umgebung völlig vergessen und nur noch Augen für die beiden Frauen, die nun an seinem Tisch standen.

Von Anna war er sofort angetan. Ihr aschblondes Haar war locker frisiert und fiel füllig auf ihre Schultern. Sie hatte die Lippen kräftig geschminkt und auch sonst nicht mit Make-up gespart.

Ein rotes Kleid mit weißen Blümchen betonte ihre verführerischen Formen, der gewagte Ausschnitt ließ tief blicken.

Als Hartmuth ihr die Hand schüttelte, zwang er sich, ihr in die klaren blauen Augen zu blicken.

»Freut mich, dich kennenzulernen«, sagte er mit trockener Kehle. »Ich hoffe, du hattest eine angenehme Fahrt.«

»Danke«, erwiderte Anna mit einem ironischen Unterton. »Es hat in Strömen geregnet! Und die Landstraßen hier sind auch nicht gerade vom Feinsten.«

»Aber jetzt bist du ja gottlob hier«, entgegnete Hartmuth, den es irritierte, dass Anna gleich mit dem ersten Satz etwas Abfälliges über seinen Landstrich äußerte. »Ich hoffe, das Fest wird dir gefallen. Wir haben jedenfalls keine Kosten und Mühen gescheut.«

Gisela stieß ihn mit dem Ellenbogen in die Seite, um ihn an die zweite Frau zu erinnern.

Trude war optisch das genaue Gegenteil von Anna. Sie reichte Hartmuth kaum bis ans Schlüsselbein heran. Bei dem Foto, das sie geschickt hatte, musste es sich um eine ältere Aufnahme gehandelt haben, denn inzwischen hatte Trude eine ganze Reihe Kilos zugelegt, was ihrer Attraktivität nicht gerade zuträglich war, wie Hartmuth feststellte.

»Hallo, Trude«, begrüßte er sie, wobei er nicht verhindern konnte, dass seine Stimme nicht gerade euphorisch klang.

Im Gegensatz zu Annas schlanker, kräftiger Hand fühlte sich Trudes Hand feucht und kalt an und beinahe hätte Hartmuth seine eigene Hand gleich an der Hose abgewischt.

Trude trug ein weit geschnittenes unscheinbares Kleid, das wohl ihr Übergewicht kaschieren sollte. Sie hatte kräftiges, schulterlanges, gewelltes Haar und ihr dezent geschminktes Gesicht strahlte einen leicht naiv erscheinenden Liebreiz aus, für den Hartmuth allerdings, nachdem er Anna gesehen hatte, nicht sonderlich empfänglich war.

Trude entging nicht, dass Hartmuth sie regelrecht taxierte. Sie zauberte ein etwas gezwungenes Lächeln auf ihre Lippen und meinte: »Ich hoffe, ich sehe nicht allzu derangiert aus. Die Autofahrt war doch ziemlich anstrengend.«

»Ihr werdet euch gleich am Büfett stärken können«, versprach Hartmuth, der es bezeichnend fand, dass Trude ihn sogleich dazu gebracht hatte, ans Essen zu denken.

Toni trat zu ihnen an den Tisch. Geschickt balancierte er ein Tablett mit vier Sektgläsern. Galant überreichte er zuerst den beiden Damen, dann Gisela und schließlich Hartmuth ein Glas.

»Helen Dante ist übrigens noch nicht eingetroffen«, bemerkte er. »Sie wird aber sicher gleich kommen. Ich gehe wieder nach draußen, um sie in Empfang zu nehmen.«

Gisela nickte dem jungen Mann dankbar zu. Dann erhob sie ihr Sektglas. »Herzlich willkommen und auf ein gutes Gelingen«, wünschte sie und prostete den beiden Frauen zu.

Anna und Trude nickten, schwenkten ihre Gläser in Hartmuths Richtung und nippten dann von dem prickelnden Nass.

Während Hartmuth ein wenig Sekt trank, der nach dem Bier unerträglich süß schmeckte, bemerkte er, wie Anna und Trude ihn über den Rand ihrer Gläser hinweg musterten.

In Annas Gesicht glaubte er einen eher kritischen Ausdruck zu entdecken, während Trude ihn mit zurückhaltendem Wohlgefallen betrachtete. Beide Frauen taxierten ihn ungeniert, so als überprüften sie, ob das Foto, das Gisela ihnen geschickt hatte, mit dem Original übereinstimmte.

Hartmuth fühlte sich nicht sehr wohl in seiner Haut. Zu gern hätte er gewusst, was in diesem Moment in den Köpfen der beiden Frauen vor sich ging. Gefiel ihnen, was sie sahen? Oder gingen ihnen ähnliche Gedanken durch den Kopf wie vorhin ihm, als er Trude gemustert hatte?

»Was meinst du, Gisela?«, wandte er sich Hilfe suchend an seine Mutter. »Sollen wir nun das Büfett eröffnen oder warten wir noch auf Helen?«

Eigentlich interessierte ihn die Frage gar nicht, aber er hatte das Gefühl, irgend etwas sagen zu müssen, während die beiden Frauen ihn begutachteten.

»Wer nicht kommt zur rechten Zeit, der muss nehmen, was übrig bleibt«, gab Gisela eine ihrer Bauernweisheiten zum Besten. »Aber ich überlass es dir, mein Junge, zu entscheiden, wann zum Sturm auf das Büfett geblasen wird.«

Hartmuth zuckte mit den Schultern. »Na schön«, gab er zurück. »Dann warten wir eben noch ein Weilchen.«

»Eine gute Entscheidung«, stellte Gisela fest und trat ihrem Sohn leicht auf den Fuß. »Du hast ja sowieso noch was zu erledigen, nicht wahr?«

Die Geschenke!, schoss es Hartmuth durch den Kopf. Fast hätte er sie vergessen.

»Ich lasse euch jetzt allein«, sagte Gisela und verschwand in der Menge, während Hartmuth verstohlen die Päckchen aus seinen Taschen hervorzog und auf die Namenschilder schielte.

Er räusperte sich und hantierte nervös mit den bunten Schachteln herum. »Ich habe hier eine kleine Aufmerksamkeit für euch«, verkündete er dann unbeholfen. »Nichts Großartiges. Nur ein kleines Gastgeschenk.«

Es ärgerte ihn, dass er nicht wusste, was sich in den Schachteln befand. Er hätte diese Geschenke doch wohl besser selbst besorgt, ging ihm durch den Kopf.

Angespannt beobachtete er, wie Anna und Trude die Schachteln auspackten.

Anna ging dabei sehr sorgsam vor, zupfte die Schleife des Geschenkbandes auf und löste dann die Klebestreifen mit ihren langen rot lackierten Fingernägeln.

Trude machte weniger Umstände. Sie streifte einfach das bunte Band ab und riss das Papier dann kurzerhand von der Schachtel herunter.

Verstohlen blickte sich Hartmuth um. Die meisten Gäste beobachteten sie. Einige unterhielten sich dabei gedämpft. Der Discjockey ließ einen leisen Schmusesong laufen, wie um die Szene behutsam zu untermalen.

»Das ist aber lieb!«, rief Trude, nachdem sie in ihre Schachtel gegriffen hatte.

In ihrer Hand hielt sie ein kleines Glastier: ein Huhn, das in einem Nest saß und brütete. Das Licht der Lampen brach sich glitzernd in den geschliffenen Glasflächen. »Ein hübsches Kleinod«, stellte Trude fest und nickte Hartmuth lächelnd zu. »Danke schön.«

»Keine Ursache«, erwiderte Hartmuth peinlich berührt. Er fragte sich, was sich seine Mutter dabei gedacht hatte, dieser Frau ausgerechnet eine Glucke zu schenken.

Inzwischen hatte auch Anna ihr Geschenk ausgepackt. In ihrer Schachtel befand sich ein vierblättriges Kleeblatt aus Jade, das an einem Lederband befestigt war.

»Das soll wohl ein Glücksbringer sein, oder?«, stellte Anna fest. »Ziemlich hintersinnig«, fügte sie anerkennend hinzu und blinzelte Hartmuth aufmunternd zu. »Vielleicht habe ich bei meiner nächsten Männerbekanntschaft ja wirklich etwas mehr Glück. Könnte ich gut gebrauchen. Bisher haben sich die Kerle, mit denen ich zusammen war, immer als Enttäuschung entpuppt.«

Hartmuth errötete. Er wollte irgend etwas Angemessenes erwidern, brachte aber keinen Ton hervor.

In diesem Augenblick wurde Hartmuth klar, dass er Anna wollte. Sie sah nicht nur verdammt gut aus, sondern schien auch intelligent und selbstsicher zu sein. Eine solche Frau zu erobern, hätte Hartmuth sich bis dahin nicht einmal in seinen kühnsten Träumen auszumalen gewagt. Und plötzlich schien dies gar nicht mehr so unwahrscheinlich.

Anna hatte unterdessen einen Blick auf Trudes Geschenk geworfen. Mit einem spöttischen Lächeln erkundigte sie sich: »Was hast du denn mit diesem Huhn andeuten wollen, Hartmuth?« Sie setzte dabei eine übertriebene Unschuldsmine zur Schau, so dass der Spott, der sich dahinter verbarg, nicht zu übersehen war. »Soll das vielleicht eine Anspielung darauf sein, dass du dir viele Kinder wünschst, die Trude rasch für dich ausbrüten soll?«

Hartmuth schluckte. Mit einer solch scharfzüngigen Bemerkung hatte er nicht gerechnet. Und Annas Seitenhieb hatte wohl auch Trude unangenehm berührt, jedenfalls machten sich auf ihrem speckigen Hals und in ihrem Gesicht nervöse rote Flecken breit.

»Nein, nein«, versuchte er abzuwiegeln und trat vor Verlegenheit von einem Bein auf das andere. »Es geht eher um den Bezug zum Landleben. Meine Mutter kümmert sich bei uns um die Hühner. Und diese Aufgabe würde meine Ehefrau übernehmen müssen, wenn meine Mama mal nicht mehr ist ...«

Er brach ab, denn er mochte Anna und Trude nicht schon jetzt über die schlimme Krankheit seiner Mutter aufklären.

Trude gab sich jedoch mit dieser Erklärung keineswegs zufrieden. Sie starrte wütend zu Anna hoch, die fast einen Kopf größer war als sie.

»Ich wette, Hartmuth hat diese Geschenke gar nicht selbst ausgesucht«, stellte sie fest. »Nicht wahr? So ist es doch?«

Hartmuth nestelte an seiner Hose herum. Die beiden Frauen erwarteten eine Antwort.

»Ich hatte leider keine Zeit, mich um die Geschenke zu kümmern«, gab er schließlich zu, weil er spürte, dass er um die Wahrheit nicht herumkommen würde, ohne sich in eine Lüge zu verstricken. »Es gab in den letzten Wochen auf dem Hof einfach zu viel zu tun.«

»Dann sollten wir uns wohl bei deiner Mutter für die Geschenke bedanken«, bemerkte Anna spitz und ließ das Kleeblatt wieder in die Schachtel zurückgleiten. »Du bist mir ja ein schöner Kavalier, Hartmuth.«

Doch damit nicht genug. »War es nicht auch deine Mutter, die dieses Treffen arrangiert hat?«, setzte sie das Verhör fort.

»Ja, schon«, gab Hartmuth zu. »In einem Betrieb wie dem unseren muss man sich die Arbeit eben teilen ...«

»Die Arbeit?« spottete Anna, deren Gesicht anzumerken war, dass sie tief enttäuscht war. Trude hingegen schien eine gewisse Genugtuung zu empfinden, weil sie Anna nun den Wind aus den Segeln genommen hatte.

Hartmuth seufzte.

Die Situation wuchs ihm über den Kopf.

Hilfe suchend blickte er sich um, in der Hoffnung, irgendwie von der Peinlichkeit ablenken zu können, die an seinem Tisch entstanden war.

All seine Gäste schauten zu ihm herüber. Zum Glück hatten nur die wenigsten mitbekommen, was an seinem Tisch geschah. Aber es würde nicht lange dauern, bis auch die Leute in den hintersten Reihen wissen würden, dass die Dinge nicht zum Besten standen.

Von seiner Mutter war keine Hilfe zu erwarten. Sie starrte nur eindringlich zu ihm herüber, wie um ihn aufzufordern, sich erfolgreich »seinen Frauen« zu widmen.

Am Zelteingang tat sich auch nichts. Helen Dante war offenbar noch immer nicht eingetroffen. Dabei hätte ihr Erscheinen sicher dafür sorgen können, dass Anna und Trude wieder auf andere Gedanken kämen.

Gott sei Dank fiel ihm jetzt das noch unangetastete Büfett wieder ein.

Mit neuem Mut hob er die Arme.

»Alle mal herhören!«, rief er. »Es fehlt zwar noch eine Kandidatin. Aber ich will euch nicht länger hungern lassen. Das Büfett ist hiermit eröffnet!«

Von allen Tischen kam Zustimmung und sofort setzte ein allgemeines Gedrängel und Geschiebe in Richtung auf die vollbeladenen Büfetttische ein.

»Ihr dürft natürlich den Anfang machen«, erklärte Hartmuth Anna und Trude. »Unser Schlachter ist für seine kalten Platten weit über die Grenzen unseres Dorfes hinaus bekannt.«

Anna schaute skeptisch, als Hartmuth sie und Trude auf das Büffet zuschob.

»Eigentlich bin ich nicht besonders hungrig«, meinte sie und ließ den Blick abschätzig über die kunstvoll arrangierten Speisen schweifen. »Außerdem ernähre ich mich sehr kalorienbewusst, musst du wissen, Hartmuth. Ich werde Trude den Vortritt lassen. Sie sieht aus, als wäre sie derartige Hausmannskost gewohnt.«

Trude schluckte eine deftge Erwiderung, die ihr auf den Lippen lag, hinunter und wandte sich dem Büfett zu, das sie genauestens inspizierte. Mit sichtlichem Vergnügen nahm sie einen Teller und belud ihn reichlich mit den verschiedensten Köstlichkeiten.

7. KAPITEL

Es wird nicht besser

Hartmuth hatte gehofft, dass er nun, da seine Gäste mit Essen beschäftigt waren, nicht mehr so sehr im Mittelpunkt des Interesses stehen würde. Er hätte mit Anna und Trude gern ein etwas entspannteres Gespräch in privater Atmosphäre geführt. Schließlich wollte er diese beiden Frauen näher kennenlernen. Seine Hoffnung erfüllte sich jedoch nicht, im Gegenteil. Etliche Gäste statteten Hartmuths Stehtisch nun kurze Stippvisiten ab. Hartmuth musste alle miteinander bekannt machen und Nettigkeiten austauschen.

Besonders Karsten konnte sich gar nicht mehr losreißen, sondern verwickelte Anna und Trude in ein ausgedehntes heiteres Schwätzchen.

Und tatsächlich schaffte er es, die Stimmung an Hartmuths Tisch wieder zu heben. Mehmals brachte er Trude sogar zum Lachen. Ihr Gesicht wirkte dabei sehr liebreizend und in ihren Augen blitzte es auf. Auch Anna gab ihre Reserviertheit auf und verzichtete vorerst darauf, Trude mit weiteren Sticheleien zuzusetzen.

»Habt ihr eigentlich eine Ahnung, was auf euch zukommt, wenn ihr auf einem Bauernhof lebt?«, wollte Karsten wissen.

Er hatte die Arme auf die Tischplatte gestützt und den Oberkörper vorgebeugt, als wäre er ein alter Vertrauter der beiden Frauen.
»Eine ähnliche Frage hat mir Hartmuths Mutter in ihrem Brief ebenfalls gestellt«, sagte Anna. »Und ich habe darauf wahrheitsgemäß geantwortet.«
Herausfordernd wandte sie sich an Hartmuth. »Hast du unsere Briefe eigentlich gelesen?«, wollte sie wissen. »Oder hast du das auch deiner Mutter überlassen?«
»Selbstverständlich habe ich eure Briefe gelesen«, versicherte Hartmuth, heilfroh, dass er sich dafür die Zeit genommen hatte. Andernfalls wäre er nun in die nächste peinliche Situation gestolpert.
»Du hast geschrieben, Anna, dass du dir durchaus vorstellen könntest, dich an den anfallenden Arbeiten auf dem Hof zu beteiligen. Als Ausgleich für deine Tätigkeit in der Bank sozusagen. Deinen Job würdest du deshalb aber nicht aufgeben.«
Anna lächelte. »Und?«, wollte sie dann wissen. »Würde es dich stören, mit einer Frau zusammenzuleben, die einem eigenen Beruf nachgeht, der nichts mit der Landwirtschaft zu tun hat?«
Hartmuth zuckte mit den Schultern. »Optimal wäre das sicherlich nicht«, räumte er ein. »Doch wenn zwischenmenschlich alles stimmt, könnte ich damit gut leben.«
»Mir würde es nichts ausmachen, auf deinem Hof zu arbeiten«, schaltete sich Trude ein. »Als Hausfrau bin ich es gewohnt, meine Arbeitskraft ganz in den eigenen Haushalt zu stecken.«

»Einen gewöhnlichen Haushalt zu führen ist aber etwas anderes, als einen großen Bauernhof mit Viehwirtschaft und Ackerbau in Schuss zu halten«, warnte Karsten.
»Das ist mir klar«, gab Trude zurück. »Ich wollte damit sagen, dass ich mich an die harte körperliche Arbeit schon gewöhnen werde.«
Hartmuth warf Karsten einen verärgerten Blick zu. Sein bester Freund war drauf und dran, ihm die Show zu stehlen. Das Thema, das er angeschnitten hatte, hatte er eigentlich selbst zur Sprache bringen wollen.
»Ich habe eine Idee, wie ihr mich und das Leben auf dem Hof besser kennenlernen könnt«, verkündete er, ehe Karsten erneut das Wort ergreifen konnte. »Aber das würde ich mit euch gern in aller Ruhe besprechen.«
Karstens Miene verdüsterte sich. Er rückte vom Tisch ab. »Verstehe schon«, grummelte er. »Du willst mit deinen Frauen lieber allein sein.«
Er winkte ihnen zu.
»Aber der Abend ist ja noch jung«, sagte er vielversprechend. »Wir sehen uns sicher später noch.«
Damit wandte er sich ab und stapfte davon.

»Jetzt hast du deinen Freund aber gekränkt«, meinte Trude vorwurfsvoll.
Hartmuth winkte ab. »Karsten hat ein dickes Fell. Darum braucht er auch manchmal einen Rüffel. Er wird sich schon wieder beruhigen. Er braucht dir nicht leid zu tun.«

»Und worüber wolltest du mit uns sprechen?«, erkundigte sich Anna.
Hartmuth sah sich um. »Nicht hier. Diese ganzen Leute machen mich nervös.«
»Warum denn das?«, wunderte Anna sich und lachte auf. »Bist du etwa kein geselliger Mensch?«
»Ich denke, Hartmuth wünscht sich einfach nur etwas mehr Privatsphäre«, verteidigte Trude ihn. »Ich versteh das gut. Ich bespreche private Dinge auch nicht gern in der Öffentlichkeit.«
»Okay, dann gehen wir eben woandershin«, sagte Anna.
»Ich werde euch ein wenig im Haus herumführen«, sagte Hartmuth. »Da können wir dann alles besprechen.«

»Das Haus ist ja verdammt groß«, bemerkte Anna anschließend, als Hartmuth sie in die Wohnstube führte.
»Früher mussten hier ja auch mehrere Generationen Platz finden«, erklärte Hartmuth. »Jetzt lebe ich mit meiner Mutter allein hier.«
»Das stelle ich mir ziemlich trostlos vor«, meinte Anna, während sie mit Trude auf dem Sofa Platz nahm.
Hartmuth ließ sich in seinen Lieblingssessel fallen. »Ich bin sowieso die meiste Zeit draußen«, sagte er. »Aber du hast natürlich Recht. Das Haus ist schon für eine große Familie gedacht.« Er warf Anna einen hoffnungsvollen Blick zu. »Vielleicht ändern sich die Familienverhältnisse hier demnächst ja.«

Anna reagierte gleichmütig. »Auf jeden Fall ist hier genug Platz, um sich nicht auf die Nerven zu gehen.«

»Es muss für deine Mutter ziemlich schwer sein, dieses große Haus sauber zu halten«, warf Trude vorsichtig ein. »Hier ist ja alles tipptopp in Ordnung.«

Hartmuth starrte für einen Moment blicklos vor sich hin. »Meine Mama wird bald Hilfe benötigen«, stellte er schließlich fest. »Zur Not könnte ich eine Putzfrau einstellen. Aber das würde Gisela nicht gern sehen. Sie ist da sehr eigen.«

Trude begriff sofort. »Es wäre ihr sicherlich lieber, wenn ihre Schwiegertochter ihr zur Hand gehen würde, nicht wahr, Hartmuth?«

Hartmuth nickte und wandte sich mit einem scheuen Blick wieder Anna zu. »Ob sie sich wohl dafür hergeben würde, mit Putzeimer, Staubsauger und Schrubber bewaffnet das Haus sauber zu halten«?, fragte er sich.

Aber egal, dachte er, in jedem Fall würde es sich lohnen, das herauszufinden. Um mit dieser aufregenden Frau zusammen zu sein, würde er sogar eine Putzfrau engagieren, auch gegen den Willen seiner Mutter. Trotzdem würde sich Anna mit dem arbeitsreichen Leben auf dem Bauernhof arrangieren müssen. Und ob ihr dies gelingen würde, konnte er beim besten Willen nicht einschätzen.

Er räusperte sich. »Ich würde euch gern einen Vorschlag unterbreiten.«

»Nur heraus damit«, forderte Anna ihn auf.

»Wie wäre es, wenn jede von euch testweise ein paar Tage auf meinem Hof verbringen würde? Natürlich nacheinander. So könntet ihr aus erster Hand erfahren, was es heißt, mit einem Mann zusammenzuleben, der Bauer ist.«

»Das klingt recht interessant«, ergriff Trude als erste das Wort. »Ich wäre dabei.«

Erwartungsvoll sah Hartmuth Anna an. »Und wie steht es mit dir?«, fragte er.

»Ich weiß nicht so recht«, räumte sie ein und starrte unschlüssig auf ihre rot lackierten Fingernägel. Dann gab sie sich einen Ruck und sah Hartmuth direkt an.

»Wozu lange um den heißen Brei herumreden«, sagte sie kühl. »Ich habe mit Männern schon so viele Enttäuschungen erlebt, dass ich mir geschworen habe, in Zukunft besser aufzupassen.« Sie atmete tief durch. »Und ich glaube einfach, dass es mir mit dir nicht anders ergehen würde, Hartmuth«, erklärte sie dann mit rauer Stimme. »Für dich gibt es offenbar nichts Wichtigeres als deine Landwirtschaft. Und ich habe einfach keine Lust, im Leben eines Mannes nur die Nummer zwei zu sein.«

In Hartmuth breitete sich Panik aus. Mit einer solch klaren Abfuhr hatte er nicht gerechnet.

»Du kannst doch nicht so schnell ein Urteil fällen!«, brauste er auf. »Ich habe mit Frauen nur wenig Erfahrung. Kein Wunder, wenn ich dir da wie ein Bauer erscheine! Aber das kann sich doch ändern!«

Anna zuckte nur mit den Achseln. »Versprechungen habe ich in meinem Leben schon genug gehört. Für mich zählen nur die Tatsachen. Und die sagen mir eindeutig, dass es mit uns nichts werden wird. Und du bist ein Bauer, Hartmuth. Es tut mir leid, wenn ich bei dir falsche Hoffnungen geweckt habe.«

Hartmuth konnte nicht fassen, dass Anna ihm nicht einmal eine Chance geben wollte, sich zu beweisen. Was konnte er denn dafür, dass sie ein gebranntes Kind war und schon einiges durchgemacht hatte! Wäre sie jünger gewesen, hätte sie sich auf dieses Abenteuer bestimmt eingelassen!
Verzweifelt suchte er nach Worten, um sie doch noch umzustimmen.
Bevor er aber auch nur einen einzigen passenden Satz fand, sprach Anna weiter.
»Sei nicht traurig, Hartmuth. Du hast ja noch Trude. Ich bin überzeugt, dass ihr zusammen glücklich werden könnt.«
Hartmuth schnaufte wütend. Er wollte sich von Anna doch nicht mit Trude abspeisen lassen.
»Trude ist mir einfach zu dick!«, entfuhr es ihm, ohne daran zu denken, dass Trude ja vor ihm saß. »Meine Ehefrau habe mir ich so nicht vorgestellt!«
Trude wurde leichenblass und starrte ihn mit großen Augen fassungslos an.
»Das ist ja wohl eine Frechheit!«, fuhr sie ihn an. »Hast du mich etwa extra anreisen lassen, nur um mich zu beleidigen?«
»Natürlich nicht«, wehrte Hartmuth mit hochrotem Kopf ab.
»Wie kannst du nur so gemein sein?« Trude nestelte ein Taschentuch aus ihrer Rocktasche hervor und tupfte die hervorschießenden Tränen aus ihren Augenwinkeln. »Die Gefühle anderer bedeuten dir wohl gar nichts. Deinen Freund hast du auch vor den Kopf gestoßen. Du bist ein grober Holzklotz!«
»Entschuldige bitte, Trude«, sagte Hartmuth. Hilflos beugte er sich vor und wollte nach Trudes Hand greifen.

»Fass mich nicht an!«, schrie sie außer sich und zog ihre Hand zurück.

Hartmuth warf Anna einen hilfesuchenden Blick zu. Doch die zuckte nur gelassen mit den Schultern. »Das musst du wohl selbst geradebiegen«, meinte sie mitleidlos.

»Ich habe es doch gar nicht so gemeint«, jammerte Hartmuth.

»Gib dir keine Mühe«, schluchzte Trude. »Mit dir bin ich fertig. Du hast dein wahres Gesicht gezeigt. Rücksicht oder Feinfühligkeit ist von dir nicht zu erwarten!«

Hartmuth sprang auf. »Das könnt ihr mir doch nicht antun!«, rief er. »Wie werde ich denn jetzt vor meinen Gästen dastehen?«

Erst jetzt bemerkte Hartmuth, dass seine Mutter in den Raum getreten war. Sie stand noch halb in der offenen Tür und hatte ihre Stirn gefurcht.

Hartmuth sprang erbost auf. »Ich weiß beim besten Willen nicht, was ich mit diesen Frauenzimmern anfangen soll!«, rief er seiner Mutter zornig zu. »Am besten, wir blasen das Fest ab. Ich habe die Nase voll!«

»Was ist denn passiert?«, fragte Gisela.

»Anna hat eingesehen, dass sie Hartmuth niemals lieben könnte. Und ich bin ihm zu fett!«, schluchzte Trude.

Gisela stemmte die Fäuste in die Hüften und sah Hartmuth strafend an. »Kann man dich denn nicht einmal allein lassen, ohne dass gleich ein Unglück über dich hereinbricht?«

»Was hab ich denn Schlimmes gemacht!«, wehrte Hartmuth sich. »Warum seid ihr Frauen bloß so verdammt kompliziert?«

Er hatte genug. Wutschnaubend schob er sich an seiner Mutter vorbei und stürmte den Korridor entlang. Sein Ziel war die Hintertür, die direkt zu den Stallungen führte. Hartmuth wollte jetzt bei seinen Tieren sein. Die verstanden ihn und wussten instinktiv, dass er im Grunde ein herzensguter Mensch war.

8. KAPITEL

Eine unerwartete Wendung

Hartmuth blieb eine Weile im Pferdestall und schaute dann auch noch bei den Kühen vorbei. Zuerst beobachtete er aber die beiden Fohlen. Beim Anblick der Jungtiere, die voller Zutrauen waren und von den Unwägbarkeiten des Lebens noch nichts ahnten, beruhigte er sich wieder.

Nachdem er sich davon überzeugt hatte, dass auch mit den Milchkühen alles in bester Ordnung war, hoffte er, dass das Fiasko, das er angerichtet hatte, womöglich nicht gar so schlimm war, wie es ihm zunächst erschienen war.

Trude würde sich mittlerweile vermutlich beruhig haben. Immerhin wollte ja auch sie etwas von ihm. Vielleicht war sie sogar bereit, ihm zu verzeihen. Anna allerdings würde ihre Meinung kaum geändert haben. Der kurze Traum vom Zusammenleben mit dieser attraktiven, selbstbewussten Frau war schon ausgeträumt.

»Tja, da werde ich wohl mit Trude vorlieb nehmen müssen«, dachte er zerknirscht und schloss die Stalltür hinter sich. Er wunderte sich selbst, wie berechnend er war.

Der Regen hatte etwas nachgelassen, und Hartmuth gelangte halbwegs trocken zur Hofwiese.

Aus dem Festzelt drangen laute Tanzmusik und dröhnendes Gelächter. Seine Gäste schienen sich trotz seiner Pleite prächtig zu amüsieren!
Vielleicht wendete sich doch noch alles zum Guten, wünschte Hartmuth sich inbrünstig. Trotzdem fühlte er sich nicht gerade wie ein Sieger, als er in das Zelt trat.
Er ließ seinen Blick über die Köpfe schweifen.
Anna entdeckte er als Erste. Sie stand mit einer Gruppe etwa gleichaltriger Frauen zusammen und unterhielt sich angeregt. »Hoffentlich lästern sie nicht über mich«, dachte Hartmuth und hielt nun nach Trude Ausschau. Ihr Anblick versetzte ihm einen leichten Stich ins Herz, denn sie schwang gerade in den Armen von Karsten zu einer flotten Melodie das Tanzbein.
Hartmuths erster Impuls war, auf Karsten zuzugehen und ihn zur Rede zu stellen. Dann fing er einen Blick von Trude auf. Sofort drehte sie sich demonstrativ von ihm weg und schmiegte sich noch dichter an Karstens stämmigen Körper. Sein Freund strahlte vor Glück. Hartmuth nahm er überhaupt nicht wahr, denn seine ganze Aufmerksamkeit galt seiner Tanzpartnerin, die er gekonnt und schwungvoll über das Parkett führte.
Hartmuth ballte die Fäuste. Die beiden gaben ein hübsches Paar ab. Der bullige Karsten und die pummelige Trude sahen aus, als wären sie schon eine Ewigkeit zusammen.
Hartmuth hielt es nicht länger aus.
Er hatte sich vor dem ganzen Dorf lächerlich gemacht und auf ganzer Linie versagt. Die Chance, endlich eine Frau zu treffen, die es mit ihm aushalten würde, war vertan. Anna, die er so-

fort genommen hätte, hatte ihm unmissverständlich zu verstehen gegeben, dass sie ihn für einen beschränkten Langweiler hielt. Trude hatte er so sehr vor den Kopf gestoßen, dass sie ohne Umwege zu Karsten fand. Und die Dritte war gar nicht erst erschienen, weil ihr wohl im Vorfeld klar geworden war, dass es nicht die Mühe lohnte, sich zum Friedmann-Hof aufzumachen.

Nicht einmal seine Mutter beachtete ihn. Umringt von ein paar Nachbarn, die auf sie einredeten, saß sie an einem Tisch und tupfte sich Tränen aus den Augenwinkeln. Sogar sie hatte er enttäuscht, sie ganz besonders!

Verzweifelt stürmte Hartmuth wieder aus dem Zelt ins Freie. Niedergeschlagen schleppte er sich über den dunklen Hof. Den Regen, der auf ihn niederprasselte, spürte er kaum. Er stellte sich unter das Schleppdach des Maschinenschuppens, wo er vor den Blicken seiner Gäste verborgen war, und zog eine Packung Zigarillos aus der Jackentasche hervor.

Er hatte diese Zigarillos gekauft, um am Ende dieses Abends seinen Triumph zu feiern – optimistisch hatte er sich ausgemalt, wie er, wenn alle Gäste fort wären, glücklich hier stehen und zufrieden vor sich hinpaffen würde, während er den gelungenen Abend Revue passieren ließe – und an die Frau dächte, die in Zukunft ihr Leben mit ihm teilen würde.

Aber es war alles ganz anders gekommen. Na gut, den Zigarillo würde er jetzt trotzdem rauchen, und sei es aus Trotz.

Hartmuth zündete das gute Stück an und ließ seine Gedanken schweifen. Trotz des Debakels, das er zu verantworten hatte, würde sein Leben halt so weitergehen wie bisher. Auch nicht

schlimm. Natürlich würden die Leute aus dem Dorf dafür sorgen, dass dieses Hoffest nicht so schnell in Vergessenheit geriet. Hartmuth würde damit leben müssen, dass man ihn damit noch lange aufziehen würde.
Er ließ den Blick über die Gebäude seines Hofes schweifen, die sich in der Dunkelheit nur undeutlich abzeichneten. Das Festzelt wurde vom Stall verdeckt. Der Schein der bunten Lampen schimmerte geheimnisvoll über das hohe Dach hinweg und stieg in breit gefächerten Strahlen in den nächtlichen Himmel empor, der von der Musik und dem Lachen der Gäste widerhallte.

Da näherte sich der Hofeinfahrt ein Auto. Während der Wagen in die Einfahrt bog, huschte das Scheinwerferlicht kurz über Hartmuth hinweg und blendete ihn.
Er blickte zu dem Fahrzeug hinüber, das nun langsam auf den Hof rollte. Es war ein roter Kleinwagen.
Der Fahrer schien unschlüssig, wo er sein Auto parken sollte, steuerte es dann aber schließlich unter das Schleppdach, unter dem Hartmuth stand.
Er warf den Zigarillo in eine Pfütze und trat auf den Wagen zu, dessen Scheinwerfer erloschen, als der Motor ausgeschaltet wurde. Hartmuth hatte für die Gäste eigens einen Parkplatz auf der anderen Straßenseite eingerichtet, doch offenbar hatte der späte Gast die Pappschilder, die auf den Parkplatz hinwiesen, nicht bemerkt.
Hartmuth klopfte unfreundlich gegen die Seitenscheibe der

Fahrertür. Er konnte nicht erkennen, wer in dem Wagen saß.
»Sie dürfen hier nicht parken!«, rief er.
Das Fenster wurde heruntergekurbelt.
»Haben Sie mich erschreckt!«, drang eine helle Frauenstimme aus dem dunklen Wageninnern. »Ich habe Sie gar nicht gesehen. Wissen Sie, ob ich hier richtig bin? Ich suche den Hof der Friedmanns.«
»Da haben Sie einen Volltreffer gelandet«, meinte Hartmuth.
»Da bin ich aber froh.« Unbeeindruckt von Hartmuths abweisendem Aufreten, öffnete die Frau den Wagenschlag, wobei sich die Innenbeleuchtung des Fahrzeugs einschaltete.
Hartmuth sah nun eine schwarzhaarige schlanke Frau aus dem Wagen steigen. Sie trug ein schlichtes, naturfarbenes Baumwollkleid und eine Perlenkette zierte ihren grazilen Hals. Sie sah Hartmuth mit ihren grünen Augen forsch an.
»Bist du vielleicht Hartmuth?«, fragte sie schließlich, »Hartmuth Friedmann?«
Er nickte überrascht.
»Ich bin Helene Dante«.
»Mit Ihnen habe ich schon gar nicht mehr gerechnet«, stammelte Hartmuth überrumpelt,
Die Frau lachte. »Sollen wir uns nicht duzen?«, schlug sie amüsiert vor, »immerhin wollen wir ja vielleicht heiraten!«
»Klar«, stotterte Hartmuth. »Entschuldige. Ich bin ein bisschen durcheinander.«
»Macht nichts. Geht mir auch oft so. Darum bin ich auch erst so spät gekommen. Ich hab mich völlig verfahren.«
»So?«, fragte Hartmuth skeptisch. »Da musst du aber ganz ge-

hörig vom Weg abgekommen sein, wenn du erst jetzt hier eintriffst. Das Fest ist schon seit ein paar Stunden im Gange.«

»Ich war auch schon kurz davor, wieder umzukehren. Es macht bestimmt keinen guten Eindruck, dass ich erst so spät komme.«

Hartmuth winkte ab. »Du hast nichts versäumt.«

»Nicht? Sind die anderen Frauen denn nicht erschienen?«

»Doch – das schon. Aber mit denen bin ich fertig. Der Abend war ein fürchterlicher Reinfall.«

Helen musterte ihn prüfend. Ihr Gesicht strahlte leicht im Widerschein der Fahrzeuginnenbeleuchtung. »Das tut mir leid«, sagte sie, fügte aber aufmunternd hinzu: »Dann habe ich ja vielleicht noch eine Chance.«

Hartmuth musste lächeln. Helen hatte es geschafft, ruckzuck die trüben Wolken zu vertreiben, die sein Gemüt verfinstert hatten.

»Ich muss dich aber warnen«, sagte er. »Ich kann unausstehlich sein. Und besonders interessant bin ich auch nicht.«

»Den Eindruck hatte ich eigentlich nicht, als ich deinen Lebenslauf gelesen habe.«

»Den hat meine Mutter für mich verfasst.«

»Eine Mutter kennt ihr Kind oft besser, als es sich selbst kennt«, gab Helen zurück. »Und mir schien nicht, dass deine Mutter irgendetwas beschönigen wollte. Sie hat keinen Hehl daraus gemacht, dass es mit dir nicht immer einfach ist und dass das Leben auf einem großen Bauernhof ziemlich hart und entbehrungsreich sein kann.«

Hartmuth staunte. Diese verflixte Helen schien sich nicht abschrecken zu lassen. Und außerdem sah sie ziemlich aufregend aus, soweit er das bei dem schwachen Licht feststellen konnte.

»Ich hab übrigens ein kleines Begrüßungsgeschenk für dich«, fiel ihm plötzlich ein. Er zog die letzte der Schachteln aus seiner Jackentasche hervor und gab sie Helen.

»Vielen Dank«, freute sie sich und deutete einen Knicks an. »Ich hab auch was für dich.«

»Wirklich?«, wunderte sich Hartmuth.

Helen beugte sich in ihren Wagen und kramte im Handschuhfach herum. Dabei spannte sich der Stoff ihres Kleides verführerisch über ihren wohlgeformten Hintern. Hartmuth konnte nicht anders als hinzuschauen. Gerade noch rechtzeitig löste er seinen Blick, als Helen wieder aus dem Wagen hervorkam. Sie überreichte ihm ein flaches, quadratisches Päckchen. Eine CD, dachte er. Er konnte sich nicht erinnern, wann ihm zuletzt jemand ein Geschenk gemacht hatte – abgesehen von seiner Mutter.

»Danke«, sagte er gerührt.

Gleichzeitig wickelten beide ihre Päckchen aus. Helen hatte ihm tatsächlich eine selbstgebrannte Musik-CD geschenkt. »Country-Musik«, hatte sie mit bunten Filzstiften auf das Cover geschrieben.

»Magst du Country-Musik?«, fragte sie, während sie noch an ihrer eigenen Schachtel nestelte. »Ich dachte, einem Landwirt müsste das gefallen.«

Hartmuth wollte gerade antworten, als Helen endlich ihre Schachtel geöffnet hatte.

»Das ist aber hübsch!«, rief sie aus und zog ein buntbemaltes bauchiges Glas hervor, in dem sich ein Teelicht befand.
Sie drehte das Glas auf den Kopf und die Kerze glitt auf ihre Handfläche. Dann zündete sie den Docht mit einem Feuerzeug an und setzte das Teelicht behutsam in das Glas zurück, das sie dann auf das Wagendach stellte.
Das Kerzenlicht ließ die fröhlichen Blumenmotive in der Nacht hell aufscheinen und zauberte einen bläulichen Schimmer auf Helens schwarzes Haar.
»Da hast du was Schönes ausgesucht«, lobte sie, während ihre grünen Augen aufblitzten.
Sie stellte sich auf die Zehenspitzen und hauchte ihm einen Kuss auf die Wange.
»Danke, Hartmuth. Ich glaube, du bist wirklich ein ganz netter Bursche.«
Hartmuth war völlig überrumpelt. Helens weiche Lippen auf seiner Wange hatten ihn auf der Stelle verzaubert.
Ihre herzliche, offene Art imponierte ihm. Auch wenn sie unansehnlich oder dick gewesen wäre, hätte sie ihn gewonnen, war er sich sicher.
»Ich bin gespannt, ob dir mein Musik-Mix auch gefällt «, sagte sie. »Ich hab lange überlegt, was ich dir mitbringen könnte.«
Hartmuth räusperte sich verlegen.
»Ich ... ich habe mir auch eine Menge Gedanken gemacht, was ich dir schenken soll«, hörte er sich sagen.
Er presste die Lippen aufeinander, bevor ihm noch eine weitere Lüge entschlüpfte. Aber das Gesagte war nicht mehr rückgängig zu machen. Andererseits wollte er Helen auf keinen

Fall enttäuschen. Das würde aber passieren, wenn sie erfuhr, dass nicht er, sondern seine Mutter für das kleine Geschenk verantwortlich war.
»Ein helles buntes Licht passt doch irgendwie zu deinem Namen und auch zu deinem Wesen«, erfand er rasch einen Grund dafür, dass er ihr ausgerechnet dieses Teelicht zugedacht hatte.
»Das ist lieb von dir«, sagte Helen gerührt. »So etwas Nettes hat mir schon lange kein Mann mehr gesagt.«
Hartmuth schluckte trocken. Er musste das Thema dringend beenden, um sich nicht noch tiefer in Unwahrheiten zu verstricken.
»Könnten wir die CD nicht in deinem Auto anhören?«, schlug er vor. »Dann könnte ich ja feststellen, ob mir dein Mix gefällt.«
»Das würde viele zu lange dauern«, sagte Helen und erinnerte ihn: »Du musst doch sicher zu deinen Gästen zurück.«
An das Hoffest hatte Hartmuth gar nicht mehr gedacht. Was die Leute wohl sagen würden, wenn er mit Helen dort erschien?
Er grinste, als er sich die erstaunten Gesichter vorstellte.
»Du hast bestimmt Hunger«, stellte er fest und bot Helen den Arm an. »Wenn du Glück hast, ist das Büfett noch nicht ganz leer gefegt.«
Helen wandte sich ihrem Wagen zu, pustete die Kerze aus und stellte das Windlicht auf der Armatur des Fahrzeuges ab.
»Was ist jetzt mit meinem Auto?«, fragte sie. »Soll ich es noch auf den Parkplatz fahren?«

Hartmuth winkte ab. »Lass deinen Wagen ruhig hier stehen«, sagte er. »Schließlich bist du mein Ehrengast.«
Helen stieß die Wagentür zu und hakte sich bei Hartmuth unter.
»Ich bin froh, dass ich noch hierher gefunden habe«, sagte sie vergnügt, während Hartmuth sie an den Pfützen vorbei auf die Hofwiese führte.
»Ich auch«, erwiderte Hartmuth glücklich. »Ich hatte schon befürchtet, der Abend wäre ein voller Reinfall gewesen.«
»Ich gefalle dir also?«, fragte Helen nach.
»Und wie!«, strahlte Hartmuth sie an. »Übrigens hätte ich noch einen Vorschlag zu machen, falls du mich und die Arbeit auf dem Hof besser kennenlernen möchtest ...«
»Dann lass mal hören«, verlangte Helen. »Ich bin für fast jede Schandtat zu haben.«

9. KAPITEL

Fast ein Sieg

Mit Helen an der Hand durchquerte Hartmuth das Festzelt. Die Gespräche verstummten augenblicklich und neugierig wandten sich die Partygäste dem Paar zu, das da zielstrebig auf die Tanzfläche eilte.

Doch Hartmuth hatte gar nicht vor, mit Helen zu tanzen – noch nicht. Er hielt auf das Mischpult des Discjockeys zu. Die Paare auf dem Tanzboden bildeten für Hartmuth und seine unbekannte Begleiterin eine Gasse.

Hartmuth bat den Discjockey, die Musik leise zu drehen. Dann schnappte er sich das Mikrofon und wandte sich den Gästen zu.

Stolz legte er Helen den Arm um die Schultern, die zurückhaltend in die Runde lächelte. Es war ihr anzusehen, dass sie sich an Hartmuths Seite wohl fühlte und ihr die Situation keineswegs unangenehm war.

»Meine lieben Freunde, verehrte Gäste«, begann Hartmuth mit getragener Stimme. »Ich habe eine Ankündigung zu machen!«

Alle Anwesenden warteten gespannt auf die Fortsetzung. Trude blickte mit gefurchter Stirn herüber, als würde ihr der

Anblick des Paares vor dem Mischpult zu denken geben. Karsten neben ihr lächelte erwartungsvoll, als würde er sich für seinen Freund ehrlich freuen. Anna hatte stolz und unnahbar den Kopf erhoben. Ihr Gesicht drückte keinerlei Gefühle aus. Hartmuth suchte den Blick seiner Mutter, in dem sich Erstaunen und Erleichterung spiegelten.

»Das ist Helen Dante«, schallte seine Stimme aus den Lautsprechern in die erwartungsvolle Stille. »Und wir haben beschlossen, es miteinander zu versuchen, weil wir uns auf Anhieb sympathisch sind. Kommende Woche wird Helen für ein paar Tage zu mir ziehen, um zu erleben, was es heißt, mit einem Bauern auf seinem Hof zusammenzuleben!«

Im Zelt erhob sich tosender Applaus.

Hartmuth hielt Helen das Mikrofon hin: »Möchtest du vielleicht auch noch etwas sagen?«

»Allerdings«, bekannte Helen. »Ich – möchte mich bei den Gastgebern entschuldigen, weil ich viel zu spät gekommen bin. Ich hatte mich hoffnungslos verfahren.« Sie lächelte. »Aber jetzt kenne ich den Weg ja. Das wird mir nicht nochmal passieren. Und wie es aussieht, werde ich in nächster Zeit ja öfter bei Hartmuth zu Gast sein.«

Diesmal war der Beifall noch lauter.

»Ich wünsche euch allen noch viel Vergnügen!«, rief Hartmuth abschließend. »Amüsiert euch gut!«

Er gab dem Discjockey das Mikrofon zurück. Dann fiel ihm plötzlich Helens CD ein. Er zog sie hervor und reichte sie dem jungen Mann. »Spielen Sie doch bitte ein paar Stücke davon«. Als dann die ersten Akkorde eines Country-Songs erklangen,

verbeugte sich Hartmuth vor Helen und forderte sie zum Tanz auf.
Das Musikstück eignete sich ausgezeichnet zum Tanzen, wie Hartmuth feststellte. Außerdem entpuppte sich Helen als geschickte Tänzerin, die es vortrefflich verstand, Hartmuths tänzerische Schwächen auszugleichen. Es war Jahre her, seit er zuletzt mit einer Frau das Tanzbein geschwungen hatte. Beim dritten Song hatte Helen ihn jedoch so sehr mitgerissen, dass seine Bewegungen immer sicherer wurden.
Die Party dauerte bis in die frühen Morgenstunden. Kurz vor Mitternacht verabschiedeten sich Anna und Trude von Gisela und Hartmuth. Beide bedankten sich für die Einladung und wünschten Hartmuth viel Glück mit Helen.
Sie würden im Dorfgasthaus übernachten, wo Gisela für die drei Frauen Zimmer bestellt hatte. Karsten versuchte vergeblich, Trude noch zum Bleiben zu bewegen. Sie verabschiedete sich von ihm mit einem flüchtigen Kuss auf die Wange.
Als Hartmuth schließlich Helen zum Gasthaus begleitete, dämmerte schon der Morgen herauf. Vor der Haustür küsste Helen Hartmuth sanft auf den Mund und schenkte ihm ein beglücktes Lächeln.
»Ein so wundervolles Fest habe ich schon lange nicht mehr erlebt«, meinte sie schläfrig. »Ich habe mich prächtig amüsiert, Hartmuth.«
»Das lag vor allem an deiner CD und der flotten Country-Musik«, scherzte Hartmuth.
Er schloss sie in seine Arme und drückte sie fest an sich.
»Schlaf gut«, sagte er dann. »Wenn du ausgeschlafen hast,

schau bitte bei mir vorbei. Ich möchte dich doch noch einmal sehen, bevor du wieder abreist.«

»Was glaubst du denn, was ich vorhatte?«, schimpfte Helen scherzhaft. »So schnell wirst du mich nicht wieder los.«

»Das will ich doch auch gar nicht.«

Einen Moment lang standen sie sich gegenüber und sahen sich in die Augen.

»Ich hoffe, du bist mir nicht böse, wenn ich dich jetzt nicht mit auf mein Zimmer bitte«, sagte Helen schließlich zögernd.

Hartmuth schoss die Röte ins Gesicht. »Also – damit hätte ich auch gar nicht gerechnet«, entgegnete er verlegen.

»Dann ist es ja gut«, erwiderte Helen lächelnd und legte ihm eine Hand auf die breite Brust. »Gute Nacht, Hartmuth. Ich bin froh, dass wir uns begegnet sind. Schlaf gut.«

Sie wandte sich um.

»Zum Schlafen werde ich wohl nicht kommen!«, sagte Hartmuth. »Die Schweine müssen gefüttert und die Kühe gemolken werden. Außerdem muss ich in die Weizenfelder. Könnte sein, dass der nächtliche Regen nicht ausgereicht hat und ich die Bewässerungsanlage anstellen muss.«

»Alle Achtung!«, tat Helen beeindruckt. »Du musst wahrhaftig ein kerniger Bursche sein, wenn du nach einer solchen Feier noch das volle Landwirtschaftsprogramm durchziehen kannst.«

»Da bleibt mir gar nichts anderes übrig. Ich bin doch für das Vieh und die Felder verantwortlich.«

Helen strahlte ihn an. »Wenn du mit deiner Partnerin auch so fürsorglich und verantwortungsbewusst umgehst, ist eine Frau bei dir verdammt gut aufgehoben.«

Mit einem Winken verschwand sie in der Pension.
Hartmuth starrte noch eine Weile auf die Tür, die sich hinter Helen geschlossen hatte.
Eigentlich konnte er es noch gar nicht fassen, dass sich diese Nacht, die so fürchterlich begonnen hatte, nun doch noch zum Guten gewendet hatte.
Mit einem ganz ungewohnten Glücksgefühl in der Brust marschierte er fröhlich pfeifend zu seinen Hof zurück, wo eine Menge Arbeit auf ihn wartete.

10. KAPITEL

Man kommt sich näher

Am nächsten Tag gegen Mittag wanderte Hartmuth durch sein Weizenfeld. Die hüfthohen Halme zeigten schon Ansätze von Fruchtständen. Über den weitläufigen Acker spannte sich ein blitzblauer Himmel. Die Sonne ließ die jungen Halme goldgelb aufleuchten und die seichte Brise, die darüber hinwegstrich, verwandelte das ganze Feld in ein seicht wogendes Meer aus flüssigem Gold.

Hartmuth hatte den Boden untersucht und herausgefunden, dass der nächtliche Regen kaum ausgereicht hatte, um die obere Erdkrume mit Feuchtigkeit zu durchtränken. Diese Wassergabe würde durch die warme Sonne bis zum Abend verdunstet sein, so dass es nötig wurde, den Beregnungsautomaten einzusetzen.

Hartmuth war gerade damit beschäftigt, einen Kreisregner auf ein Wasserrohr zu montieren, als ihn das helle Klingeln einer Fahrradschelle aufhorchen ließ.

Neugierig blickte er sich um – und sah Helen, die auf Giselas Fahrrad den Feldweg entlang kam.

Sie trug ein luftiges weißes Kleid, und ihr dunkles seidiges Haar flatterte im Wind. Der Rocksaum war über ihre Oberschenkel gerutscht, so dass ihre langen schlanken Beine zu sehen waren.

Hartmuth folgte ihr mit den Blicken, als Helen das Fahrrad gegen einen Baum lehnte und einen Weidenkorb vom Gepäckträger nahm.

Sie sah wunderschön aus, fand Hartmuth. Und sie passte gut in die sommerliche, sonnendurchflutete Landschaft.

»Deine Mutter und ich haben einen kleinen Picknickkorb zusammengestellt!«, rief sie ihm fröhlich zu, während sie auf ihn zukam. Sie achtete darauf, dass sie keinen der jungen Halme zertrat.

»Du siehst bezaubernd aus«, begrüßte Hartmuth sie und strahlte über das ganze Gesicht.

»Ich fühle mich geschmeichelt«, antwortete Helen und betrachtete ihn kritisch von oben bis unten. »Du siehst mit deiner ausgebleichten Jeans und dem offenen Holzfällerhemd wie ein Abenteurer aus«, befand sie schließlich.

»Ach, das sind doch bloß meine Arbeitsklamotten.«

»Die stehen dir aber gut.«

»So?«, wunderte Hartmuth sich, der sich noch nie im Leben Gedanken darüber gemacht hatte, wie er in seiner Bauernkluft wohl auf Frauen wirkte.

»Hast du Lust auf eine kleine Pause?«, fragte Helen. »Du musst doch entsetzlich hungrig und durstig sein.«

Sie sah sich nach einem geeigneten Picknickplatz um.

»Wir könnten zum Beregnungsautomaten gehen«, schlug Hartmuth vor und deutete zu der hohen Schlauchtrommel hinüber, auf der das elastische Polyesterrohr der Bewässerungsanlage aufgewickelt war. »Dort hätten wir auch etwas Schatten.«

Helen schaute zweifelnd. »Dieses Ungetüm sieht nicht gerade einladend aus«, stellte sie fest.

»Warte erst mal ab, was für einen Lärm die Pumpe macht, die das Grundwasser in die Leitungen befördert. Jetzt ist der Apparat noch harmlos.«

»Na gut.«

Helen breitete im Schatten der Schlauchtrommel die Wolldecke aus und begann, die Leckereien auszupacken, die sich in dem Korb befanden.

Aus einer Thermoskanne goss sie Kaffee in einen Becher, den sie Hartmuth lächelnd reichte.

»Ich hatte schon befürchtet, du wärst längst auf dem Weg nach Hause«, murmelte Hartmuth verlegen.

»Ich hatte dir doch versprochen, dir in jedem Fall noch auf Wiedersehen zu sagen«, erwiderte Helen. »Und was ich verspreche, halte ich auch. Und das gilt natürlich auch für meine Zusage, nächste Woche ein paar Tage auf dem Hof zu verbringen.«

Hartmuth lächelte glücklich. Denn in den letzten Stunden waren ihm doch häufiger Zweifel gekommen, ob Helen sich die Sache nicht doch wieder anders überlegen und ihm eine Abfuhr erteilen würde.

»Du wirst dann aber sehr früh aufstehen müssen«, erinnerte er sie.

Helen zuckte mit den Achseln. »Das macht mir nichts aus«, sagte sie und nahm eines der belegten Brötchen. »Ich bin auch heute schon länger auf den Beinen. Ich hab noch ein wenig mit Anna und Trude gequatscht. Darum bin ich erst so spät auf den Hof gekommen.«

Hartmuths Miene verdüsterte sich. Er dachte nicht gern an Anna und Trude zurück.

»Was habt ihr denn zu besprechen gehabt?«, wollte er wissen.

Helen lachte auf. »Sie haben mir haarklein eure Unterredung in der Wohnstube geschildert.«

»Das hatte ich befürchtet«, brummte Hartmuth und biss lustlos in ein Brötchen.

Helen sah ihn an. »Was du zu Trude gesagt hast, finde ich nicht weiter tragisch. Bei euch ist der Funke eben nicht übergesprungen. Sonst wäre es dir egal gewesen, dass Trude nicht rank und schlank ist. Viele Männer mögen das sogar.«

»Ich nicht«, gab Hartmuth zurück. »Ich mag Frauen, die so gebaut sind wie du.«

»Oder wie Anna«, ergänzte Helen spitz. »Es ist ihr nicht entgangen, dass du sie attraktiv fandest. Aber Gott sei Dank bist du nicht ihr Typ.«

»Eigentlich ist Anna mir zu zugeknöpft«, befand Hartmuth. »Kein Wunder, dass sie nur Pech mit Männern hat, wenn sie ihr wahres Wesen so gründlich verbirgt.«

»Vielleicht hast du Recht«, gab Helen zurück. »Besonders aufrichtig ist sie mir auch nicht vorgekommen.«

Hartmuth schluckte. Täuschte er sich, oder hatte er da einen leisen Vorwurf in Helens Stimme gehört? Sofort musste er an das kleine Windlicht denken und daran, dass er vorgegeben hatte, er hätte es selbst für sie besorgt.

Er sah Helen verlegen an. Dann fasste er sich ein Herz, um die Sache richtigzustellen.

»Mein kleines Geschenk, Helen – in Wahrheit hat meine Mutter es gekauft. Ich habe dich angelogen, weil ich dich nicht enttäuschen wollte.«

Helen lächelte. »Anna hat mir verraten, was es mit diesen Gastgeschenken auf sich hat. Schön, dass du mir nun doch reinen Wein einschenkst.«

»Es tut mir leid.«

»Schon vergessen. Ich freue mich trotzdem über das Geschenk. Und deine schönen Worte dazu verlieren ja durch deine kleine Lüge nicht ihren Wert. Die kamen nämlich von Herzen. Das habe ich deutlich gespürt.«

Hartmuth atmete erleichtert auf. »Eigentlich bin ich auch ein ehrlicher Mensch«, beteuerte er. »Aber irgendwie hat mir dein betörender Anblick den Kopf verdreht.«

Helen lachte froh. »Es ist schön, dass du so offen und ehrlich bist. Solche Eigenschaften sind sehr wichtig. Wie sollte man sonst eine innige Beziehung aufbauen können?«

Plötzlich blickte sie zur Seite und strich sich hektisch eine Haarsträhne aus dem Gesicht, als ob irgend etwas an ihrer eigenen Bemerkung sie unangenehm berührt hätte.

Aber ehe Hartmuth nachfragen konnte, wechselte sie das Thema: »Als deine Mutter mir sagte, wo du bist, haben wir uns spontan entschlossen, ein kleines Picknick vorzubereiten«.

»Verstehst du dich denn mit Gisela?«, wollte Hartmuth wissen.

Helen nickte, als wäre nichts Besonderes dabei, mit einer Frau wie Gisela gut auszukommen. »Allerdings scheint es deiner Mutter nicht gut zu gehen«, fügte sie vorsichtig hinzu.

»Wahrscheinlich die Nachwirkungen des Festes«, wich Hartmuth aus. »So viel Aufregung ist meine Mutter nicht mehr gewohnt.«

»Ich weiß nicht«, meinte Helen. »Ich hatte den Eindruck, dass es nicht nur Erschöpfung ist, was sie so müde und abgekämpft aussehen lässt.«

Hartmuth sah Helen ins Gesicht und fragte sich, ob er ihr von Giselas Krankheit berichten sollte. Er entschied sich, es noch nicht zu tun. Dieses traurige Thema würde nur die zarte Stimmung gefährden, die sich zwischen ihm und Helen wie von selbst einstellte.

Eine Weile saßen sie schweigend da und aßen. Anschließend räumte Helen die Sachen fort und wischte die Krümel von der Decke.

»Komm doch ein bisschen näher«, forderte sie Hartmuth auf.

»Ich bin ziemlich dreckig.«, warnte er.

Helen lächelte und schob sich ein Stück auf ihn zu. »Das stört mich nicht.«

Schüchtern ergriff Hartmuth ihre zierliche Hand.

»Wenn du magst, darfst du mich küssen«, bot Helen ihm an.

»Und ob ich das mag«, gab Hartmuth zurück und näherte sich ihrem Gesicht.

Helen roch betörend wie eine Wiese mit lauter Frühlingsblumen. Sie schlang ihren Arm um seinen Nacken und zog ihn fest zu sich heran, bis ihre Lippen sich berührten.

Helens Mund war weich und warm. Es lag zugleich etwas Forderndes und Zurückhaltendes in ihrem Kuss. Hartmuth wünschte, er würde niemals enden.

Aber plötzlich löste Helen sich von ihm und blickte ihn forschend an. »Nun?«, fragte sie verschmitzt. »Gefällt es dir?«

»Und wie«, erwiderte Hartmuth. »Und dir? Küsse ich gut genug? Darin habe ich nämlich kaum Übung.«

»Du bist lernfähig«, urteilte Helen ironisch. »Das hast du schon beim Tanzen bewiesen. Beim Küssen wird es bestimmt noch schneller gehen.«

Hartmuth wollte sofort mit der Lektion fortfahren. Etwas unbeholfen schlang er seine Arme um Helen und presste seinen Mund auf ihren. Aber mit einer leichten Berührung bedeutete sie ihm, es etwas behutsamer anzugehen.

Er reagierte auf der Stelle und nun schien Helen zufrieden. Sie seufzte und ließ sich langsam auf die Wolldecke sinken.

Hartmuth folgte ihrer Bewegung, bis er halb auf ihr lag. Er stützte sein Gewicht mit einem Arm ab, während er sie ohne Unterlass innig küsste. Nach einer Weile nahm Helen seine andere Hand und legte sie auf ihren Bauch, der sich unter ihren Atemzügen heftig bewegte.

Behutsam begann Hartmuth, sie zu streicheln. Und langsam glitt seine Hand an ihrem Bauch empor ...

In diesem Augenblick tönte vom Feldweg ein lautes Hupen zu ihnen herüber.

Erschreckt fuhren die beiden hoch und blickten sich um. Nahe dem Baum, an dem Helen ihr Rad abgestellt hatte, parkte Karstens staubiger Mercedes. Er stand neben der offenen Tür und drückte mit dem Handballen auf die Hupe.
Ärgerlich stand Hartmuth auf.
Sein Freund bemerkte ihn sofort. »Da bist du ja!«, rief er und winkte. Als er Helen sah, die sich nun ebenfalls erhob und ihr Kleid richtete, ließ er den Arm verschämt sinken.
»Tut mir leid, dass ich euch stören muss! Aber Dr. Schwenkert schickt mich. Deiner Mutter geht es nicht gut, Hartmuth. Sie ist auf dem Hof zusammengebrochen!«
Erschrocken ließ Hartmuth Helen stehen und rannte querfeldein zu Karsten hin. »Was ist denn passiert, Mensch?«, fragte er.
»Kann sein, dass sie ins Krankenhaus muss«, berichtete Karsten. »Am besten kommst du sofort mit mir zurück.«
Unschlüssig sah Hartmuth sich um. Sein Traktor parkte in der Feldeinfahrt, aber das Werkzeug, das er zur Justierung der Berieselungsanlage gebraucht hatte, lag neben dem Automaten auf dem Boden verstreut.
»Fahr ruhig, Hartmuth«, sagte Helen, die nun neben ihm stand. »Ich werde hier schon für Ordnung sorgen und dann mit dem Fahrrad nachkommen!«, bot sie an.
»Das würdest du tun?«
»Sicher. Aber jetzt macht euch endlich auf den Weg!«
Dankbar drückte Hartmuth ihr einen Kuss auf die Wange. Dann schwang er sich auf seinen Trecker, startete und tuckerte hinter Karstens Mercedes über den Feldweg davon. Im Rück-

spiegel sah er, dass Helen ihm nachwinkte. Dann wandte sie sich ab und machte sich an die Arbeit.
Wirklich ein tolles Mädchen, freute sich Hartmuth. Doch dann galten seine Gedanken wieder seiner Mutter. Er würde es sich nie verzeihen, wenn sich ihre Krankheit wegen des Hoffestes verschlimmert hätte.

11. KAPITEL

Irrungen – Wirrungen

Eine halbe Stunde später kam Helen auf den Hof geradelt. Dr. Schwenkert fuhr gerade mit ihrem Wagen davon. Helen sah Hartmuths besorgte Miene.

»Und?«, wollte sie wissen und lehnte das Fahrrad gegen die Hauswand. »Wie geht es deiner Mutter?«

»Gott sei Dank muss sie nicht ins Krankenhaus«, sagte Hartmuth. »Sie schläft jetzt. War wohl eine Art Schwächeanfall.«

»Das tut mir sehr leid.«

»Die Ärztin meinte, dass Gisela bald wieder auf dem Damm ist. Es war wohl doch nicht so schlimm.«

»Aber schlimm genug.«

Hartmuth deutete auf den Korb, in dem sich neben den Picknickresten auch sein Werkzeug befand. »Danke, dass du dich um alles gekümmert hast.«

»Das war doch selbstverständlich.«

»Kann ich noch irgend etwas für dich tun?«, erkundigte er sich.

»Nein, vielen Dank. Ich muss los. Auf dem Weg hierher habe ich einen wichtigen Anruf übers Handy bekommen. Ich kann leider nicht länger bleiben.«

»Schade«, entgegnete Hartmuth. Ob er Helen fragen sollte, was für ein Anruf das gewesen war?

»Wir sehen uns in einer Woche, Hartmuth«, versprach Helen. Sie drückte ihm einen Kuss auf die Wange und ging dann zu ihrem Wagen, der noch immer unter dem Schleppdach parkte. Sie stieg ein, startete, wendete und steuerte langsam auf die Ausfahrt zu.

»Es war schön mit dir!«, rief sie durch das geöffnete Seitenfenster und winkte Hartmuth kurz zu.

Dann war sie verschwunden.

Hartmuth seufzte sehnsüchtig. Merkwürdig, dass Helen so plötzlich wegmusste. Dieser Anruf musste ja sehr wichtig gewesen sein. Er hätte nur zu gern gewusst, um was es dabei gegangen war.

»Bist du etwa schon eifersüchtig?«, schimpfte er mit sich – um sich grinsend zu antworten: »Sicher.«

Aber das ungeduldige Muhen der Kühe von der nahen Weide erinnerte ihn daran, dass es heute noch eine Menge zu tun gab. Vorher wollte er aber noch schnell nach seiner Mutter sehen.

Während er auf das Wohnhaus zuschritt, fiel ihm auf, dass bis zum heutigen Tag eine Woche vor lauter Arbeit meist wie im Flug vergangen war.

Jetzt ahnte er, dass ihm die eine Woche, bis er Helen wiedersehen würde, entsetzlich lang vorkommen würde.

Eine Woche später stand Hartmuth in der Küche und wartete. Helen hatte angekündigt, dass sie am späten Vormittag eintreffen würde. Doch der Mittag kam und sie war immer noch nicht da. Hartmuth hatte etwas Leckeres gekocht und wohl oder übel mussten sich Gisela und er nun allein an den Küchentisch setzen. Gisela aß nur wenig und Hartmuth war vor lauter Nervosität der Appetit vergangen.

»Mit der Pünktlichkeit scheint es deine Helen nicht allzu genau zu nehmen«, bemerkte Gisela, während Hartmuth den Tisch abräumte. »Etwas mehr Zuverlässigkeit würde ihr nicht schaden.«

Hartmuth nickte sauer. »Ja, sie hätte wenigstens anrufen können, um zu sagen, dass es später wird.«

In Hartmuth nagten wieder bohrende Zweifel. Vielleicht war es ja doch so, dass Helen nicht im Traum daran dachte, eine Verabredung mit ihm einzuhalten, weil er ihr völlig egal war. Wenn er dann aber an das kleine Picknick mit ihr zurückdachte, verstummten diese Zweifel sofort wieder und die Erinnerung daran breitete sich wohlig in seinem ganzen Körper aus.

Am späten Nachmittag kam sie endlich. Als ihr kleiner Wagen auf den Hof rollte, ging in Hartmuth die Sonne auf. Er lief hinaus und öffnete Helen die Fahrertür.

»Hallo«, sagte er. »Schön, dass du endlich da bist.«

»Tut mir leid, dass ich schon wieder zu spät komme«, sagte Helen zerknirscht, während sie ausstieg.

»Hast du dich schon wieder verfahren?«, versuchte Hartmuth einen halbherzigen Scherz.

»Nein – diesmal ist etwas Persönliches dazwischengekommen.«

»So?«, meinte Hartmuth. Er war sich jetzt gar nicht mehr sicher, ob er tatsächlich wissen wollte, was Helen aufgehalten hatte. Womöglich steckte sie ja in einer Beziehung zu einem anderen Mann, von dem er nichts wissen sollte.

Sie ergriff seine Hände und ließ ihren Blick über den Bauernhof schweifen. Die Sonne stand schon sehr tief und die Schatten waren lang geworden. Der strenge Geruch der Viehställe hing in der Luft.

Helen atmete tief durch. »Es ist schön, wieder hier zu sein«, seufzte sie. »Ich hatte in den letzten Tagen eine Menge um die Ohren.«

»Willst du darüber reden?«, fragte Hartmuth vorsichtig an.

Helen schüttelte den Kopf. »Lieber nicht. Ich bin froh, wenn ich meinen Alltag für ein paar Tage vergessen kann.«

»Dann bist du hier genau richtig«, versicherte Hartmuth. »Ich verspreche dir, dass du keine Gelegenheit mehr haben wirst, an etwas anderes zu denken, wenn du mir bei der Arbeit zur Hand gehst.«

»Dann lass uns nicht länger herumstehen«, forderte Helen ihn auf. »Stürzen wir uns hinein. Ich habe extra ein paar alte Klamotten mitgebracht.«

»Ich zeig dir zuerst noch dein Zimmer«, sagte Hartmuth.

»Okay, und deiner Mutter will ich auch noch guten Tag sagen. Wie geht es ihr denn?«

»Sie muss sich noch schonen, hat die Ärztin gesagt. Aber bald wird es ihr wieder gut gehen, hoffe ich.«

Sie gingen auf das Haus zu.
»Was fehlt denn deiner Mutter überhaupt?«, wollte Helen wissen.
»Sie ist ziemlich krank«, wich Hartmuth aus. »Aber ich möchte lieber nicht darüber sprechen.«
»In Ordnung.« Helen nickte ihm zu. Es schien ihr zu gefallen, dass er sich ihr gegenüber in mancher Hinsicht reserviert gab, so als fiele es ihr dadurch leichter, ihre eigene Zurückhaltung zu rechtfertigen.

In den nächsten Stunden konnte sich Hartmuth davon überzeugen, dass Helen anpacken konnte.
Er war erstaunt, mit welcher Begeisterung sie sich in die Arbeit stürzte. Sie ließ sich von Hartmuth die Funktionsweise der Melkmaschine erklären und legte mit viel Geschick die Stutzen der Milchschläuche an die Euter der Kühe.
Zusammen fütterten sie dann die Jungtiere, für die Helen sich ebenso begeistern konnte wie Hartmuth. Mühelos merkte sie sich, welche Tiere welches Futter benötigten und wo es zu finden war.
Während ihr Hartmuth von den Besonderheiten der Aufzucht der verschiedenen Jungtiere erzählte, bemerkte er plötzlich, dass Helen ihn nachdenklich ansah.
»Was ist?«, fragte er verunsichert. »Langweile ich dich?«
Sie schüttelte den Kopf. »Nein, nein!«, sagte sie, »aber diese Jungtiere scheinen dir besonders am Herzen zu liegen, oder?«
Hartmuth lächelte. »Das stimmt. Von allen Aufgaben, die auf

dem Hof anfallen, mag ich das Aufziehen des Nachwuchses am liebsten. Diese kleinen, unbeholfenen Geschöpfe brauchen mich so sehr. Ihnen einen guten Start ins Leben zu ermöglichen, macht einfach Freude. Und das nicht nur wegen der höheren Erträge, die die Tiere später einbringen werden.«

Helen zog die Nase hoch. Hartmuth sah sie besorgt an. »Weinst du etwa?«, fragte er verwirrt.

»Ich? Nein!«, lachte Helen und wischte sich mit den Ärmeln ihres Hemdes über die Wangen. »Das ist nur der Staub, den ich ins Gesicht bekommen habe.«

Hartmuth sah sie zweifelnd an. Offenbar hatte er wieder ein Thema angeschnitten, über das Helen nicht sprechen wollte. Aber er musste das akzeptieren, ob es ihm nun passte oder nicht.

Auch vor den unangenehmen Seiten der Hofarbeit schreckte Helen nicht zurück. Sie rümpfte zwar die Nase, als es am Abend daran ging, die Buchten der Jungferkel auszumisten, zierte sich aber nicht, den schweren, dampfenden Mist mit einer Forke in eine Schubkarre zu laden und fortzuschaffen.

Hartmuth entging auch keineswegs, dass Helen bei der Arbeit nicht nur tüchtig zupacken konnte, sondern dazu noch eine gute Figur machte. In ihrer alten Jeans und dem derben Bauwollhemd fand er sie außerordentlich verführerisch. Das Haar hatte sie zu einem Pferdeschwanz zusammengebunden und ihre zierlichen Füße steckten in klobigen Gummistiefeln.

»Puh!«, stöhnte sie erschöpft, nachdem sie mit dem Ausmisten fertig waren und Hartmuth den Arbeitstag für beendet erklärt hatte. Sie schnüffelte an ihrem Hemd. »Ich stinke wie eine Barbarenkriegerin nach einer Schlacht. Den Geruch bekomme ich bestimmt nie wieder aus den Klamotten raus!«

Hartmuth schmunzelte. »Das Badezimmer gehört in der nächsten halben Stunde dir. Dort findest du auch eine Waschmaschine und einen Trockner. Morgen früh wird deine Wäsche wieder frisch duften und du kannst sie erneut versauen.«

Beide lachten.

»Ich bin ganz schön fertig«, gestand Helen. »Trotzdem hätte ich Lust, heute noch etwas zu unternehmen. Was macht man denn hier auf dem Lande so, wenn man abends noch einen draufmachen will?«

»Es gibt hier den Dorfkrug. Und der nächstgrößere Ort hat sogar ein Kino und eine Disko. Wir könnten aber auch bei Karsten vorbeischauen. Er hat uns eingeladen. Ich habe ihm aber noch nicht zugesagt, weil du natürlich mitentscheiden sollst.«

»Dann lass uns zu Karsten fahren«, sagte Helen. »Für einen Kino- oder Diskothekenbesuch bin ich zu k.o. Nach diesem Nachmittag steht mir der Sinn eher nach etwas Beschaulichem.«

Gegen 21 Uhr trafen sie bei Karsten ein. Er führte sie in sein Wohnzimmer, wo schon Bier und Knabbereien bereitstanden. Dunkle Eichenmöbel und ein schweres Sofa, auf dem Hartmuth und Helen Platz nahmen, sorgten für einen gediegenen Eindruck.

»Du glaubst gar nicht, Helen, wie sehr ich mich für Hartmuth freue, dass es mit euch so prima klappt«, sagte Karsten ohne Umschweife.

»Wir sind ja erst dabei, uns kennenzulernen«, antwortete Helen, während sie ein Stück näher an Hartmuth heranrückte.

»Trotzdem. Man sieht es euch einfach an, dass ihr zueinander passt.«

»Das behauptet Karsten nur, weil er wegen Trude noch immer ein schlechtes Gewissen hat«, spottete Hartmuth. »Er will mich unbedingt unter die Haube bringen, damit ich ihm nicht mehr böse sein kann, weil er mir Trude beim Hoffest ausgespannt hat.«

»Ihr wart doch gar nicht füreinander bestimmt, mein Lieber«, konterte Karsten. »Für einen Grobian wie dich ist Trude viel zu zart besaitet.«

Hartmuth nahm eine Bierflasche, öffnete sie und reichte sie Helen. Das Glas, das Karsten ihr reichte, nahm sie nicht. »Danke, aber ich trinke aus der Flasche«, sagte sie.

»Erzähl Helen doch mal, wie es mit dir und Trude weiterging«, forderte Hartmuth seinen Freund auf und nahm sich ebenfalls ein Bier.

»Ach – wir haben uns nur geschrieben«, winkte Karsten ab. »Allerdings ...«, und er grinste breit, »... wird sie mich demnächst vielleicht besuchen.«

Helen lachte. »Solche Hoffeste solltet ihr vielleicht öfter veran-

stalten. Dann gäbe es bei euch bald keine Junggesellen mehr.«
»Darauf stoßen wir an!«, rief Karsten und hob seine Flasche. »Schafft die Junggesellen ab. Auf dass wir Bauern alle glücklich werden!«
Sie stießen an und tranken.
Da schrillte plötzlich das Klingeln eines Handys durch den Raum.
Helen verschluckte sich fast an ihrem Bier. Hastig stellte sie die Flasche auf den Tisch, zog ihr Telefon aus der Tasche und drückte es an ihr Ohr.
»Was ist?«, fragte sie den Anrufer mit angespannter Miene.
Während sie auf die Worte am anderen Ende der Verbindung lauschte, wurde ihr Gesicht blass und Sorgenfalten gruben sich in ihre Stirn.
»Ich hatte dir doch gesagt, dass du aufpassen sollst!«, rief Helen laut und zupfte an ihrer Unterlippe. »Georg sollte doch nicht erfahren, was ich vorhabe!«
Wieder lauschte sie ihrem Gesprächspartner.
»Was? Bist du dir sicher? Er weiß also, wohin ich gefahren bin? Das hätte einfach nicht passieren dürfen. Du weißt doch, wie Georg ist. Weiß der Himmel, was er jetzt tun wird!«
Helen ließ den Anrufer gar nicht mehr zu Wort kommen. »Du musst unbedingt herausfinden, wo er steckt! Du hast mir doch versprochen, dass ich mich auf dich verlassen kann!«
In Helens Augen traten Tränen.
»Mach dich sofort auf die Suche«, verlangte sie. »Und ruf mich gefälligst an, wenn du was in Erfahrung gebracht hast!«
Wütend beendete sie das Gespräch und ließ die Hände in den

Schoß sinken. Betreten sah sie durch Hartmuth und Karsten hindurch.

»Was ist los, Helen?«, Karsten brach als erster das Schweigen.

Helen raffte sich mühsam auf: »Das wird schon wieder«, wiegelte sie ab.

Da platzte Hartmuth der Kragen. Diese Heimlichtuerei hielt er nicht länger aus.

»Wer ist dieser Georg, verdammt noch mal?«, tobte er. » Gibt es in deinem Leben noch einen anderen Mann?«

»Was?« Helen sah ihn verständnislos an. Dann stotterte sie: »Es ist nicht so, wie du denkst, Hartmuth«.

»Ach ja?«, rief Hartmuth gekränkt. »Wie ist es dann? Hast du nicht gesagt, eine Beziehung kann nur funktionieren, wenn man offen und ehrlich zueinander ist?«

»Aber wir kennen uns doch erst so kurz«, verteidigte Helen sich. »Da kannst du doch nicht erwarten, dass ich dich gleich in all meine Geheimnisse einweihe. Das machst du doch auch nicht. Über die Krankheit deiner Mutter sprichst du mit mir überhaupt nicht.«

»Das ist doch was ganz anderes!«, brauste Hartmuth auf. »Zwischen einer schlimmen Krankheit und einem heimlichen Bettgefährten ist ja wohl ein himmelweiter Unterschied!«

»Spinnst du!«, platzte es aus Helen hervor, »Georg ist nicht mein Bettgefährte! Er ist mein Sohn!«

Für einen Augenblick stand in dem Raum die Zeit still. Helen starrte ihren Hartmuth an, der fassungslos den Mund aufgerissen hatte, während Karsten vergeblich um Worte rang.

»Du ... du hast ein Kind?«, stieß Hartmuth schließlich mit rauer Stimme hervor.

Helen nickte, Tränen rannen über ihre Wangen. »Georg ist sechs. Er ist ein sehr sensibler Junge und der Grund für meine ewigen Verspätungen. Sein Vater hat sich schon während der Schwangerschaft aus dem Staub gemacht. Seitdem gab es in meinem Leben keinen Mann mehr.«

»Aber – warum hast du mir deinen Sohn denn verheimlicht?«, fragte Hartmuth.

»Ich hatte Angst, dass du nichts mit mir zu tun haben willst, wenn du weißt, dass ich ein Kind habe.«

Hartmuth presste die Lippen aufeinander. Helens Worte hatten wie ein Messer in sein Herz geschnitten.

»Glaubst du das tatsächlich von mir?«, brachte er mühsam hervor. »Kennst du mich mittlerweile nicht besser?« Hartmuths Stimme war nur noch ein Krächzen. »Du hättest es mir sagen müssen!«

»Das wollte ich doch auch«, erwiderte Helen kläglich.

»Und wann?«, brüllte Hartmuth und sprang auf. »Vor dem Traualtar?«

Aufgebracht stürzte er aus dem Zimmer, hinter ihm knallte die Tür zu.

»Hartmuth!«, rief Karsten ihm noch hinterher.

Doch Hartmuth hörte seinen Freund nicht mehr. Wie konnte Helen ihn nur so verletzen? Wie konnte sie nur annehmen, dass er keine Kinder mochte? Er, der doch gerade für die Jungtiere auf seinem Hof so viel Zuneigung empfand. Und wie viel mehr würde er erst ein Kind lieben!

Nein, Helen hatte überhaupt nichts von ihm verstanden! Und er würde ihr das niemals verzeihen können – niemals!

LETZTES KAPITEL

Fast alles wird gut

Eine Gewitterfront war von Norden heraufgezogen und schüttete wie aus Kübeln Regen auf die Erde. Blitze züngelten vom nachtschwarzen Himmel und das Donnergrollen ließ die Stallungen bis in ihre Grundmauern erzittern.

Das Unwetter passte hervorragend zu Hartmuths Verfassung. Dass er auf dem Weg von Karstens Haus zu seinem Hof bis aufs Hemd nass geworden war, kümmerte ihn nicht.

Seine Füße hatten ihn ganz selbstverständlich zu den Stallungen getragen. Dort stand er nun mit den Ellenbogen auf die Boxentür gelehnt und betrachtete die beiden Fohlen, deren verängstigtes Wiehern er schon von weitem gehört hatte.

Sie hatten sich beruhigt, seit Hartmuth in ihrer Nähe war. Er nahm ihnen die Angst vor dem tosenden Gewitter.

Umgekehrt wirkte die Anwesenheit der Fohlen auch auf Hartmuth beruhigend. Er fragte sich nun, ob seine Reaktion vorhin nicht doch etwas unangebracht gewesen war.

Helen wollte für ihren Sohn sicher nur das Beste. Und dass sie sich mit ihm, Hartmuth, eingelassen hatte, bewies doch eigentlich, dass sie sich mittlerweile vorstellen konnte, ihm auch ihr Kind irgendwann anzuvertrauen.

Dann meldete sich sein gekränkter Stolz wieder und Hartmuth ballte die Fäuste. Nein, Helen hätte längst erkannt haben müssen, wie fürsorglich und vertrauenswürdig er war!
Hartmuth blickte zu den Fohlen hinüber, die sich auf den strohbedeckten Boden gelegt hatten. Ihr Zutrauen rührte ihn. Sie gehorchten ihren tierischen Instinkten, die ihnen sagten, dass sie dem Mann, der ihnen Futter und ein Heim gab, unbedingt vertrauen konnten.
Doch so einfach war das bei Menschen offenbar nicht. Er war ein Narr, wenn er erwartete, das Vertrauen eines Menschen ebenso schnell erlangen zu können, wie es bei seinen Tieren der Fall war.
Diese Erkenntnis hellte wie ein zartes Morgengrauen langsam Hartmuths düstere Gedanken auf.
Da hörte er von draußen das dumpfe Dröhnen eines Automotors: Ein Wagen fuhr auf den Hof und Hartmuth schloss aus dem Klang, dass es Karstens Mercedes war.
»Mein Gott, Helen!«, schoss es ihm durch den Kopf.
Er stieß er sich von der Boxentür ab und stürmte auf den Hof hinaus. Noch immer regnete es in Strömen.
Helen hatte gerade Karstens Mercedes verlassen und lief auf ihren Wagen zu.
Hartmuth rannte los. Er durfte nicht zulassen, dass diese Frau wieder aus seinem Leben verschwand!

»Helen – warte!« Hartmuth hielt sie am Oberarm fest, ehe sie in ihren Wagen steigen konnte. Aufgelöst blickte sie ihn an.

Hartmuth sah, dass es nicht nur der Regen war, der ihr Gesicht nass machte. Ihre Lippen bebten und sie zitterte am ganzen Leib.

»Bitte verzeih mir«, sagte er. »Bitte, Helen, verlass mich nicht! Ich habe mich vorhin wie ein Idiot benommen.«

»Da hast du verdammt noch mal Recht!« hörte er nun die Stimme seines Freundes Karsten, der mittlerweile auch am Auto stand.

»Helen hat vorhin einen zweiten Anruf von ihrer Babysitterin erhalten«, klärte er Hartmuth auf, »Georg ist offenbar von zu Hause weggerannt. Er hat sein Sparschwein geplündert und ist auf und davon! Das ist jetzt schon vier Stunden her, wie die Babysitterin zugeben musste.«

Schuldbewusst sah Hartmuth auf Helen herab. Es war gar nicht sein rabiates Verhalten gewesen, das sie so umgehauen hatte, wurde ihm jetzt klar. Helen verging fast vor Sorge um ihren Sohn!

»Ich muss meinen Jungen finden«, heulte sie. »Ihm ist bestimmt etwas passiert!«

»Hast du denn eine Ahnung, wo Georg sein könnte?«, fragte Hartmuth.

»Ich fürchte, er hat sich auf den Weg hierher gemacht«, erwiderte Helen.

»Weiß er denn von mir?«

Helen nickte. »Ich habe ihm alles über dich erzählt und ihm auf der Landkarte sogar gezeigt, wo sich dein Hof befindet. Er wollte dich unbedingt kennenlernen. Aber ich habe ihm verboten mitzukommen.« Sie schluchzte. »Ich weiß, dass es ein

Fehler war, dir nichts von Georg zu erzählen. Aber ich hatte so entsetzliche Angst, dich wieder zu verlieren, darum ...«

»Das ist jetzt nicht wichtig!«, unterbrach Hartmuth sie. »Überlegen wir lieber, wie wir Georg finden können.«

»Helen vermutet, er ist mit der Bahn gefahren«, erklärte Karsten. »Das Geld für die Fahrkarte hatte er ja. Und eine Landkarte hat er auch mitgenommen.«

Hartmuth überlegte kurz. »Der nächste Bahnhof ist fünf Kilometer entfernt«, murmelte er. »Wenn Georg es bis dorthin geschafft hat, müsste er längst hier aufgetaucht sein.«

»Aber das ist er nicht!«, wimmerte Helen. »Es muss ihm etwas zugestoßen sein!«

Schluchzend warf sie sich an Hartmuths Brust und klammerte sich wie eine Ertrinkende an ihm fest. »Was soll ich jetzt nur tun?«

Hartmuth drückte sie an sich. »Wir werden Georg schon finden«, sagte er und strich ihr über das nasse Haar.

»Aber wo sollen wir mit der Suche anfangen?«, fragte Karsten.

»Wenn Georg ein cleverer Bursche ist, wird er den Bahnhof erreicht haben«, überlegte Hartmuth. »Von dort aus ist er dann vermutlich zu Fuß aufgebrochen, um hierher zu kommen. Und bestimmt hatte er Angst, dass er unterwegs aufgegriffen wird. Ein kleiner Junge, der mutterseelenallein auf einer Landstraße unterwegs ist – das würde jeden Autofahrer stutzig machen. Darum hat Georg wahrscheinlich nicht die Straße benutzt, sondern einen Feldweg genommen.«

Karsten dachte nach. »Der einzige Feldweg vom Bahnhof hierher führt durch den verwilderten Wald des alten Hartmann-Gutshofes. Ich bin diese Strecke heute mit dem Trecker mehrmals abgefahren. Aber einen Jungen habe ich dabei nicht bemerkt.«

»Georg wird sich versteckt haben, als er den Traktor hörte. Vielleicht hat er sich im Wald verirrt. Wir müssen die Strecke absuchen!«

»Wie willst du den Burschen bei diesem Wetter denn finden?«, fragte Karsten.

Hartmuth packte Helen an den Schultern.

»Hast du irgend etwas in deinem Wagen, das Georg gehört? Ein Kleidungsstück oder ein Stofftier?«

Helen nickte. »Im Kofferraum liegt eine alte Regenjacke von ihm.«

»Die brauchen wir!«, rief Hartmuth. »Das ist eine Sache für Rudi, meinen Jagdhund. Er hat die beste Spürnase im ganzen Dorf und wird Georg finden, wenn er seine Witterung erst einmal aufgenommen hat.«

Sie waren mit Karstens Mercedes dem Feldweg bis zum gegenüberliegenden Ende des Waldes gefolgt. Dort hatten sie den Wagen verlassen.

Rudi, der während der Fahrt an Georgs Regenjacke geschnuppert hatte, begann augenblicklich umherzurennen und zu wittern, kaum dass er aus dem Auto gesprungen war.

Schon bald blieb er stehen, hob den Kopf und bellte.

»Guter Junge«, lobte Hartmuth das Tier. »Er hat eine Fährte gefunden.«

Helen starrte mit einer Mischung aus Angst und Hoffnung in den dunklen, verwilderten Wald. »Georg hat es also tatsächlich bis hierhin geschafft«, sagte sie tonlos. »Hoffentlich finden wir ihn auch.«

Rudi hatte seine Nase unterdessen wieder auf den Boden gerichtet und rannte los, um der Fährte zu folgen.

»Kommt!«, drängte Hartmuth, ergriff Helens Hand und zog sie hinter sich her. In der anderen Hand hielt er eine Taschenlampe, deren hellen Strahl er auf den durchnässten Feldweg richtete. Karsten hatte seine Stablampe ebenfalls angeknipst und folgte ihnen.

Helen rief laut Georgs Namen. Hartmuth und Karsten fielen in ihr Rufen mit ein. Doch sie erhielten keine Antwort, so angestrengt sie auch lauschten.

Nach etwa zweihundert Metern verließ Rudi plötzlich den Feldweg und drang in das dichte Gestrüpp des Waldes ein.

Sie hatten Mühe, dem Hund zu folgen. Das dichte Dickicht machte das Vorankommen nicht leicht. Zweige peitschten ihnen ins Gesicht, während sie sich vorwärts kämpften. Der Regen rauschte in den hohen Baumkronen und ein schwerer, morastiger Geruch hing in der Luft.

Plötzlich wurde das Gelände abschüssig und ging in eine steile Böschung über. Unten plätscherte der Waldbach, der durch den Regen stark angeschwollen war und sich in ein reißendes Gewässer verwandelt hatte.

Ohne zu zögern rannte Rudi die Böschung hinab, blieb neben einem in den Bachlauf gestürzten Baum stehen, der von der Strömung umspült wurde, und schlug heftig an.

»Georg!«, schrillte Helens Stimme.
Während sie die Böschung hinabkletterten, hielt Hartmuth den Lichtkegel seiner Lampe auf den umgestürzten Baumstamm gerichtet, vor dem Rudi stand und bellte.
Direkt vor dem Tier ragte der Oberkörper eines Kindes aus dem gurgelnden Wasser. Der Junge steckte offenbar unter dem Baumstamm fest und hatte sich aus eigener Kraft nicht befreien können.
Er gab kein Lebenszeichen von sich. Wie tot lag er da, während das Wasser seinen Brustkorb umspülte und sein Kopf kraftlos hin und her pendelte.
»Georg!«, schrie Helen verzweifelt und stürzte neben ihrem Sohn auf das aufgeweichte Ufer. Sie schüttelte seinen nassen, dreckverschmierten Kopf und rief seinen Namen.
Da öffnete der Junge die Augen und blickte benommen zu seiner Mutter auf.
»Mama«, sagte er schwach, als wäre er sich nicht sicher, ob er vielleicht nur träumte. Doch dann bemerkte er die beiden Männer, und seine Miene hellte sich auf. »Ich dachte schon, ich müsste sterben.«
»Bleib ganz ruhig, mein Junge«, sagte Hartmuth und lächelte ihm aufmunternd zu. »Wir werden dich da schon rausholen.« Dann watete er ins Wasser, stemmte sich gegen die Strömung und umfasste den Baumstamm mit den Armen. Karsten eilte ihm zur Hilfe und mit vereinten Kräften gelang es ihnen, den schweren Baum ein Stück anzuheben, so dass Helen ihren Sohn unter dem Stamm hervorziehen und ans Ufer schleppen konnte.

»Wenn wir den Jungen nicht rechtzeitig gefunden hätten, wäre er ertrunken«, flüsterte Karsten Hartmuth zu, während sie ans Ufer wateten. »Bei diesem Regen wäre sein Kopf bald unter das Wasser geraten.«

Hartmuth schüttelte den Kopf. »Daran will ich gar nicht denken.«

Er kniete sich Helen gegenüber neben dem Jungen hin und untersuchte im Licht der Taschenlampe dessen Beine. Bis auf ein paar Quetschungen und blaue Flecken konnte er nichts Schlimmes finden.

»Da hast du aber wahnsinniges Glück gehabt«, sagte er zu Georg, der ihn mit großen Augen erwartungsvoll ansah. »Ich bin übrigens Hartmuth. Und wenn du mich das nächste Mal besuchen kommst, hole ich dich persönlich vom Bahnhof ab.«

Georg blinzelte irritiert. »Willst du Helen denn jetzt überhaupt noch haben, wo du doch weißt, dass ich auch noch da bin?«

»Jetzt erst recht!«, bekräftigte Hartmuth. »Denn das müsste schon ein ziemlicher Idiot sein, der deine Mutter nicht mehr mag, weil sie einem solchen Prachtkerl wie dir das Leben geschenkt hat.«

Georg grinste. »Siehst du Mama«, sagte er erschöpft. »Nach allem, was du mir über Hartmuth erzählt hast, war doch klar, dass er voll auf dich abfährt. Aber du wolltest mir das ja nicht glauben.«

Hartmuth sah Helen an. »Du darfst deiner Mutter nicht böse sein, Georg«, sagte er. »Ich habe ihr nämlich noch gar nicht gesagt, wie sehr ich sie mag.«

Er ergriff Helens nasse und kalte Hände. »Ich – liebe dich, Helen«, sagte er fest. »Ich liebe dich mit all deinen Stärken und Schwächen – das ist mir in dieser Nacht klar geworden.«
»Ich liebe dich doch auch!«, schluchzte Helen und warf sich Hartmuth um den Hals. »Aber ich hatte solche Angst, dass du mich wegen Georg ablehnen würdest.«
»Vergessen wir das«, sagte Hartmuth und strich über Helens nasses Haar. »Wir haben beide einen Fehler gemacht.«
Helen wollte gar nicht mehr aufhören zu weinen, sie schmiegte sich in Hartmuths Arme und bedeckte sein Gesicht mit Küssen.
»He – ihr zerquetscht mich ja!«, beschwerte sich Georg und blickte strahlend zu seiner Mutter und Hartmuth hoch, die sich über ihn gebeugt fest umarmten.
Lachend ließen die beiden voneinander ab. Und Karsten wischte sich verstohlen eine Träne der Rührung aus den Augenwinkeln.
»Dann werden wir dich jetzt mal nach Hause bringen«, sagte Hartmuth, erhob sich und nahm Georg behutsam auf die Arme. »Meine Mutter wird aus allen Wolken fallen, wenn sie erfährt, dass sie einen Enkel hat.«

Tatsächlich hatte sich das Unglück genau so abgespielt, wie Hartmuth vermutet hatte: Um sich vor Karsten auf seinem Traktor zu verbergen, war Georg in den alten Wald gerannt, die Böschung hinabgestürzt und in den Bach gefallen. Das reißende Wasser hatte ihn mit den Beinen unter den umgestürzten Baum gedrückt und dort hoffnungslos eingeklemmt. Als es dann noch zu regnen anfing und der Bach immer stärker anschwoll, hatte der Junge irgendwann vor Erschöpfung das Bewusstsein verloren.

Georg erholte sich schnell wieder. Die beste Therapie war für ihn, dass er sich in den Tagen nach seinem Unfall an der Seite von Hartmuth und seiner Mutter um die vielen Tiere auf dem Hof kümmern konnte. Und ganz besonders nah stand er natürlich Rudi, den er liebevoll »seinen Lebensretter« nannte.
Auch Gisela lebte wieder auf. Georgs Gegenwart und die Gewissheit, dass Hartmuth und Helen sich für immer gefunden hatten, gaben ihr neuen Lebensmut. Der konnte ihre Krankheit zwar nicht besiegen, aber deren Verlauf doch so sehr verzögern, dass sie noch zufrieden und glücklich Hartmuths und Helens Hochzeit miterleben konnte. Als sie schließlich ihre Augen für immer schloss, konnte sie sicher sein, dass der Friedmann-Hof wieder das war, was er sein musste: ein lebendiger Ort für mehrere Generationen.

Anderthalb Jahre nach dem folgenreichen Hoffest gebar Helen ihrem Hartmuth ein wunderschönes Mädchen, dem die stolzen Eltern den Namen Gisela gaben.
Auch Karsten war das Glück hold. Er und Trude wurden ebenfalls ein Paar und vergrößerten bald die Kinderschar im Dorf.

Über das schicksalhafte Fest auf dem Hof der Friedmanns wurde im Dorf noch lange geredet. Und es war nur Gutes, das die Leute darüber zu berichten hatten.

ENDE

– Glück auf dem Lande – Band 2 –

Machtlos gegen die Liebe

von

Lothar Gräner

1. KAPITEL

Gute Freunde …

Im Ramhusener Dorfkrug ging es an diesem Abend hoch her. Die Bauern, die nach getaner Arbeit auf einen Schoppen hereingekommen waren, kannten wieder mal nur ein Thema – die Politiker in Brüssel, die mit ihren ständigen Verordnungen den Landwirten das Leben schwer machten.

»Alles bloß Sesselpupser!«, tönte einer, der schon reichlich intus hatte. »Die haben doch gar keine Ahnung, wie's hier zugeht!«

»Richtig«, stimmten die anderen zu.

»Heiner, noch 'ne Runde!« rief jemand zum Tresen hinüber, hinter dem Wirt Heiner Janssen stand und hektisch Bier zapfte.

Die Tür öffnete sich und ein junger Bursche trat ein.

»Moin zusammen«, grüßte er.

»Moin, moin«, erklang es zurück.

Malte Börnsen setzte sich an den Stammtisch, an dem nur noch ein paar Stühle frei waren. Mit Daumen und Zeigefinger bedeutete er dem Wirt, was er zu trinken haben wollte – Lütt un Lütt: ein Bier und einen Doppelkorn.

Malte war achtundzwanzig Jahre alt, schlank und hochgewachsen. Er hatte blondes, kurzes Haar, ein freundliches Gesicht und war alles in allem eine attraktive Erscheinung.

»Wir müssen uns noch mal treffen, um den Ablauf festzulegen«, wandte sich Hermann Cramm an ihn. »So wie das die letzten Jahre abgelaufen ist, gefällt mir das ganz und gar nicht mehr. Gott sei Dank ist der der alte Harms zurückgetreten, und nun weht ein frischer Wind im Festkomitee.«

Die Rede war vom kommenden Großereignis, das bereits jetzt seine Schatten voraus warf – die weithin bekannten »Dithmarscher Kohltage«, an denen wieder Tausende von Besuchern erwartet wurden, besonders am letzten Wochenende, wenn der große Festball war, mit Wahl der Kohlkönigin und großem Festumzug, an dem die Wagen der Landwirte prächtig herausgeputzt mitwirkten.

»Soll mir recht sein«, nickte Malte und kippte den Korn herunter, um gleich darauf mit einem Schluck Bier nachzuspülen.

In der hinteren Ecke saßen ein paar andere Bauern und steckten die Köpfe zusammen. Hin und wieder schielte einer von ihnen zum Stammtisch hinüber, und jedes Mal galt der Blick Malte Börnsen.

»Und wenn er nicht drauf reinfällt?«, fragte Hannes Bode.

»Wir müssen eben aufpassen, dass er nicht zu früh dahinterkommt«, antwortete Georg Hansen. »Kalle und ich werden ihn schon unter unsere Fittiche nehmen und Acht geben, dass er nicht zu früh merkt, wohin der Hase läuft.«

Er faltete einen Briefbogen zusammen und steckte ihn in die Jackentasche.
»Also, dann lasst uns mal rübergeh'n. Aber noch kein Wort zu den anderen!«
Die drei erhoben sich und gingen zum Stammtisch.
»Was hattet ihr denn noch zu beschnacken?«, wollte Malte nach der Begrüßung wissen.
»Ach, nichts Besonderes«, winkte Hansen ab.
Und Kalle Beerbaum zuckte die Schultern.
»Können wir nachher noch drüber reden«, meinte er. »Ist nicht so wichtig.«
Jens Holtmann klopfte auf den Tisch.
»Leute, ich muss«, sagte er und stand auf.
»Wartet Mutti schon mit dem Abendessen?« witzelte jemand.
»Na und? Ihr seid ja bloß neidisch«, gab der Bauer zurück. »Macht's gut.«
Malte Börnsen sah ihm nachdenklich hinterher.
Jens Holtmanns Hof war nicht weit von seinem eigenen entfernt. Seine Frau, Ingrid, war nicht nur eine hübsche Person, sie kochte auch hervorragend, wie Malte schon einige Mal hatte feststellen können, wenn er zum Essen eingeladen worden war. Er selbst war unverheiratet. Nicht weil er keine Lust dazu hatte, eine Familie zu gründen, sondern weil die hübschen jungen Frauen nicht so breit gesät waren wie der Dithmarsche Kohl, der hier in der Gegend angebaut wurde. Nein, ganz im Gegenteil – Malte wäre sehr gerne verheiratet gewesen, aber hier auf dem Lande war es schier aussichtslos, die Frau fürs Leben zu finden.

Georg Hansen stieß ihn an und riss ihn damit aus seinen Gedanken.
»Du, sag mal«, begann der Bauer, »wir haben doch letztens über diese Fernsehsendung gesprochen, wo sie über Landwirte und so debattiert haben. Erinnerst du dich?«
Malte nickte.
Er hatte die Sendung vor ein paar Wochen selbst gesehen. Der Moderator hatte mit ein paar Experten über die Lage der Bauern nach dem Beitritt mehrerer osteuropäischer Länder diskutiert. Es war durchaus interessant gewesen und Malte hätte gut und gern das eine oder andere dazu sagen können. Dieser Meinung waren auch seine Nachbarn und Freunde.
»Stell dir vor«, sagte Kalle Beerbaum, »wir sollen nach Hamburg kommen. Die wollen so 'ne ähnliche Sendung noch mal machen.«
»Tatsächlich?«
»Ja«, nickte Hansen, »ich hab' das zufällig gesehen und mich gleich beworben. Das Thema ist: Bauer – ein krisenfester Beruf? Ich denk', dazu kannst du doch auch einiges sagen. Hast du nicht Lust mitzukommen?«
Malte rieb sich die Nase.
»Weiß nicht«, antwortete er. »Ich im Fernsehen? Das kann ich mir gar nicht vorstellen.«
»Na komm, bei der anderen Sendung hast du noch gesagt, dass du da gern hättest mitreden wollen«, wandte Kalle ein.
Georg nickte nachdrücklich.
»Wann ist denn die Aufzeichnung?«, wollte Malte wissen.
»Nächste Woche schon. Bis morgen muss ich angerufen ha-

ben, mit wie vielen Leuten ich komme«, antwortete Hansen.
»Na schön, von mir aus«, nickte Malte.
Ihm entging der triumphierende Blick, den Hansen und Beerbaum sich zuwarfen.
»Prima, Mensch«, freute sich der Nachbar. »Dann rufe ich da gleich morgen an.«
»Und anschließend machen wir 'ne ordentliche Sause über die Reeperbahn«, grinste Kalle und leckte sich die Lippen.

2. KAPITEL

Ein folgenreicher Plan

»Seid ihr sicher, dass wir hier richtig sind?«

Malte sah sich in dem Vorraum des Fernsehstudios um und schüttelte zweifelnd den Kopf.

»Ich denk', das ist eine politische Sendung?«, meinte er an seine beiden Begleiter gewandt. Wieso steht denn da auf der Tür ›JOHANNA‹?«

Kalle Beerbaum schob ihn weiter.

»Das hat schon alles seine Richtigkeit«, behauptete er. »Die zeichnen in dem Studio natürlich mehrere Sendungen auf, damit sich das Ganze auch rechnet. So, hier müssen wir hin, hat der Aufnahmeleiter gesagt. Irgendwer kommt dann und holt uns, wenn wir dran sind.«

Sie landeten in einem kleinen Raum, in dem schon zwei Männer und eine Frau saßen. Sie nickten den Neuankömmlingen zu.

»Ich glaub', ich muss noch mal zum Klo«, meinte Georg Hansen und zwinkerte Kalle zu.

»Ich auch«, sagte der.

»Dann mal los.«

Sie sahen Malte an.

»Setz dich schon mal. Wir sind gleich zurück.«
Der junge Bauer zuckte die Achseln und setzte sich auf einen freien Platz, während seine beiden Freunde hinausgingen. In der Mitte standen mehrere Monitore, so dass man von jedem Platz aus mitverfolgen konnte, was draußen geschah.
Malte war allerdings mit etwas ganz anderem beschäftigt. In ein paar Wochen konnte die Kohlernte beginnen und er brauchte noch dringend ein bis zwei Helfer. In den letzten Jahren hatte er immer Glück gehabt und das Arbeitsamt hatte ihm einige Leute vorbeigeschickt, unter denen er sich die richtigen aussuchen konnte. In diesem Jahr hatte sich noch niemand gemeldet und nur mit dem alten Heinrich, dem Knecht, der schon seit Menschengedenken auf dem Börnsenhof arbeitete, war die Arbeit nicht zu schaffen.
»Herr Börnsen, bitte«, erklang eine Stimme.
Der Bauer schaute auf und sah in das Gesicht eines jungen Mannes.
»Es geht gleich los, Sie sind als Erster dran«, lächelte er. »Bloß keine Aufregung. Ist alles halb so schlimm. Johanna reißt niemandem den Kopf ab.«
Die anderen Teilnehmer der Talkrunde grinsten. Malte stand auf und blickte den Burschen verwirrt an.
»Johanna?«, fragte er. »Wieso? Was soll ich denn da?«
»Na, Sie machen mir ja Spaß«, lachte sein Gegenüber. »Sie haben sich doch selbst beworben. Schon vergessen?«
Malte verstand überhaupt nichts mehr. Johanna König war die Moderatorin einer Talkshow, die jeden Nachmittag ausgestrahlt wurde. Auf sämtlichen Kanälen liefen diese Sendungen

und behandelten immer die gleichen Themen: Streit zwischen Nachbarn, Liebe, Eifersucht …

Aber darum hatte er sich bestimmt nicht beworben!

»Da muss ein Irrtum vorliegen …«, wollte er die Sache richtig stellen.

Doch der junge Mann nahm ihn am Arm und schob ihn zu einer Tür, die sich automatisch öffnete.

»Und hier ist mein erster Gast«, hörte er eine weibliche Stimme rufen. »Er wird uns gleich erzählen, wie einsam die Nächte auf seinem Bauernhof sind und wie seine Traumfrau aussehen soll. Hier kommt: Malte Börnsen aus Dithmarschen!«

Scheinwerfer blendeten ihn einen Moment, in seinen Ohren rauschte es. Der Bauer brauchte einen Moment, um zu begreifen, dass es der Applaus war, der ihm galt. Die Zuschauer in dem Studio klatschten und johlten, was das Zeug hielt, während vor ihnen jemand stand, der sie mit hektischen Armbewegungen immer mehr aufheizte. Schließlich hob er den rechten Arm und ließ ihn wieder fallen. Augenblicklich trat Stille ein.

Malte stand ein wenig verloren auf der Bühne und wusste nicht so recht, wo er hin sollte. Eine junge Frau trat auf ihn zu. Sie war ein wenig extravagant gekleidet und trug eine Art Tunika, deren weiter Ausschnitt tiefe Einblicke gewährte. Auf ihrem Kopf saß ein Turban, die Lippen waren rot geschminkt, und wenn sie die Hände bewegte, dann klapperten die Armbänder und Kettchen, mit denen sie behängt war.

Das war Johanna König, die Queen der Talkshows, die mit

ihren hohen Einschaltquoten die Konkurrenz zum Zittern brachte.

»Malte, herzlich willkommen«, begrüßte sie ihn und nahm ihn an die Hand. »So, setz dich hierher.«

Sie platzierte ihn in einen von insgesamt sechs Sesseln, die im Halbkreis aufgestellt waren und setzte sich neben den Bauern. Vertrauensvoll lächelte sie ihn an.

»So, wir sprechen ja heute über das Thema: »Junggeselle – du findest nie eine Frau«. Malte, wie würdest du deine persönliche Situation beschreiben? Du bist ja Bauer. Unverheiratet. Bist du gern Junggeselle oder hättest du lieber eine Frau an deiner Seite?«

Malte Börnsen schluckte.

In was um alles in der Welt war er da hineingeraten?

Seine Augen suchten die Gesichter im Publikum ab.

Ganz sicher saßen Georg und Kalle da irgendwo und grinsten sich eins!

»Äh … ja …«, begann er stotternd. »Es ist schon so, dass ich manchmal gern verheiratet wäre. Allerdings, welche Frau will heutzutage schon aufs Land ziehen?«

Johanna lächelte ihn weiter an.

»Du meinst also, die jungen Frauen scheuen es, einen Bauern zu heiraten? Warum? Was, glaubst du, sind die Gründe dafür?«

Malte leckte sich über die Lippen. Seine anfängliche Nervosität war vorüber.

Wenn die mich schon so aufs Eis geführt haben, dann sollen sie sich nicht noch darüber amüsieren können, dass ich mich

blöd anstelle, dachte er und richtete sich in seinem Sessel auf.
»Na ja, das liegt doch auf der Hand«, antwortete er. »Erstmal gibt's auf dem Hof viel Arbeit. Es ist kein Zuckerschlecken als Bäuerin. Und dazu kommt, dass man eben auf dem Lande lebt. Da kann man nicht mal eben schnell zum Einkaufsbummel in die Stadt fahren oder in die Disko.«
»Disko ist ein gutes Stichwort«, griff Johanna ein. »Wie sieht das denn bei euch aus? Gibt es überhaupt irgendeine Abwechslung auf dem Land?«
So und so ähnlich ging es die nächsten zehn Minuten weiter. Dann wurde der nächste Gesprächsteilnehmer hereingerufen. Ein reisender Vertreter, der darüber klagte, dass seine Frau ihm davongelaufen sei, weil er so wenig zu Hause sei. Malte hörte kaum noch hin und beteiligte sich auch nicht weiter an der Diskussion. Erst als Johanna König ihn noch einmal direkt ansprach und wissen wollte, wie seine Traumfrau aussehen sollte, blieb ihm nichts anderes übrig, als Rede und Antwort zu stehen.
»Na ja, hübsch soll sie schon sein«, offenbarte Malte. »Nicht zu dick und nicht zu dünn eben.«
Johanna lächelte.
»Aha, eine Traumfrau mit Traummaßen.«
Sie blickte in die Kamera.
»Also, meine unverheirateten Damen, hier sitzt der Mann, der auf Sie wartet. Wenn Malte Ihnen gefällt, dann rufen Sie uns an. Wir stellen gern den Kontakt her und berichten in einer weiteren Sendung, was daraus geworden ist.«
Um Gottes Willen!, schoss es Malte durch den Kopf.

Im Geiste sah er sich schon in einer neuerlichen Talkshow sitzen, darüber ausgefragt, welche Frau denn nun auf seinen Hof ziehen würde …
Ungeduldig wartete er auf das Ende der Peinlichkeit und stand als erster auf, als die Moderatorin sich von ihren Gästen und den Fernsehzuschauern verabschiedete.

»Schöne Freunde seid ihr!« schimpfte er etwas später, als sie in Kalles Wagen saßen. »Mich so hereinzulegen. Das werde ich euch nie vergessen!«
»Wieso?«, meinte Georg. »Ist doch prima gelaufen.«
»Genau«, nickte Beerbaum. »Haargenau so, wie wir es geplant hatten.«
Malte nickte.
»Hab' mir schon gedacht, dass ihr das ausgeheckt habt, als ich da saß. Welcher Teufel hat euch da nur geritten.«
Kalle Beerbaum grinste über das ganze Gesicht.
»Na, denkst du, uns macht das nichts aus, dass du immer noch keine Frau gefunden hast? Helfen wollten wir dir. Das ist alles.«
»Eben«, pflichtete Georg Hansen ihm bei. »Ein bisschen Dankbarkeit kannst du eigentlich schon zeigen.«
»Den Teufel werde ich«, knurrte Malte. »Blamiert habt ihr mich. Ich darf gar nicht daran denken, dass das Ganze auch noch im Fernsehen gezeigt wird.«
Seine beiden Freunde lachten.
»Du wirst sehen, das wird der Knüller überhaupt«, schwärmte

Georg. »Du wirst dich vor Anträgen kaum retten können. Klasse, dass Johanna diesen Aufruf noch losgelassen hat!«
Der junge Bauer stöhnte.
»Vielleicht kann ich das ja noch rückgängig machen«, meinte er kleinlaut.
Kalle Beerbaum sah ihn an, als habe Malte ihm einen Eimer Eiswasser über den Kopf geschüttet.
»Untersteh dich!«, rief er. »Womöglich wollen die dann noch das Geld zurückhaben, das du gekriegt hast. Und das wollen wir doch jetzt auf den Kopf hauen!«
Sprach's und nahm Kurs auf die Große Freiheit.

Drei Wochen später hatte Malte die Erinnerung an die Aufzeichnung weitgehend verdrängt. Nur hin und wieder, wenn er auf seinem Trecker saß und über die Felder fuhr, kam ihm ein flüchtiger Gedanke daran. Doch der war schnell wieder verschwunden, denn im Moment hatten die Bauern im Dithmarscherland alle Hände voll zu tun, um die Ernte einzubringen. Von morgens bis abends fuhren sie über die Straßen und Wege, und überall wiesen Schilder auf die bevorstehenden Kohltage hin. Es schien, als gäbe es auf der ganzen Welt nichts anderes zu essen als Weißkohl.
Dann, an einem Dienstagnachmittag, wurde die Talkshow gesendet. Malte wollte sich das eigentlich nicht antun, das Drama noch einmal zu erleben, doch dann siegte seine Neugier und er blieb für eine Stunde zu Hause und schaltete das Fernsehgerät ein.

Es war grauenhaft! Er rutschte immer tiefer in seinem Sessel hinein. Glücklicherweise dauerte der erste Teil nur wenige Minuten, aber als dann zum Schluss der Sendung die Moderatorin alle unverheirateten Zuschauerinnen dazu aufrief, sich bei ihr zu melden, wenn sie Interesse an Malte hätten, lief er knallrot an, obwohl er allein vor dem Fernseher saß. Abwechselnd wurde ihm heiß und kalt. Bestimmt hatten Georg und Kalle dem halben Dorf Bescheid gesagt, wer heute in der Talkshow zu sehen war. Und im Geiste hörte er bereits dieTelefone im Sender klingeln …

Aber zunächst einmal geschah gar nichts. Die Sendung war zu Ende und Malte ging wieder an seine Arbeit. Als er auf seinem Trecker über die Landstraße fuhr, begegnete ihm ein Bekannter, der aber nur grüßend vorüber fuhr. Der hatte die Sendung offenbar nicht gesehen.

Vielleicht sind es ja auch gar nicht so viele, die vor dem Fernseher saßen, versuchte er sich zu beruhigen.

Allerdings ahnte er nicht, dass das Schicksal bereits seine Fäden zog, um ihm eine Falle zu stellen …

3. KAPITEL

Auch eine Karrierefrau schmiedet Pläne

Lena Mertens saß in ihrer gemütlichen Dreizimmerwohnung und schaltete sich durch das Nachmittagsprogramm der Fernsehsender. Die junge Journalistin hatte einen anstrengenden Vormittag hinter sich. Arne Beeken, der Chefredakteur vom »DITHMARSCHER TAGEBLATT«, hatte die Redaktionskonferenz mal wieder über Gebühr ausgeweitet. Schuld daran war der Sommer mit seinem sprichwörtlichen Loch, wo nichts passierte, das eine Nachricht wert war.

»Leute, so geht das nicht«, hatte Beeken geschimpft. »Lasst euch was einfallen!«

»Mensch, es ist nun mal Sauregurkenzeit«, erwiderte ein Kollege. »Wo sollen wir die Schlagzeilen denn hernehmen, wenn nichts passiert?«

Von diesem Einwand wollte Arne Beeken nichts wissen und wischte ihn einfach beiseite.

»Ihr seid doch kreativ. Denkt euch was aus. Hauptsache, ich habe bald einen Knüller. Besser gestern als heute!«

Mit dieser Direktive wurden sie endlich entlassen. Lena zog es vor, nach Hause zu fahren, statt in dem schlecht gelüfteten Zeitungsgebäude zu hocken.

Die Fünfundzwanzigjährige hatte alle Fenster weit geöffnet und sich ein Glas Eistee aus dem Kühlschrank geholt. Beim Zappen blieb sie auf dem Kanal hängen, auf dem »JOHANNA« gesendet wurde. Schnell wollte sie weiterschalten, doch der Typ, der gerade auf die Bühne kam, sah irgendwie … interessant aus. Lena legte die Fernbedienung aus der Hand und schaute auf den Bildschirm.

»Malte Börnsen aus Dithmarschen«, kündigte die Moderatorin ihren Gast an.

Lena durchzuckte ein Gedanke.

War das vielleicht der Knüller, auf den Beeken wartete? Ein Bauer aus Dithmarschen?

Sie schaute zu und war etwas enttäuscht, als der recht gut aussehende Börnsen sich als eher wortkarg entpuppte. Aber die anderen Gäste waren für Lena uninteressant, denn während sie zuschaute, überlegte sie bereits, wie sie an diesen Malte Börnsen herankommen könnte.

Klar würde das nicht die Schlagzeile sein, die sich eine engagierte Journalistin vorstellte, aber immer noch besser als gar nichts. Und ganz sicher würde es die Leser und Leserinnen der Zeitung interessieren, wenn einer der ihren im Fernsehen auftrat.

Vielleicht konnte man sogar eine kleine Artikelserie daraus machen. Thema: Die Bauern und die Liebe …

Aber so weit voraus wollte sie nun doch nicht planen. Zunächst musste sie herausfinden, wo im Dithmarschen dieser Börnsen wohnte. Dann galt es, einen Kontakt herzustellen und ihn für ein Interview zu gewinnen.

Ganz in Gedanken hätte sie das Beste der Sendung beinahe verpasst – den Aufruf, den Johanna König startete, um für Malte Börnsen eine Frau zu finden.
Lena sprang begeistert von ihrem Sessel auf und stieß die geballte Rechte in die Luft.
Das wurde ja immer besser!
Jetzt hatte sie ihren Aufhänger: Der einsame Bauer, der die Frau fürs Leben sucht!
Himmel, Arne Beeken würde ihr die Füße küssen, wenn sie ihm damit kam.
Lena schaute auf den Abspann und ließ die Namen derjenigen an sich vorüberziehen, die für die Sendung verantwortlich waren. Erst im Nachhinein registrierte sie, welcher Name da eben gezeigt worden war. Sie kannte den Mann und wusste, dass er es war, der ihr die nächste Tür öffnen würde.

Harry Kersting unterdrückte einen Fluch, als das Telefon auf seinem Schreibtisch schon wieder klingelte.
»Was gibt's?«, fragte er, anstatt sich mit seinem Namen zu melden.
»Harry, bist du's?« hörte er eine Frauenstimme, die ihm entfernt bekannt vorkam.
»Wer will das wissen?«, raunzte er.
Ein helles Lachen erklang.
»Du bist es«, sagte die Frau. »Immer noch der gleiche unwiderstehliche Charme.«
Langsam dämmerte es ihm.

»Lena, bist du das?«
»Treffer! Wie geht es dir? Hast ja mächtig Kariere gemacht. Aufnahmeleiter bei der Talkshow mit den höchsten Einschaltquoten – mein Kompliment!«
»Hör auf. Du rufst doch nicht an, um Süßholz zu raspeln. Wo steckst du eigentlich? Immer noch zwischen Wilstermarschkäse und Kohlköpfen?«
»Sag nichts gegen das ›Dithmarscher Tageblatt‹«, mahnte Lena Mertens. »Immerhin hast du in deiner Zeit hier einige Spuren hinterlassen.«
»Also, was willst du?«
»Ich brauche deine Hilfe …«
»Wobei? Soll ich nackt in die Elbe springen – vielleicht zusammen mit der Bundeskanzlerin? Aber im Ernst: Ihr habt eine Flaute, stimmt's?, und du bist auf der Suche nach einem Knüller, damit Beeken aufhört, im Dreieck zu springen, weil die Auflage sinkt. Also, mein Herzblatt, womit kann ich dir dienen?«
»Mit einer kleinen Auskunft. Es geht um die Show, die eben gerade gesendet wurde. Ich bräuchte die Adresse von diesem Malte Börnsen …«
Einen Moment herrschte Stille.
»Auf gar keinen Fall!«, sagte Harry Kersting schließlich. »Das könnte mich meinen Job kosten und an dem hänge ich nun mal, weil ich keinen anderen habe.«
»Harry! Bitte!«
»Mensch, Mädel, du weißt doch selbst wie das ist«, versuchte er ihr die Unmöglichkeit ihrer Bitte klar zu machen. »Das ver-

stößt gegen sämtliche Datenschutzbestimmungen. Ganz abgesehen davon, dass der Sender grundsätzlich keine Informationen über seine Gäste bekannt gibt.«

Lenas Zuversicht sank.

»Eine kleine Ausnahme, Harry«, bettelte sie trotzdem. »Mensch, Dithmarschen ist so klein nun auch wieder nicht. Sag mir wenigstens den Ort, damit ich nicht jedes Dorf abklappern muss. Bitte, Harry!«

Der Aufnahmeleiter hatte längst seinen Laptop eingeschaltet und suchte in den Dateien nach der betreffenden Sendung.

»Ramhusen«, sagte er. »Aber das hast du nicht von mir, verstanden?«

»Harry, du bist ein Schatz!«, jubelte Lena. »Ich werde es niemanden erzählen. Ich schwör's dir!«

»Dafür bist du mir was schuldig.«

»Klar, ich lad' dich zum Essen ein, wenn du mal wieder in der Gegend bist. Tschüss.«

Erleichtert legte sie auf und trat ans Fenster. Unter ihr lag die Straße menschenleer. Wer nicht unbedingt musste, ging bei diesen Temperaturen nicht ins Freie. Ganz Itzehoe schien ausgestorben zu sein.

Ramhusen – das war doch schon was. Die Telefonnummer von Malte Börnsen herauszufinden, war ein Kinderspiel.

Lena schaltete ihren PC ein und ging ins Internet. Es gab unzählige Möglichkeiten, an Informationen zu kommen, und diese hier war eine der schnellsten.

Sekunden später hatte sie den Namen des Bauern und den Ort in die Suchmaschine der Telefongesellschaft eingetippt. Und schon nach einem Atemzug zeigte der Bildschirm die Telefonnummer des Bauern und seine komplette Anschrift. Sie notierte sich beides und schaltete den Computer wieder aus.
Jetzt musste sie diesen Burschen nur noch zu einem Interview bewegen!
Sie wählte die Nummer und wartete ungeduldig darauf, dass am anderen Ende abgenommen wurde.
Hoffentlich ist er überhaupt zu Hause, dachte sie noch, als sich endlich ein Mann meldete.
»Bei Börnsen …«
»Guten Tag. Mein Name ist Mertens. Spreche ich mit Herrn Malte Börnsen?«
»Nee, hier ist Heinrich.«
»Ach, der Vater? Könnte ich dann vielleicht Ihren Sohn …«
»Ich hab' keinen Sohn. Ich hab' überhaupt keine Kinder. Ich bin ja nicht mal verheiratet.«
Lena schüttelte den Kopf. Als ob das nötig wäre, um Kinder zu zeugen!
»Aber ich bin doch richtig bei Börnsen, oder?«, vergewisserte sie sich.
»Bei Börnsen in Ramhusen, ja.«
»Und Sie sind nicht der Vater.«
»Nee, ich bin ja man bloß der Knecht hier auf dem Hof, wissen Sie.«
Die Journalistin schmunzelte.
»Könnte ich dann vielleicht den Bauern sprechen?«, fragte sie.

»Na klar, musst bloß 'n Moment warten, mien Deern. Ich hol' ihn eben.«

Lena hörte, wie sich am anderen Ende Schritte entfernten und der Knecht rief: »Malte! Telefon …«

Kurze Zeit später wieder Schritte, dann wurde der Hörer aufgenommen.

»Börnsen.«

Lena spürte, wie ihr Herz klopfte.

Jetzt musste es klappen!

»Guten Tag, Herr Börnsen«, begann sie. »Mein Name ist Mertens. Ich bin Journalistin beim »DITHMARSCHER TAGEBLATT« und habe heute Mittag die Talkshow gesehen, in der Sie zu Gast waren. Jetzt würde ich gern ein Interview mit Ihnen machen …«

Während sie sprach, sah sie das Gesicht Malte Börnsens vor sich und fragte sich, wieso dieser gut aussehende Kerl es eigentlich nötig hatte, über das Fernsehen eine Frau für sich zu suchen. Musste wohl ein ziemliches Problem für ihn sein.

Sie erinnerte sich, dass es im Fernsehen zu diesem Thema eine Menge Sendungen gab. Ganz sicher würde Beeken einer Artikelserie zustimmen, wenn sie ihm die Sache nur richtig schmackhaft machte.

Die Antwort des Bauern holte sie auf den Boden zurück.

»Vielen Dank, aber ich bin nicht interessiert«, sagte er kurz angebunden.

»Bitte, legen Sie nicht auf!«, rief Lena, leicht in Panik. »Ich möchte es Ihnen gern erklären …«

»Da brauchen Sie mir gar nichts zu erklären«, erwiderte Malte. »Ich will nichts davon wissen!«
Sprach's und legte auf.

Enttäuscht blickte Lena auf das Telefon in ihrer Hand.
Schien ja ein ziemlich sturer Bursche zu sein, der Herr Börnsen.
»Na warte«, murmelte sie vor sich hin, »so leicht kommst du mir nicht davon!«
Und schon hatte sie einen Plan im Kopf. Sie wählte noch einmal die Nummer des Fernsehsenders und ließ sich wieder mit Harry Kersting verbinden.
Der stöhnte: »Was willst du denn jetzt schon wieder?«
Lena erklärte ihm ihr Dilemma.
»Tja, da kann man wohl nichts machen«, meinte der Aufnahmeleiter. »Wenn er nicht will, will er eben nicht. Und was hast du dir jetzt ausgedacht?«
»Wieso weißt du …?«
»Hör auf, Lena, ich kenn dich doch! Schließlich haben wir drei Jahre zusammengearbeitet. Ich habe dich angelernt. Hast du das schon wieder vergessen?«
»Wie könnte ich. Und das erste, was du mir beigebracht hast, war der Grundsatz aller Journalisten: Niemals zu früh aufgeben!«
»Richtig, mein Schatz. Also los, was hast du vor?«
»Sag mal, haben sich schon irgendwelche Frauen auf Johannas Aufruf hin gemeldet?«

»Klar. Was denkst du denn? Im Sender laufen die Telefone heiß. Die Mädchen können es gar nicht abwarten, Bäuerin in Dithmarschen zu werden.«

»Du übertreibst, oder?«

»Ja, leider. Tatsächlich haben bisher nur vier Frauen angerufen, die diesen Börnsen kennenlernen möchten.«

»Dann sind es jetzt fünf.«

Harry Kersting stutzte.

»Fünf? Wieso fünf?«

Dann dämmerte es ihm.

»Du willst …«

»Richtig. Aber das muss unter uns bleiben. Setz meinen Namen auf die Liste, Harry.«

Er lachte laut und dröhnend.

»Himmel, ihr müsst ja ganz schön unter Druck sein, wenn du zu solchen Mitteln greifst!«

»Wie war das mit dem Zweck, der die Mittel heiligt? Auch ein Grundsatz«, erinnerte sie ihn.

»Na schön«, gab Harry auf, »also setzte ich Lena Mertens auf die Liste.«

»Bist du verrückt! Dann riecht der Börnsen doch sofort den Braten! Nee, nee, da müssen wir uns was and're überlegen …«

»Wie wär's mit Lina Karstens?«, schlug der Aufnahmeleiter vor. »Da brauchst du dich nicht allzu sehr umgewöhnen.«

»Klingt gut«, stimmte sie zu. »Also Lina Karstens aus Itzehoe.«

»Beruf?«

»Wie, muss man den angeben?«

»Haben die anderen getan.«
»Na gut … sagen wir Krankenschwester?«
»Und was will die denn auf einem Bauernhof? Den Schweinen die Rüssel verbinden?«
»Stimmt. Dann nehmen wir … Hauswirtschafterin! Das passt doch.«
»Ja, das klingt gut«, stimmte Harry zu.
»Und wie geht's jetzt weiter?« wollte Lena wissen.
»Wir geben Malte Börnsen die Liste mit den Namen und die Termine, wann die Kandidatinnen ihn auf seinem Hof besuchen werden.«
»Die erfahren also, wo er wohnt?« wunderte sich Lena, »und bei mir hast du dich vorhin so angestellt? Von wegen Datenschutz und so.«
»In diesem Fall ist es etwas anderes. Börnsen hat schriftlich eingewilligt, dass wir seine Adresse an interessierte Frauen weitergeben dürfen.«
»Ach so …«
Harry blätterte in seinen Unterlagen. »Du bist dann also Sonntag in fünf Wochen an der Reihe«, teilte er ihr mit.
»Was? So spät erst? Geht's nicht ein bisschen früher? Du weißt doch, wie mir die Zeit unter den Nägeln brennt.«
»Tut mir Leid, Lena, aber da musst du dich einfach gedulden«, antwortete Harry. »Die anderen Frauen haben ihre Termine schon. Da ist nichts mehr zu ändern.«
»Na schön«, seufzte Lena. »Trotzdem danke, Harry.«
Sie legte auf. Schade, denn fünf Wochen sind im Zeitungsgeschäft eine Unendlichkeit. Gut möglich, dass Arne Beeken

dann an ihrer Idee nicht mehr interessiert sein würde. Aber sie hatte keine Wahl und musste das Risiko eben eingehen. Vielleicht konnte sie bis dahin die geplante Serie schon mal konzipieren und eine Grobfassung der ersten Artikel schreiben.

Immer noch besser, als gar nichts zu tun zu haben!

4. KAPITEL

Bedrängt von allen Seiten

Für Malte war es ein einziger Spießrutenlauf. Jeder in Ramhusen schien die Talkshow gesehen zu haben und jeder, den der Bauer traf, sprach ihn darauf an.

»Wann lernen wir denn deine Braut kennen?«, fragte natürlich auch Achim Twesten, als Malte am Abend in den Dorfkrug kam.

Er hatte lange überlegt, ob er überhaupt hingehen sollte, aber die Aussicht, den Abend mit seinem Knecht zu verbringen, war nicht eben verlockend gewesen. Also hatte Malte sich gewappnet, den zu erwartenden Spott zu ertragen und war losgefahren.

»Sehr witzig«, gab er zurück und bereute seinen Entschluss, hergekommen zu sein, gleich wieder.

Die anderen Bauern am Stammtisch grinsten vor sich hin.

»Mach dir nichts draus«, meinte Hermann Cramm. »Lass sie einfach schnacken.«

»Du hast gut reden.«

»Ach was. Sie quasseln doch nur. In ein paar Tagen hat sich die Aufregung gelegt, und dann geht alles wieder zur Tagesordnung über.«

Sie besprachen ein paar organisatorische Fragen rund um das Kohlfest, das vor der Tür stand. Ein großes Problem war die Wahl der Kohlkönigin. In ein paar Tagen lief die Meldefrist ab, bis zu der die jungen Damen der Region sich anmelden konnten.
»Verdammt wenig Interesse dieses Jahr«, erzählte Cramm. »Die Deerns scheinen alle keine große Lust zu haben.«
»Wie viele Kandidatinnen haben wir denn bis jetzt?, fragte Malte.
»Erst drei.«
»Was? Mehr nicht?«
Der junge Bauer war erschüttert. Noch vor ein paar Jahren mussten sie Bewerberinnen abweisen, weil der Andrang so groß war.
»Haben die Zeitungen denn nichts gebracht?«, wollte er wissen.
»Nur wenig«, antwortete Hermann. »Und dazu kommt noch, dass viele um diese Zeit im Urlaub sind.«

Lange blieb Malte nicht an diesem Abend. Morgen würde er früh rausmüssen. Er verabschiedete sich und fuhr zu seinem Hof zurück. Sein Knecht Heinrich reichte ihm einen Brief.
»Ist vorhin gebracht worden.«
Malte runzelte die Stirn.
»Heute Abend? So spät kommt doch Ole gar nicht mehr.«
Ole Brinkmann war der Postbote.
»Ist auch nicht die Post gewesen«, antwortete der Knecht und widmete sich wieder dem Fernsehprogramm.

Der Bauer schaute auf den Umschlag. Der Brief war durch einen privaten Zusteller gebracht worden. Absender war – das Studio von Johanna König …

Einen Moment schaute Malte den Brief an, als würde er Schlimmes heraufbeschwören, wenn er ihn öffnete.

Und irgendwie war es ja auch so …

Er ging aus dem Wohnzimmer und setzte sich in die Küche an den Tisch. Minutenlang drehte er den Umschlag in den Händen, bis er sich endlich dazu durchringen konnte, ihn zu öffnen.

»Sehr geehrter Herr Börnsen«, las er. »Wir freuen uns, Ihnen mitteilen zu können, dass der Aufruf von Johanna König Erfolg gezeigt hat. Fünf junge Damen möchten Sie gern kennenlernen. Wir haben ihnen, in Abstimmung mit Ihnen, Ihre Adresse weitergegeben und die Termine für ein erstes Treffen mitgeteilt. Anbei die Daten zu Ihrer Information. Selbstverständlich wird ein Kamerateam vor Ort sein und das Ganze dokumentieren. Für eventuelle Rückfragen stehen wir Ihnen jederzeit zur Verfügung. Mit freundlichen Grüßen, Ihr Harry Kersting«.

Dem Anschreiben war ein zweites Blatt Papier angeheftet, auf dem Namen und Daten standen. Malte überflog sie und stellte fest, dass das erste Treffen schon am kommenden Sonntag stattfinden sollte.

»Auch das noch!«, schimpfte er leise vor sich hin.

Er stand auf, ging zum Kühlschrank und nahm eine Schnapsflasche heraus.

Auf diesen Schreck brauchte er erst einmal einen Doppelkorn!

Er trank und blickte sich in der Küche um. Auf dem Hof war immer noch alles so, wie sein Großvater ihn seinerzeit umgebaut hatte, als der ihn von seinem Vater übernahm. Insgesamt lebten vor Malte schon sechs oder sieben Generationen von Börnsens auf dem Hof, so genau wusste das keiner mehr zu sagen. Er selbst hatte vor drei Jahren seinen Vater beerbt, als dieser nach langer Krankheit verstorben war. Hilde, Maltes Mutter, hatte schon vor über zehn Jahren das Zeitliche gesegnet. An sie erinnerten nicht nur die Fotos, die in der Diele und der Stube hingen, sondern die gesamte Einrichtung des Bauernhauses, die sie vor mehr als dreißig Jahren in die Hände genommen hatte, als sie auf den Hof einheiratete. Seither war nicht das Geringste erneuert worden. Malte kratzte sich am Kopf und überlegte, ob dieser alte Kram tatsächlich eine junge Frau begeistern konnte. Bestimmt würde jede nach dem ersten Blick wieder Reißaus nehmen.

Aber Neues zu kaufen, das war nicht drin – und schon gar nicht in so kurzer Zeit.

Malte zuckte die Schultern.

Auch egal, wenn die Damen wieder abzogen, weil ihnen die Möbel nicht gefielen. Schließlich sollten sie in erster Linie an ihm interessiert sein.

Allerdings würde er Heinrich Bescheid sagen müssen. Der Alte musste einen guten Eindruck machen, wenn das Fernsehteam da war. Aber dafür würde morgen, beim Frühstück, immer noch Zeit sein.

Bis auf ein paar Schweine, die er mehr aus einer Laune heraus hielt, hatte Malte Börnsen schon vor zwei Jahren die Viehhaltung aufgegeben. Früher hatte es über sechzig Milchkühe auf dem Hof gegeben, aber inzwischen lohnte sich das kaum noch, wenn man für den Liter Milch nur ein paar Cent von der Molkerei bekam, die kaum das Futter für die Tiere einbrachten. Der junge Bauer betrieb Landwirtschaft und baute in erster Linie – neben einigen Getreidesorten – Kohl an, für den das Dithmarscher Land berühmt ist. Aus diesem Grund musste man auf dem Börnsenhof auch nicht allzu früh aufstehen, denn nur die Schweine mussten versorgt werden. Jeden Morgen ließ Heinrich sie hinaus in den Pferch, der neben dem Stall lag, und mistete aus. Malte machte unterdessen das Frühstück und wenn der Knecht hereinkam, aßen sie zusammen und besprachen den Ablauf des Tages.

»Ach, da ist noch was«, bemerkte der Bauer, als das morgendliche Ritual beendet war.

Der Knecht sah ihn fragend an.

»Wir kriegen am Wochenende Besuch.«

Heinrich trank seinen Kaffee aus und kramte in der Hosentasche nach Tabak und Papier.

»Wer kommt denn?«, fragte er, während er sich eine Zigarette drehte.

»Mm-hm«, räusperte Malte sich, »… tja also, da kommen ein paar Leute vom Fernsehen …«

»Und was wollen die?«

»Na ja, drehen.«

Der Knecht sah ihn kopfschüttelnd an.

»Das hab' ich mir schon gedacht«, sagte er dann. »Ich bin ja nicht blöd. Ich weiß auch, dass es um diese Sendung geht, in der du neulich zu sehen warst. Aber was genau wollen die jetzt hier? Haben die etwa 'ne Frau für dich gefunden?«

Malte grinste über das ganze Gesicht.

»Eine? Fünf!«, lachte er lauthals. »Ich habe keine Ahnung, was die Damen sich so vorstellen. Aber ich fürchte, sie werden nicht besonders angetan sein von dem, was sie hier zu sehen bekommen.«

»Ich hoffe, du meinst nicht mich«, bemerkte der Knecht.

Malte boxte ihn auf den Arm.

»Quatsch. Wahrscheinlich verlieben sie sich eher in dich als in mich«, schmunzelte er.

»Nee, lass man«, winkte Heinrich ab. »Bei mir ist der Zug längst abgefahren. Ich komm' ganz gut ohne Frau zurecht.«

»Jedenfalls müssen wir uns was überlegen«, sagte der Bauer. »Kaffee und Kuchen wird da nicht ausreichen.«

»Was willst du denn noch machen?«

»Keine Ahnung«, zuckte Malte die Schultern. »Vielleicht eine Spazierfahrt auf dem Trecker?«

»Damit sie gleich sehen, wie viel Land du hast?«

»Na ja, vielleicht doch nicht so originell, was?«

»Doch, doch. Aber sag mal, kommen die etwa alle auf einmal?«

»Nee, das ist ja das Dumme. Fünf Frauen an fünf Wochenenden …«

»Auch das noch!«, stöhnte der Knecht. »Na, das kann ja heiter werden. Wann geht das denn los? Schon am Freitag?«

Malte schüttelte den Kopf.
»Samstag. Wir müssen also was zum Essen vorbereiten. Auch für die Fernsehfritzen.«
»Du lieber Gott. Mit wie vielen fallen die denn hier ein?«
»Das weiß ich gar nicht«, musste der Bauer gestehen. »Aber das kriege ich schon noch raus.«
»Na, dann man zu«, sagte Heinrich. »Ich kümmre mich um das Essen. Alles andere machst du.«
Malte nickte gottergeben.

Lena saß in einem Straßencafé und wartete auf Petra Winter, eine Freundin. Den ganzen Morgen hatte die junge Journalistin in der Redaktion verbracht. Eine bleierne Lähmung schien über dem ganzen Zeitungsgebäude zu liegen. Offenbar passierte absolut nichts, was einen, und sei es noch so kleinen, Artikel hergegeben hätte. Weder in der großen weiten Welt noch hier in Itzehoe und Umgebung!
Entsprechend war die Laune des Chefredakteurs. Arne Beeken fluchte während der Konferenz ununterbrochen, so dass Lena kaum wagte, ihm mit ihrem Anliegen zu kommen. Schließlich wagte sie es am Schluss der Konferenz dann doch. Als alle anderen Kollegen verschwunden waren, saß sie immer noch auf ihrem Stuhl. Beeken, der sich seine vierte Zigarre an diesem Vormittag anzündete, sah sie irritiert an.
»Ist noch was?«, fragte er.
Lena nahm all ihren Mut zusammen und nickte.
»Ich hätte da vielleicht eine Idee«, sagte sie.

Der Chefredakteur blinzelte wütend durch den Rauch, den seine Havanna erzeugte.
»Ein Vielleicht nützt mir nichts«, raunzte er. »Aber los, raus mit der Sprache!«
Lena erzählte ihm von Malte Börnsen und dessen Auftritt in der Talkshow.
»Ein Bauer sucht 'ne Frau – na schön, aber was ist daran so aufregend?«, kommentierte er. »Soweit ich weiß, gibt's zu diesem Thema schon eine Fernsehsendung. Was soll denn für uns daran interessant sein?«
»Na, zum Beispiel, dass dieser Malte Börnsen von hier stammt, also aus Dithmarschen. Ich könnte mir schon vorstellen, dass das die Leser interessiert.«
»Und hast du schon mit ihm gesprochen?«
»Nur kurz. Gewissermaßen ein bisschen vorgetastet.«
»Weiter. Lass dir nicht alles aus der Nase ziehen. Was hat er gesagt? Ist er einverstanden?«
»Noch nicht«, gestand Lena. »Aber ich hab' mir da was einfallen lassen. Aber ganz abgesehen von Malte Börnsen, wollte ich eine kleine Artikelserie zu diesem Thema vorschlagen.«
»Was?«
Arne Beeken rutschte beinahe die Zigarre aus dem Mund.
»Eine ganze Artikelserie?«, rief er. »Mädchen, du hast vielleicht Vorstellungen. Nach der dritten Folge liest das kein Schwein mehr!«
»Da wäre ich nicht so sicher«, konterte sie. »Überleg doch mal. Rings um uns ist Landwirtschaft und Viehhaltung. Schleswig-Holstein ist Bauernland, zumindest die Ecke hier um Dith-

marschen und der Wilstermarsch. Und genau das sind unsere Leser!«
Beeken streifte die Asche ab und strich sich über die Nase.
»Na gut«, gab er schließlich zu. »Da ist schon was dran. Aber ich verstehe immer noch nicht, was du eigentlich vorhast.«
Lena richtete sich auf. Sie spürt, dass das Interesse ihres Chefredakteurs geweckt war und wollte die Gunst der Stunde nutzen.
»Also ich habe mir das so gedacht …«
Und in der nächsten Viertelstunde schilderte sie Arne Beeken, was sie sich überlegt hatte.
Allerdings verschwieg sie ihm ein wesentliches Detail …
»Na schön«, stimmte er schließlich zu, »schreib mal was und leg's mir vor. Dann sehen wir weiter.«
Die junge Journalistin unterdrückte ein allzu triumphierendes Lächeln und lief hinaus. Erst dort stieß sie einen Jauchzer aus, der die Kollegen aufblicken ließ.
»Was ist los?« fragte Thorsten Hennigs, der Fotograf, »hast du einen Sechser im Lotto?«
»So ungefähr«, nickte Lena und schnappte sich ihre Handtasche, um zu der Verabredung mit Petra zu gehen.

»Du willst was?«, fragte die Freundin entgeistert, als Lena ihr beichtete, was sie vorhatte.
»Mensch, guck mich nicht so an. Ich will ihn ja nicht gleich heiraten. Aber ich brauche Informationen aus erster Hand, wenn meine Artikelserie ein Erfolg werden soll.«

Petra gab sich skeptisch.

»Wenn das rauskommt ...«, meinte sie warnend.

»Wird es nicht«, schüttelte die Journalistin den Kopf. »Lina Karstens wird es nach dem Wochenende nicht mehr geben, weil sie ja nie existiert hat. Wie soll da also was rauskommen?«

Petra nippte an ihrem Kaffee.

»Na ja, vielleicht hast du Recht«, überlegte sie. »Aber was ist, wenn … wenn du dich in ihn verliebst oder umgekehrt?«

Lena wollte gerade ihre Tasse zum Mund führen, jetzt blieb ihre Hand mitten in der Bewegung in der Luft hängen.

»Unsinn«, murmelte sie. »Das wird nicht passieren.«

»Und wenn doch?«, ließ Petra nicht locker.

»Ach, hör auf. Daran will ich gar nicht erst denken!«

5. KAPITEL

Die erste Runde

Morgens um acht fuhr der Wagen auf den Hof. Malte war schon Stunden zuvor auf den Beinen gewesen, nachdem er vor lauter Aufregung die halbe Nacht nicht geschlafen hatte. Jetzt wünschte er sich, dass er sich niemals auf diese Sache eingelassen hätte, aber dazu war es zu spät. Mitten auf dem Hof stand der Kleinbus mit dem weithin sichtbaren Logo des Fernsehsenders.

Ein kleiner, drahtiger Mann war ausgestiegen und blickte sich neugierig um, als Malte aus der Tür trat.

Der Knecht Heinrich war im Haus geblieben und schaute abwartend durch das Küchenfenster.

»Moin, Herr Börnsen«, rief der Mann und kam auf ihn zu.

Hinter ihm kletterten zwei weitere Männer und eine Frau aus dem Fahrzeug und reckten die Glieder. Der Bauer erkannte den Aufnahmeleiter wieder, der damals im Studio mit ihm gesprochen hatte.

»Prima Wetter«, freute sich Harry Kersting und schüttelte ihm die Hand. »Wie geschaffen für den Dreh.«

Malte schaute auf den Bus.

»Nee, da ist sie noch nicht drin«, lachte Kersting. »Aber keine

Angst. Ich hab' heut' morgen schon mit Frau Lücking telefoniert. Sie wird pünktlich hier sein.«

Er schaute den Bauern fragend an.

»Sagen Sie, hätten Sie vielleicht einen Kaffee für uns?«

Malte nickte.

»In der Diele«, sagte er.

Heinrich hatte zwei große Kannen voll gekocht und in Thermosbehälter umgefüllt. Zusammen mit Tassen, Milch und Zucker stand der Kaffee auf dem Tisch in der Diele des Bauernhauses.

Harry Kersting, der heute auch die Rolle des Regisseurs innehatte, winkte die anderen heran und stellte sie dem Bauern vor. Horst Fischer war der Kameramann, Thomas Pfeil sorgte für den richtigen Ton, und Heike Mahler war dafür verantwortlich, dass die Mitwirkenden entsprechend geschminkt waren, damit sie vorteilhaft auf dem Bildschirm erschienen. Während sie Kaffee tranken, besprachen sie die Vorgehensweise. Malte merkte schnell, dass beim Fernsehen nichts dem Zufall überlassen wurde.

»Wenn Frau Lücking angekommen ist, drehen wir erst mal die Begrüßungsszene«, erklärte Harry Kersting. »Sie stehen wartend an der Toreinfahrt, die Kamera ist auf die Straße gerichtet, der Wagen kommt, dann Schwenk auf Sie. Ihr erwartungsvolles Gesicht ganz groß im Bild, Sie winken mit dem Blumenstrauß.«

Malte blickte irritiert.

»Blumenstrauß? Was für ein Blumenstrauß?«

Kerstings Kopf ruckte vor.

»Sie haben keine Blumen?«
Der Bauer schüttelte den Kopf.
»Nicht dran gedacht …«
»Macht nix. Besorgen wir eben noch welche.«
Und sofort wies der Aufnahmeleiter den Toningenieur an, ins Dorf zu fahren und einen Strauß roter Rosen zu kaufen.
»Das wird schwer«, sagte Malte. »Im Dorf gibt's keinen Blumenladen.«
»Sondern wo?«
»Erst im übernächsten Ort.«
Kersting sah auf die Uhr.
»Dann mal los«, drängte er Thomas Pfeil, »und beeil dich ein bisschen!«
Es dauerte zwanzig Minuten, bis die Blumen da waren. Malte hatte währenddessen zum wiederholten Male bereut, sich auf diese Geschichte eingelassen zu haben. Aber jetzt war es zu spät, um einen Rückzieher zu machen. Nun stand er an der Einfahrt zu seinem Hof und schaute die Straße hinunter.
»Ein bisschen erwartungsvoller bitte«, rief Harry Kersting ihm zu. »Immerhin warten Sie auf die Frau Ihres Lebens!«
Der Bauer bemühte sich, erwartungsvoll zu schauen.
»Schon besser«, nickte der Aufnahmeleiter ihm aufmunternd zu. »Keine Sorge, das wird schon. War ja nur eine Probe.«
Wieder schaute er auf die Uhr.
»Jetzt müsste sie jeden Moment da sein«, meinte er und wandte sich an die Maskenbildnerin. »Heike, besorg doch noch mal Wasser für die Blumen. Nicht, dass die schon die Köpfe hängen lassen, wenn wir mit dem Drehen beginnen.«

Heike Mahler ging ins Haus und bat Heinrich um eine Blumenvase. Sie hatte gerade den Rosenstrauß hineingestellt, als ein kleines Auto auf den Hof fuhr. Die Frau hinter dem Lenkrad drückte auf die Hupe und winkte.

Tina Lücking, die erste Kandidatin, war da!
Sie stieg aus und lachte in die Runde.
»Hallo zusammen«, rief sie.
Harry trat vor und schüttelte ihr die Hand. Dann stellte er ihr die anderen vor. Malte hatte unruhig daneben gestanden, und als sie sich jetzt die Hände schüttelten, klopfte ihm das Herz bis zum Hals.
»Guten Morgen«, sagte Tina und hielt seine Hand ein bisschen länger als nötig. »Du siehst genauso aus wie im Fernsehen.«
Der Bauer spürte, wie er rot anlief.
»Danke«, murmelte er und bemühte sich, nicht so sehr auf ihren Busen zu starren, der sich unter ihrem engen T-Shirt abzeichnete.
Aber es war schon beachtlich, was es da zu sehen gab …
»Ja, fangen wir also gleich an«, sagte Kersting und erklärte Tina Lücking, wie er sich die ersten Szene vorstellte.
»Dann mal los«, nickte sie und stieg wieder in ihr Auto.
Es klappte schon beim zweiten Anlauf, dann war die Szene im Kasten. Es folgten weitere Aufnahmen im Innern des Hauses, dann im Stall, wo Tina und Malte gemeinsam die Mistforke schwangen und Heu wendeten. Schließlich ein Spaziergang

über ein brachliegendes Feld unweit des Börnsenhofes. Bis zum späten Nachmittag war fast alles geschafft.
Malte hatte die ganze Zeit Tina im Blick. Sie war eine hübsche, intelligente Frau, ein Jahr jünger als er, mit Kurven an den richtigen Stellen. Auf die Frage, warum sie überhaupt auf einen Bauernhof wolle, hatte sie eine treffende, aber unverbindliche Antwort parat. Alles in allem war sie eine Frau, von der ein Mann nur träumen konnte, dachte Malte.
Trotzdem fehlte etwas. Er konnte nicht genau sagen, was es war, aber er wusste, dass sie nicht die richtige Frau für ihn war. Irgendwie fehlte es an Romantik!, kam ihm in den Sinn.
Tina, als sie am Ende von Harry Kersting befragt wurde, gab zwar zu, dass ihr der Hof und auch der Bauer gefielen, aber sie war doch mit anderen Erwartungen hergekommen und konnte sich einfach nicht für Malte Börnsen entscheiden.
Der war im Grunde erleichtert darüber, und so trennten sie sich nach einem langen Tag, ohne einander böse zu sein.
»Tja, Herr Börnsen«, meinte Harry Kersting, als sich das Team verabschiedete, »nicht traurig sein. Nächstes Wochenende kommt ja schon die nächste Kandidatin. Also, tschüss bis dahin.«

»Na, wie war's?«, Georg Hansen und Kalle Beerbaum brannten vor Neugier, als Malte und Heinrich am Sonntagmorgen zum Frühschoppen in den Dorfkrug kamen.
Der Knecht vom Börnsenhof grinste in die Runde.
»War schon nicht übel, die Deern«, meinte er und formte mit den Händen die Figur Tina Lückings nach.

»Und schon Heiratspläne?«, fragte Beerbaum.

»Blödsinn«, brummte Malte und schob seinen Stuhl zurecht. »Woher wisst ihr überhaupt davon?«

Er selbst hatte keiner Menschenseele etwas erzählt.

Heinrich schaute verlegen anderswo hin. Der Bauer sah ihn böse an und schüttelte den Kopf.

»Nu erzähl aber doch mal«, forderte Hansen ihn auf. »Wie war's denn?«

»Wie soll's schon gewesen sein? Die machen einen ziemlichen Aufwand. Davon sieht der Zuschauer aber hinterher nichts mehr. Jedenfalls habe ich jetzt schon die Nase voll.«

Malte blickte Hansen und Beerbaum verärgert an.

»Da habt ihr mich in einen schönen Mist geritten!«, schimpfte er.

»Wieso denn?«, gab sich Kalle unschuldig. »Ich hab' Georg bloß gesagt, dass es endlich an der Zeit wäre, dass du eine Frau findest.«

»Und als deine Freunde fühlten wir uns verpflichtet, dir ein bisschen unter die Arme zu greifen«, grinste Hansen. »Schließlich soll's dir ja nicht schlechter geh'n als uns.«

»Inzwischen bin ich sicher, dass ich auch ganz gut ohne Frau auskomme«, knurrte Malte vor sich hin.

»Also, die Erste hat dir also nicht gefallen«, bemerkte Georg. »Bleiben noch wie viele?«

Malte verdrehte die Augen.

»Noch vier. Mir wird ganz schlecht, wenn ich daran denke. Gott sei Dank ist die Ernte so gut wie vorbei. Ich bin froh, wenn der ganze Spuk ein Ende hat.«

»Musst dich ja bloß für die Nächste entscheiden«, grinste Heinrich. »Dann ist doch alles in Ordnung.«

Das war allerdings leichter gesagt als getan. Wenn Malte wenigstens ein Foto von den anderen Kandidatinnen gehabt hätte! Dann hätte er vielleicht eine Vorauswahl treffen können. Aber darüber war mit dem Aufnahmeleiter nicht zu reden gewesen, als der Bauer ihn darauf angesprochen hatte.

»Mein lieber Herr Börnsen«, hatte Harry Kersting den Kopf geschüttelt, »Das ist völlig unmöglich. Wir haben die Damen nach Eingang ihrer Bewerbung sortiert und dabei bleibt es auch. Schließlich soll jede von ihnen die gleiche Chance haben.«

Also musste Malte sich fügen und gute Miene zum bösen Spiel machen. Er fieberte dem nächsten Wochenende entgegen und hoffte inständig, dass es mit der Frau, die dann auf seinem Hof erscheinen sollte, klappen würde.

6. KAPITEL

Die Chancen schwinden

Die Woche flog nur so dahin, und schon war es wieder Samstag. Das gleiche Ritual: Am Morgen rauschte der Bus des Fernsehsenders auf den Hof, die Ausrüstung wurde ausgepackt – diesmal hatte Malte daran gedacht, Blumen zu besorgen – und dann wartete man bei einer Tasse Kaffee gespannt auf Britta Hofmann. Die Kandidatin kam mit einer guten Stunde Verspätung, weil es vor dem Elbtunnel einen Stau gegeben hatte.

Britta war die jüngste von allen Bewerberinnen. Gerade mal dreiundzwanzig Jahre alt. Sie hatte kurz geschnittenes, rotes Haar und trug T-Shirt und Jeans. Das Aufnahmeteam und Malte lachten, als sie ein paar Gummistiefel aus dem Kofferraum holte.

»Ich dachte, auf einem Bauernhof gehören die einfach dazu«, erläuterte sie lächelnd.

Britta war Malte auf Anhieb sympathisch. Sie hatte ein hübsches, anmutiges Gesicht und ihre grünen Augen schienen gar nicht anders zu können, als immer nur zu strahlen.

Und sie zeigte sich sehr interessiert am bäuerlichen Leben. Zu Allem und Jedem stellte sie Fragen und es schien, dass der junge Bauer ihr ebenfalls gefiel.

Beim Mittagessen – Heinrich hatte eine großen Topf Gulasch und Nudeln gekocht – nahm Harry Kersting Malte beiseite.
»Und«, fragte er, »wie ist die Tendenz?«
»Nettes Ding.«
»Bloß nett?«
»Na ja, schon irgendwie mein Fall«, gestand der Bauer. »Allerdings …«
Der Aufnahmeleiter runzelte die Stirn.
»Was ›allerdings‹?«
»Ein bisschen zu jung. Finden Sie nicht?«
»Mensch, vier Jahre Altersunterschied. Was ist denn das schon?«, polterte Kersting. »Jedenfalls scheint das Mädel genau zu wissen, was es will. Und wenn mich nicht alles täuscht, dann will Britta Sie!«
Den Eindruck hatte Malte auch. Gewisse Blicke, ein kleines Lächeln, das kurze Berühren mit der Hand – all das deutete darauf hin, dass Britta Hofmann sehr an ihm interessiert war. Und doch war da etwas, das ihn davon abhielt, die junge Frau für den nächsten Tag einzuladen, was die Bedingung für eine Fortsetzung der Romanze war. Dabei wusste er nicht einmal zu sagen, was es war.
Vier Jahre Altersunterschied, da hatte Kersting Recht, waren ja nun wirklich nicht so dramatisch. Und doch schien er sich gerade daran zu stören.
Nach dem Mittagessen ging es weiter mit dem Dreh. Den Fernsehzuschauern sollte später gezeigt werden, wie der Bauer der jungen Frau zeigt, wie man einen Stall ausmistet. Beide waren mit Forken bewaffnet und Malte machte ihr vor, was zu

tun war. Britta versuchte es und warf den Mist hoch in die Luft. Ihr Lachen hallte dabei durch den Stall.

»Das war super!«, rief Harry Kersting. »Macht das noch einmal genau so!«

Die Szene wurde wiederholt, doch auf Malte wirkte es jetzt einfach gestellt. Er verlor plötzlich die Lust weiterzumachen und den Rest des Tages spulte er nur noch gleichgültig ab und war froh, als die letzte Szene abgedreht war. Ehe Kersting mit ihnen beiden sprechen konnte, nahm Malte Britta an die Hand und zog sie mit sich.

»Du … also ich weiß nicht genau, wie ich es sagen soll«, haspelte er, als sie etwas abseits von den anderen standen, »aber irgendwie …«

»… ist dir klar geworden, dass ich nicht die Richtige bin«, vollendete sie den Satz.

Der Bauer nickte.

»Ich muss dir auch was sagen …«, gestand sie.

»Nämlich?«

Britta, das erfuhr Malte nun, hatte sich nur aus einem ganz bestimmten Grund gemeldet. Sie war Studentin der Soziologie und schrieb an einer Arbeit über das Zusammenleben von Menschen, die aus unterschiedlichen Schichten kamen. Zufällig war sie auf Johannas Talkshow aufmerksam geworden und hatte spontan beim Sender angerufen. Sie wollte selbst erleben, wie es war, wenn sich zwei Menschen kennenlernten, die mit ganz unterschiedlichen Hintergründen und Erwartungen an so eine Sache herangingen.

»Bist du mir sehr böse?«, fragte sie nach ihrem Geständnis.

Malte schmunzelte.
»Nö«, schüttelte er den Kopf. »Ich möcht' bloß wissen, was der Kersting dazu sagt.«
Britta verzog das Gesicht.
»Der muss es doch nicht unbedingt erfahren, oder?«
»Ach was«, erwiderte der Bauer.
Harry Kersting erfuhr nichts, nur dass Britta und Malte übereingekommen waren, es bei diesem einen Tag zu belassen.
»Na schön«, seufzte er, »dann auf ein Neues am nächsten Wochenende.

Lena Mertens betrachtete die Liste, die Harry ihr hatte zukommen lassen. Jetzt waren es nur noch zwei Kandidatinnen außer ihr, die an den kommenden Wochenenden ihr Glück mit Malte Börnsen versuchen würden.
Außer es hatte gestern zwischen Malte Börnsen und Britta Hofmann gefunkt!
Die Journalistin hoffte inständig, dass das nicht geschehen war, denn dann wäre ihre geplante Artikelserie für die Katz. Schon so war es ein Wunder, dass Arne Beeken immer noch an dem Thema interessiert war. Fünf Wochen waren eine verdammt lange Zeit für eine aktuelle Tageszeitung.
Lena wählte Harry Kerstings Handynummer. Im schlechtesten Fall war er an diesem Sonntag wieder auf dem Börnsenhof, um den zweiten Tag mit der jungen Frau zu drehen.
Es dauerte eine ganze Weile, bis er sich meldete.
»Ach du bist es«, sagte er. »Was gibt's?«

»Das wollte ich eigentlich von dir wissen. Ist was passiert zwischen den beiden?«

»Absolut nix!«

Lena war erleichtert.

»Das ist ja prima«, sagte sie.

»Du hast gut lachen. Ich hab' allmählich die Nase voll, jeden Samstag auf dem Bauernhof zu verbringen«, raunzte Kersting. »Schließlich bin ich aus Dithmarschen weg, weil ich genug hatte von Ackerbau und Viehzucht.«

»Komm schon«, tröstete Lena ihn, »spätestens wenn ich dran bin, macht es dir wieder Spaß.«

Sie plauderte noch einen Moment mit dem alten Kollegen, der sie während ihrer ersten Jahre bei der Zeitung unter seine Fittiche genommen hatte, dann beendete sie die Verbindung und schaute nachdenklich aus dem Fenster.

Es war Sonntagmorgen, kurz nach elf Uhr und sie hatte den ganzen Tag Zeit.

Wie wäre es, wenn sie einen kleinen Ausflug machte? Vielleicht in ein kleines Dorf namens Ramhusen?

Die Idee gefiel ihr immer besser. Vielleicht konnte sie etwas mehr über Malte Börnsen herausbekommen. Bestimmt kannte man ihn in dem Dorf gut und wenn sie sich ein wenig geschickt anstellte, dann würde sie sicher das eine oder andere aus den Nachbarn des Bauern herauslocken.

Gesagt, getan. Lena schnappte sich ihre Handtasche, in der alles steckte, was sie brauchte: Handy, Aufnahmegerät und ein Fotoapparat.

Bei der Zeitung wurden Fotos in der Regel besser bezahlt als

ein Artikel. Lena nahm sich vor, viele zu schießen und die besten der Redaktion zum Kauf anzubieten.
Von Itzehoe brauchte sie nicht einmal eine Stunde, um an ihr Ziel zu kommen.
Glücklicherweise war es Sonntag und es herrschte kaum Verkehr, so dass Lena kräftig aufs Gaspedal drücken konnte. Erst als sie das Ortsschild vor sich sah, drosselte sie das Tempo. Der Börnsenhof lag außerhalb des Dorfes, das wusste sie. Aber zunächst wollte sie sich im Ort umhören und das würde am besten in der Kneipe gehen. Sie parkte ihr Auto vor einem Haus, über dessen Eingang ein buntes Schild mit der Aufschrift »Ramhuser Krug« hing. Ein Schaukasten an der Hauswand zeigte die Speise- und Getränkekarte. Lena überflog sie kurz. Es gab hier die typischen regionalen Spezialitäten. Als sie die Tür öffnete, schlug ihr ein Schwall aus Rauch und Stimmen entgegen. Das allgemeine Rauchverbot in Gaststätten schien hier weder den Wirt noch seine Gäste zu kümmern. Die Journalistin trat ein und schaute sich um. In der Ecke neben dem Tresen stand ein runder Tisch – der Stammtisch vermutlich. Ansonsten gab es zahlreiche kleinere Tische, jeweils für vier bis sechs Personen, von denen allerdings die meisten besetzt waren. Außer nach Rauch und Bier roch es vor allem nach Essen. Aber es war kein unangenehmer Geruch. Der Wirt hinter dem Tresen schaute sie neugierig an und grüßte freundlich, als er Lenas Lächeln sah.
Eine junge Bedienung kam und Lena fragte, ob sie einen Tisch haben könne.
»Klar doch«, nickte das Mädchen. »Suchen Sie sich einen aus.«

Es gab noch drei freie Tische. Lena wählte einen am Fenster, setzte sich und dankte, als ihr sofort die Speisekarte gereicht wurde.

Sie bestellte ein Mineralwasser und schlug die Karte auf. Natürlich wurde viel frischer Fisch angeboten. Die Journalistin wählte eine Nordseescholle mit Krabben und Dillsauce. Dazu gab es Salzkartoffeln und gemischten Salat. Während sie auf das Essen wartete, ging Lena in Gedanken durch, was sie zum Thema: »Bauer und Frauen« bisher recherchiert hatte. In der Tat war es so, dass unter der bäuerlichen Bevölkerung ein extremer Frauenmangel herrschte. Die harte Arbeit, die Tatsache, dass der Bauernberuf nicht sonderlich gut angesehen war und viele andere Einschränkungen waren schuld daran, dass kaum noch eine junge Frau aufs Land ziehen wollte. Zumindest nicht als Bäuerin auf einen Hof. Und wer dort geboren war, zog meistens fort, sobald er es konnte.

Das bedeutete nun aber nicht, dass es überhaupt keine Frau mehr gab, die bereit gewesen wäre, einen Bauern zu heiraten – das bewies ja schon die große Zahl derer, die sich für entsprechende Fernsehformate interessierten, die sich diesem Thema widmeten. Andererseits hieß das aber nicht, dass auch für jeden Bauer eine Frau gefunden wurde.

Ein gutes Beispiel war Malte Börnsen. Ihm war schon die zweite Kandidatin abgesprungen und Lena hoffte sehr eigennützig, dass es ihm mit den anderen ebenso ergehen würde. Da hätte der Bauer zwar Pech, aber für sie wäre es ein Glück. Denn jetzt durfte nichts mehr dazwischen kommen. Vier Fortsetzungen für ihre Artikelserie hatte sie schon geschrieben. Und das durfte nicht umsonst gewesen sein. Der große Knüller und Aufmacher sollten nämlich ihre eigenen Erlebnisse auf dem Börnsenhof werden.

Lena wurde aus ihren Überlegungen gerissen, als die Bedienung das Essen brachte. Die Scholle schmeckte ausgezeichnet. Die Journalistin aß fast den ganzen Teller leer. Danach bezahlte sie rasch, ließ sich den Weg zum Börnsenhof erklären und stieg wieder in ihr Auto. Zuerst hatte sie die Bedienung über den jungen Bauern ausfragen wollen, aber als sie in das Gesicht der Frau blickte, glaubte Lena etwas darin zu lesen, was sie davon abhielt. Ihr schien, dass es der falsche Zeitpunkt für diese Fragen war. Also hörte sie auf ihr Gefühl und verließ den Dorfkrug.

Bis zum Hof waren es nur knapp drei Kilometer. Schon von Weitem konnte Lena das Anwesen sehen. Sie nahm den Fotoapparat aus der Handtasche und machte ein paar Bilder – sie wusste ja nicht, ob sie noch dazu kommen würde, Fotos zu machen, wenn sie selbst die »Kandidatin« war.

Eine Weile hoffte sie darauf, den Bauern zu Gesicht zu bekommen, aber entweder war Malte Börnsen nicht zu Hause oder er war im Haus beschäftigt. Jedenfalls ließ er sich nicht blicken und so fuhr Lena Mertens nach einer Viertelstunde wieder nach Itzehoe zurück.

Die nächsten beiden Wochenenden standen wieder im Zeichen der Fernsehshow. Die dritte Kandidatin hieß Frauke Jensen. Gleich zu Beginn machte Malte keinen Hehl daraus, sehr deutlich, dass ihm deren feministische Ansichten überhaupt nicht gefielen. Außerdem wollte die Frau gleich Einblick in seine Kontoauszüge nehmen um festzustellen, ob er überhaupt in der Lage war, eine Frau zu ernähren.
Selbst Harry Kersting konnte sich ein Grinsen nicht verkneifen, als Frauke Jensen schon vor dem Mittagessen wieder davonfuhr.
»Jetzt sind's nur noch zwei«, meinte er, als er in den Bus stieg. Dort nahm er sein Handy und verschickte eine SMS. Und Lena, die Empfängerin, freute sich sehr darüber.
Vanessa Koch, die vierte Kandidatin, war gelernte Kindergärtnerin. Sie gefiel Malte sehr gut. Vanessa hatte dunkle Haare und erinnerte ihn ein wenig an Gisela Holm, seine Jugendliebe. Die beiden verstanden sich auf Anhieb und Malte war schon nahe daran, Vanessa zu bitten zu bleiben, als die junge Frau von sich aus sagte, sie würde lieber wieder fahren. Alles in allem habe es ihr sehr gut gefallen, aber so richtig könne sie sich ein Leben auf dem Land nun doch nicht vorstellen.
»Also, wenn das letzte Wochenende genauso eine Pleite wird ...«, sah der Bauer schwarz.
Malte tat Harry schon fast ein wenig Leid.
»Also, ich drücke Ihnen jedenfalls ganz fest die Daumen«, sagte er.
»Was geschieht eigentlich mit den Aufnahmen, die Sie bisher gemacht haben?«, erkundigte sich Malte.

»Die werden, nach dem Motto ›Pleiten, Pech und Pannen‹, zusammengeschnitten und dann gesendet. Wenn Sie das nächste Mal in der Show bei Johanna sind, dann wird Ihnen das Mitleid der Zuschauer sicher sein.«
Sicher war sich der Bauer nur, dass er durchaus darauf verzichten konnte. Er hatte überhaupt keine Lust mehr auf das ganze Theater. Allerdings stand noch eine Bewerberin aus und da musste er nun mal durch.

Er zählte die Tage, bis es endlich Samstag war.
»Was immer da für eine kommt«, sagte er beim Frühstück seinem Knecht Heinrich, »ich werde so abweisend sein, dass sie gleich wieder die Kurve kratzt.«
Heinrich grinste. Dem ersten Drehtag hatte er noch skeptisch gegenübergestanden, doch je öfter das Fernsehteam auf den Hof gekommen war, umso mehr Spaß hatte es ihm gemacht. Inzwischen hatte er sich mit den Leuten angefreundet und seit dem dritten Wochenende duzten sich alle.
»Vielleicht ist es diesmal die richtige Deern«, meinte er achselzuckend.
»Ich hoffe nicht«, erwiderte Malte.
Hätte er allerdings geahnt, was da noch auf ihn zukommen sollte, er wäre auf der Stelle ausgebüchst!

7. KAPITEL

Jetzt wird es ernst

Für Lena Mertens war es die schönste Woche seit langem. Nachdem Harry ihr vom Scheitern der vierten Kandidatin berichtet hatte, hellte sich ihre Stimmung von Tag zu Tag mehr auf. Selbst das grantige Gesicht, das Arne Beeken immer wieder zur Schau stellte, konnte nichts daran ändern.

»Was ist denn nun mit deinem Knüller?«, hatte er noch am Freitagmorgen wissen wollen.

»Nach dem Wochenende, Chef«, vertröstete Lena ihn. »Dann bin ich so weit. Willst du schon mal einen Blick auf das werfen, was ich bisher zusammengetragen habe?«

»Besser nicht«, knurrte er. »Sonst bereue ich womöglich noch, dir mein Okay gegeben zu haben.«

Die Journalistin nahm anschließend einen Pressetermin im Rathaus wahr, zu dem der Bürgermeister geladen hatte.

Als sie dann am Sonnabendmorgen aufwachte, regnete es in Strömen.

»Auch das noch!«, stöhnte sie, als sie am Fenster stand und nach draußen schaute.

Der Himmel war dunkel, schwere Wolken hingen über der Stadt und es goss wie aus Eimern.

»Am besten nehme ich meinen Ostfriesennerz«, murmelte sie, als sich das Wetter nach dem Duschen und Frühstück immer noch nicht gebessert hatte.

Am Abend zuvor hatte Harry Kersting angerufen.

»Na, Mädchen, morgen ist also dein großer Tag«, sagte er. »Ich hoffe, du weißt zu schätzen, was ich da für dich tue. Normalerweise würde ich morgen in aller Herrgottsfrühe nach München fahren und mir das Spiel des HSV gegen die Bayern anschauen.«

»Ich wette, du hast gar keine Karte mehr bekommen«, konterte Lena.

»Mal ganz im Ernst«, erklärte der Aufnahmeleiter, »es darf niemals und unter keinen Umständen herauskommen, was wir beide da gedeichselt haben. Sonst bin ich meinen Job los. Ist dir das klar?«

»Sicher doch, Harry«, antwortete sie. »Sei ganz beruhigt, von mir erfährt keiner was.«

»Okay, dann sehen wir uns also morgen bei Malte Börnsen. Ist übrigens ein ganz feiner Kerl. Schade eigentlich, dass die Frauen bisher nicht auf ihn angesprungen sind.«

»Das werde ich ganz sicher auch nicht«, lachte Lena.

»Wart's ab«, unkte Harry. »Wer weiß, wohin Amor seine Pfeile schießt.«

»Kannst du dir mich als Bäuerin vorstellen?«

»Na ja, nicht wirklich«, stimmte er in ihr Lachen ein.

»Also dann bis morgen früh«, verabschiedete sie sich von ihm.

Als sie nun auf die Uhr schaute, spürte Lena, dass ihr Herz schneller klopfte. Es war kurz nach neun und es ging los …

Sie hatte sich bewusst schlicht gekleidet, doch als sie jetzt in ihrem Auto saß und aus Itzehoe herausfuhr, da fühlte sie sich selbst in den alten Jeans und der Bluse nicht wohl. Dabei waren es eigentlich die besten Klamotten für einen Besuch auf einem Bauernhof.

Viel zu früh kam sie in Ramhusen an und fuhr ganz langsam weiter, bis der Hof in Sicht kam.

»Jetzt gilt's«, sprach sie sich Mut zu und lenkte den Wagen in die Einfahrt.

Ein paar Leute standen auf dem Hof. Sie schauten ihr erwartungsvoll entgegen. Lena sah Harry Kersting und widerstand dem Impuls, ihm zu winken. Sie schaltete den Motor aus und öffnete die Tür.

»Hallo zusammen«, sagte sie und stieg aus. »Ich bin … Lina Karstens.«

Alle waren an das Auto herangetreten.

»Hallo«, sagte Harry und schüttelte ihr die Hand, während er sich und die anderen vorstellte.

Dann deutete er auf den Bauern.

»Tja, Lina, und das ist Malte Börnsen.«

»Moin«, nickte sie und nahm forsch seine Hand, die er ihr entgegenstreckte. »Schön, dich kennenzulernen.«

Der Bauer schluckte. »Ja, freut mich auch«, antwortete er mit belegter Stimme. »Willkommen.«

»Danke«, antwortete Lena und bemerkte irritiert, dass sie noch immer seine Hand hielt.

Oder er ihre?

So genau ließ sich das nicht sagen. Es stand nur fest, dass die beiden sich unverwandt anschauten, wobei jeder im Blick des anderen zu versinken schien ...

»Himmel nochmal, ist das etwa Liebe auf den ersten Blick?«, schimpfte Lena mit sich.

Das hätte ihr gerade noch gefehlt, dass sie sich in diesen Bauern verliebt!

Gestern hatte sie darüber noch mit Harry gewitzelt und jetzt jagte ihr der Anblick von Malte Börnsen wohlige Schauer über den Rücken.

In Wirklichkeit sah er noch besser aus als im Fernsehen!

Die Journalistin ahnte, was Harry gemeint hatte, als er sagte, er halte den Bauern für einen feinen Kerl. Malte gehörte zu der Sorte Mensch, die einem auf Anhieb sympathisch ist und Lena ahnte, dass es womöglich mehr als nur Sympathie war, was sie für ihn empfand.

Umgekehrt war auch Malte von »Lina Karstens« geradezu gefesselt. Er schaute in ihre Augen und spürte ein leises Kribbeln auf der Haut.

Hübsch war sie, die Hauswirtschafterin, die laut Datenblatt in einem Itzehoer Kinderheim arbeitete. Vom ersten Augenblick an war ihm klar, dass das die Frau war, die er sich immer vorgestellt hatte.

So eine wie sie wollte er heiraten und mit ihr eine Familie gründen!

»Tja, dann fangen wir mal an«, unterbrach Harry Kersting den Zauber des Augenblicks und holte das Paar in die Wirklichkeit zurück.

»Los geht's mit der Begrüßungsszene«, erklärte der Aufnahmeleiter und Regisseur. »Sie kennen das ja schon, Herr Börnsen.«

Allerdings. Malte hatte jedes Mal geflucht, wenn er einen Blumenstrauß besorgte. Auch heute Morgen, aber diesmal war es etwas ganz anderes.

Heute waren die Rosen nicht umsonst gekauft, das Geld war gut angelegt!

Nervös stand er an der Einfahrt und schaute erwartungsvoll die Straße hinunter. Und seine Erwartung war nicht gespielt, vielmehr hatte es ihm beinahe einen Stich ins Herz versetzt, als Lina Karstens vom Hof gefahren war – wenn auch nur, um ein paar hundert Meter weiter zu wenden und dann ein zweites Mal anzukommen, sobald Kersting ihr das Zeichen gab.

Endlich hob er die Hand und der Wagen fuhr los. Malte musste sich diesmal nicht ein strahlendes Lächeln abringen, als das Auto näher kam. Er schaute auf den Rosenstrauß in seiner Hand und hob dann den Kopf im richtigen Moment, als die Kamera voll auf ihn gerichtet war und sein Gesicht in Nahaufnahme zeigte.

»Herzlich willkommen!«, rief der Bauer verabredungsgemäß, so wie er es die letzten vier Samstag auch schon getan hatte. Aber heute kam die Begrüßung wirklich von ganzem Herzen!

»Lina« stieg aus und Malte trat auf sie zu.
»Schön, dass du da bist«, sagte er und überreichte ihr die Blumen.
»Ich freue mich auch«, antwortete sie pflichtgemäß.
Und dann gab es die obligatorischen Begrüßungsküsse rechts und links auf die Wangen. Sie umarmten sich und Malte sog den Duft von Lenas Haaren ganz tief in sich ein.
Dann erinnerte er sich, dass ja alles, was sie sagten und taten, aufgezeichnet wurde, um später im Fernsehen gezeigt zu werden. Er machte eine weit ausholende Armbewegung.
»Tja, das ist also der Börnsenhof«, erklärte er Lina. »Er befindet sich seit mehreren Generationen im Familienbesitz. Wenn du magst, dann zeige ich dir alles.«
»Gern«, nickte Lina Karstens.
Zuerst besichtigten sie das Haus. Drinnen wartete Heinrich, der Knecht, um fernsehgerecht vorgestellt zu werden.
»Ein Zweimännerhaushalt also«, stellte Lina zwinkernd fest.
»Was sich hoffentlich bald ändert …«, sagte Malte und schaute sie beinahe zärtlich an.
Lena lief es heiß und kalt über den Rücken.
War das noch gespielt oder meinte er es etwa ernst?
Der Blick, mit dem er sie ansah, war jedenfalls nicht gespielt. Malte hatte sich offenkundig auf der Stelle in sie verliebt.
Kein Wunder, dachte Lena, wenn man gerade viermal abgeblitzt war. Schließlich war sie jetzt die letzte Frau, die sich für ihn interessierte.
Und wenn er nicht wieder leer ausgehen wollte, dann musste er heute Nägel mit Köpfen machen!

Und sie selbst?
Lena merkte, dass sich die Dinge ganz anders entwickelten, als sie es sich vorgestellt hatte. Sie hatte ja diesem Bauern nur etwas vorspielen wollen, damit er ihr sein Herz öffnen und über sein einsames Leben auspacken würde. Nur zu diesem Zweck war sie ja schließlich hergekommen. Und doch war es nicht mehr so, dass sie abgeklärt und mit eiskalter Berechnung an die Sache heranging. Vielmehr machten sich Gefühle in ihr breit, die sie am liebsten in den Tiefen ihrer Seele vergraben hätte.

Es dauerte eine Weile, bis Lena wieder einen klaren Gedanken fassen konnte.
»Die Einrichtung ist aber auch nicht mehr ganz neu«, bemerkte sie spitz, als sie ins Wohnzimmer gekommen waren.
»Ich überlege schon lange, was Neues anzuschaffen«, versicherte Malte hastig. »Vielleicht können wir ja was zusammen aussuchen?«
Hoppla, dachte sie, gehörte das jetzt zum Drehbuch oder war es ihm tatsächlich spontan in den Sinn gekommen?
Lächelnd zuckte sie die Schultern.
»Mal sehen.«
Der Garten hinter dem Haus gehörte zu Heinrichs Aufgabenbereich und er hatte ganz offensichtlich ein Händchen dafür, wie Lena feststellte. Alles sah picobello aus.
Malte bot ihr einen Platz auf einer Bank an, die romantisch unter einem Baum stand.

Harry Kersting schaltete sich ein: »Wie bist du eigentlich darauf gekommen, dich auf den Aufruf von Johanna zu melden?«, fragte er Lina überraschend.
Sie wollte ihm einen wütenden Blick zuwerfen, als sie sich daran erinnerte, dass die Kamera auf sie gerichtet war.
Harrys Gesicht würde man später im Fernsehen nicht zeigen, darum konnte er es sich auch leisten, bei seiner Frage hämisch zu grinsen.
»Na warte, du Mistkerl«, dachte Lena, »das zahle ich dir schon noch heim!«
»Weil …«
Sie sah Malte an, der neben ihr saß und lächelte.
»Er hat mir eben auf Anhieb gefallen«, meinte sie schließlich.
Und das war nicht mal gelogen. Malte Börnsen hatte ihr tatsächlich gefallen, als sie ihn auf dem Bildschirm gesehen hatte. Irgendwie wirkte er wie jemand, den man in den Arm nehmen und beschützen musste.
Harry Kersting zwinkerte ihr, unbemerkt von den anderen, zu.
»Interessierst du dich eigentlich für Landwirtschaft?«, fragte nun der Bauer. »Also ein bisschen Interesse muss man schon mitbringen …«
»Ja, klar«, versicherte Lena. »Das hat mich schon immer interessiert. Früher haben wir, also meine Eltern und ich, immer Ferien auf dem Bauernhof gemacht.«
Das war eine glatte Lüge!
Lenas Eltern besaßen nach wie vor ein Ferienhaus auf Fehmarn und dort waren jedes Jahr die Ferien verbracht worden.

Sie selbst fuhr heute nur noch selten dorthin, aber auf einem Bauernhof waren sie nie gewesen.

Kersting unterbrach für eine Zigarettenpause. Lena richtete es so ein, dass sie den Aufnahmeleiter einen Moment für sich allein hatte.

»Was sollte das denn vorhin, diese blöde Frage?« zischte sie ihn an.

Harry grinste smart.

»Nicht übel, was? Hast ja gut reagiert.«

»Mach das bloß nicht noch mal!«

»Keine Sorge«, beruhigte er sie. »Aber sag mal, wie gefällt er dir denn so?«

Lena hätte sich eher die Zunge abgebissen, als ausgerechnet Harry gegenüber zuzugeben, dass Malte Börnsen ihr ausnehmend gut gefiel!

»Ganz nett«, antwortete sie.

»Aber was versprichst du dir eigentlich von der ganzen Geschichte?«

»Also du stellst vielleicht Fragen!«, fuhr sie ihn an, »Informationen natürlich. Ich schreibe eine Artikelserie, und er ist mein Aufhänger. Darum bin ich heilfroh, dass es mit den anderen Kandidatinnen nicht geklappt hat, sonst wäre ich ja überhaupt nicht zum Zuge gekommen.«

Kopfschüttelnd schnippste Harry seine Zigarette weg. »Na, dann lass uns mal weitermachen.«

»Was kommt denn noch?«, wollte Lena wissen.

»Zunächst mal ein kleiner Spaziergang«, klärte er auf. »Und dann noch irgendeine Abendszene. Draußen im Garten. Ein Glas Rotwein auf der Bank oder so.«

»Und morgen?«

Er grinste breit.

»Morgen darfst du dann zeigen, ob du fit bist, meine Liebe«, freute er sich. »Stall ausmisten und Schweine füttern. Schade, dass es hier keine Kühe mehr gibt. Würde ein schönes Bild abgeben, wenn deine zarten Hände in Großaufnahme beim Melken zu sehen wären.«

»Ich kann mir schon denken, woran du dabei denkst«, konterte sie.

Der Kameramann trat hinzu.

»Wir sollten weitermachen«, drängte er.

»Okay«, nickte Harry Kersting. »Spaziergang über Feld und Flur. Ihr beide geht nebeneinander und unterhaltet euch. Lina, du schwärmst über die Landschaft, Malte, immer wieder auf irgendwas zeigen.«

»Auf was denn?«, fragte der Bauer irritiert.

»Völlig egal. Die Zuschauer interessiert das ohnehin nicht.«

»Warum muss ich es dann machen?«, fragte sich Malte. Behielt die Frage aber für sich.

8. KAPITEL

Ein romantischer Abend?

Den Abend verbrachten alle zusammen auf dem Hof. Kersting hatte für sich und seine Leute Zimmer im Dorfkrug haben wollen, doch dort gab es nur zwei und die waren schon vergeben.

»Dann richten wir uns eben im Heu ein«, schlug Thomas Pfeil vor.

»Die beiden Frauen könnten sich das Zimmer oben teilen«, schlug Malte vor. »Da haben früher meine Eltern geschlafen.«

Lena atmete auf, denn die Aussicht, im Heu, womöglich mit nächtlichem Besuch von Mäusen und anderem Ungeziefer, schlafen zu müssen, hatte sie schon leicht in Panik versetzt. Harry hatte sie zwar gewarnt, dass sie womöglich hier übernachten müsse, aber von Scheune war nicht die Rede gewesen. Erleichtert nahm sie daher das Angebot an. Heike Mahler war nicht weniger froh und so richteten sich die beiden Frauen oben ein. Malte hatte ihnen Bettwäsche und Handtücher gegeben, Heinrich bereitete das Abendessen. Anschließend sollte dann noch die romantische Szene im Garten gedreht werden.

»Am meisten freue ich mich auf das Treckerfahren morgen«,

meinte Lena, als sie alle um den großen Tisch in der Diele saßen und sich schmecken ließen, was der Knecht ihnen aufgetischt hatte. Katenrauchwurst, Holsteiner Schinken und Wilstermarscher Käse hatte Heinrich auf Holzbrettern angerichtet und gekonnt mit Tomaten, sauren Gurken und Petersilie garniert. Dazu gab es Fassbutter und frisches Brot. Als Getränke standen Bier, Wasser und Tee auf dem Tisch.

»Bist du denn schon mal Trecker gefahren?«, erkundigte sich Malte.

Sie schüttelte den Kopf.

»Aber sicher mitgefahren?«, hakte er nach.

»Wieso? Ach so … natürlich …«

Im letzten Moment waren ihr wieder ihre Ferien auf dem Land eingefallen.

Außer Harry, der sie belustigt ansah, schienen ihr alle ihr zu glauben.

Dann ging's an die abendliche Gartenszene.

»Was ihr euch erzählt, ist später nicht zu hören«, sagte Harry. »Ihr könnt euch also ganz ungestört unterhalten.«

Auf Harry Kerstings Wunsch hin hatte Malte einen alten Gartentisch nebst zwei Stühlen unter den Baum gerückt, unter dem sonst die Bank stand. Auf dem Tisch standen ein Windlicht, zwei Gläser und eine Flasche Rotwein. Die Szene wurde gut ausgeleuchtet.

»Also quatscht ein bisschen miteinander und lacht ab und zu mal«, lautete die Regieanweisung.

Malte nahm sein Glas und prostete Lena zu. Sie tranken einen Schluck und sahen sich dabei in die Augen.
»Sehr gut!«, lobte der Aufnahmeleiter.
»Suchst du eigentlich schon lange nach einer Frau?«, erkundigte Lena sich.
Sie hatte sich eine dünne Jacke übergezogen, in deren rechter Tasche das Aufnahmegerät steckte. Unauffällig hatte sie es eingeschaltet. Jetzt wurde jedes Wort, das sie sagten, aufgezeichnet.
»Ach Gott«, antwortete der Bauer ausweichend, »was heißt schon lange? Bis vor einem Jahr gab es da noch jemanden …«
»Ach ja?«
Lena sah ihn interessiert an.
»Was ist geschehen?«
Malte zuckte die Schultern.
»Das was so oft geschieht«, erwiderte er. »Irgendwie hat's nicht geklappt mit uns.«
»Aber woran lag das denn? Hatte es was mit deinem Beruf zu tun? Oder waren es eher persönliche Gründe?«
»Wahrscheinlich von beidem etwas. Annette, so heißt sie, hatte wohl etwas andere Vorstellungen vom Leben als ich.«
»Das interessiert mich«, hakte Lena nach. »Erzähl doch mal, wie habt ihr euch kennengelernt?«
Malte rutschte unruhig auf seinem Stuhl hin und her. Jetzt so ins Detail zu gehen, gefiel ihm nicht sehr. Aber dann sagte er sich, dass die Fernsehzuschauer es ja nicht zu hören bekämen.
»Das war auf dem Feuerwehrball«, antwortete er. »Annette wohnte damals in Husum und war hier zu Besuch bei einer

Freundin. Auf dem Fest saßen wir zufällig nebeneinander und sind ins Gespräch gekommen.«
Lena lächelte.
»Und wann habt ihr gewusst, dass ihr euch mögt?«, fragte sie. »Schon an diesem Abend oder erst später?«
»Na ja, ich glaub schon, dass es Liebe auf den ersten Blick war«, gestand er und sah zu Boden. »Jedenfalls bei mir …«
»Verliebst du dich oft so schnell?«, wollte sie wissen.
Er schaute sie an und grinste schief.
»Wenn jemand so attraktiv ist wie du, dann schon …«
»Herrgott«, fuhr es Lena durch den Kopf, »der meint es wirklich ernst!«

»Wartet mal«, unterbrach Harry Kersting das Gespräch. »Das sah gar nicht schlecht aus, aber ich glaube, wir drehen das Ganze noch mal. Aber diesmal von der anderen Seite. Da fällt das Licht besser auf den Tisch. Oder was meinst du, Horst?«
Der Kameramann nickte.
»Du hast Recht. Ich habe dann beide besser im Bild.«
Noch einmal wurde die Szene eingerichtet, der Wein und die Gläser kamen wieder in die richtige Position.
»Okay, wir können«, kam das Kommando. »Los geh's!«
Lena räusperte sich »Es hat dann aber nicht funktioniert mit euch …«, nahm sie das unterbrochene Gespräch wieder auf.
»Nein, leider nicht«, schüttelte Malte den Kopf und zuckte die Schultern. »Vielleicht aber auch glücklicherweise.«
»Wie meinst du das?«

Er lächelte versonnen.
»Ach, nur so …«
Sie schaute ihn durchdringend an.
»Das hast du nicht nur so gesagt.«
»Nein. Ich meinte, sonst hätte ich dich ja nie kennengelernt.«
Lena spürte, wie ihr Herz schneller schlug. Nicht zum ersten Mal an diesem Tag. Und jetzt griff Malte nach ihrer Hand und hielt sie fest.
»Ja, sehr schön!«, kommentierte Harry, der etwas abseits stand und alles mit Argusaugen beobachtete. »Man merkt, dass ihr euch mögt.«
»Es ist mehr als nur mögen, Lina«, flüsterte Malte Börnsen ihr mit rauer Stimme zu. »Ich glaube … nein, ich weiß, dass ich dich sehr, sehr ...«
Lena unterbrach ihn, nachdem es ihr gelungen war, den dicken Kloß hinunter zu bringen, der ihr in der Kehle saß.
»Das geht mir genauso, Malte«, flüsterte sie zurück und hätte sich im nächsten Moment lieber auf die Zunge gebissen.
Sie war hier, um für einen Artikel zu recherchieren und nicht, um irgendwelches Liebesgesäusel auszutauschen!
Malte bemerkte ihre Verwirrung.
»Weißt du, das Leben auf dem Lande ist gar nicht so übel, wie es oft dargestellt wird«, versuchte er sie zu überzeugen. »Es hat auch ’ne Menge schöne Seiten. Vor allem der Zusammenhalt zwischen den Menschen hier, der ist ein ganz anderer als in der Stadt.«
Er sah ihr in die Augen.
»Und was mich betrifft, ich würde alles tun, um die Frau,

die ich liebe, glücklich zu machen«, setzte er lächelnd hinzu. »Ja, das glaube ich dir«, nickte Lena und kam sich dabei ungemein schlecht vor.

Gegen zehn Uhr waren sie fertig. Während die Leute vom Fernsehen noch vor dem Haus saßen und mit Heinrich und Malte Karten spielten, hockte Lena oben in der Kammer auf einem der beiden Betten.

Sie schaute sich um. Hier hatte sich offenbar nichts verändert, seit Maltes Eltern nicht mehr lebten. Die Tapeten waren alt und vergilbt, die Möbel, Gelsenkirchener Barock, gehörten eigentlich in den Sperrmüll. Und doch hatte das Zimmer mit den Bildern an den Wänden etwas ungemein Anheimelndes an sich. Und irgendwie konnte sie verstehen, dass der junge Bauer alles so gelassen hatte, wie es war.

Lena nahm das Aufnahmegerät aus der Jackentasche und schaltete es ein. Ganz deutlich waren Maltes und ihre Stimme zu hören.

Sein überraschendes Liebesgeständnis hatte ihr einen gehörigen Schock versetzt. Aber damit hätte sie eigentlich rechnen müssen. Als sie das Gespräch noch einmal anhörte, hatte sich schon die berufliche Distanz eingestellt.

Na gut, dachte sie, hatte er sich eben in sie verliebt.

Was ging das sie an?

Sie war nicht hergekommen, um die Frau eines Bauern zu werden. Sicher, damals im Fernsehen hatte sie ihn interessant gefunden. Aber doch nur aus rein beruflichen Gründen. Sie hatte ihre Chance gerochen. Denn ewig wollte sie wahrhaftig nicht beim »DITHMARSCHER TAGEBLATT« bleiben. Längst hatte sie ein paar ganz gute Kontakte nach Kiel und Hamburg geknüpft. Früher oder später konnte sich da was ergeben. Die Chance, irgendwann einmal zu einer größeren Zeitung zu wechseln, war gar nicht schlecht. Voraussetzung dafür war aber, dass sie gute Arbeit ablieferte. Arbeit, die genau recherchiert und verdammt gut geschrieben war.

Und nichts anderes hatte Lena Mertens auch in diesem Fall vor!

Gleich morgen würde sie sich an ihren Laptop setzen und den Aufmacher für ihre Serie schreiben und Montagmorgen würde sich Arne Beeken davon überzeugen können, dass sie das Vertrauen, das er in sie gesetzt hatte, mehr als wert war.

Lena würde dem Chefredakteur ein Bauernschicksal präsentieren, das nicht nur ihn, sondern auch die Leser fesseln würde!

Doch dazu musste sie erst einmal hier verschwinden.

Noch sah es aber nicht so aus, als würden die da unten sich bald zur Ruhe begeben. Die Stimmen, die durch das geöffnete Fenster hereindrangen, ließen darauf schließen, dass man eine Menge Spaß hatte. Lena stand auf und schaute aus dem Fenster. Vor dem Haus stand ein großer Tisch, um den herum die Kartenspieler saßen. Eine Lampe über der Haustür und das Windlicht sorgten für das nötige Licht. Bier und Korn standen auf dem Tisch.

Die Journalistin schloss das Fenster und zog den Vorhang zu. Dann legte sie sich angezogen ins Bett und zog die Decke bis zur Nasenspitze hoch. So lag sie wach und starrte zur Wand, auf der sich Schatten bewegten, hervorgerufen durch die kleine Nachttischlampe, die sie hatte brennen lassen.
Es war schon weit nach Mitternacht, als sie Schritte auf der Treppe hörte. Dann ging die Tür zum Bad nebenan, und zehn Minuten später knarrte es leise, als Heike Mahler ins Schlafzimmer kam.
Lena hatte die Augen geschlossen und tat, als ob sie schlief. Es dauerte nur einen kurzen Moment, bis die Maskenbildnerin im Bett lag und das Licht löschte. Sie seufzte noch einmal leicht auf, dann war es still.
Ungeduldig wartete die Journalistin darauf, dass ihre Bettnachbarin einschlief. Schließlich hörte sie die gleichmäßigen Atemzüge der Frau. Trotzdem wartete sie noch ein paar Minuten, ehe sie vorsichtig die Bettdecke zurückschlug und sich erhob.

In der tiefen Dunkelheit stieß sie heftig an den Stuhl, der vor dem Fenster stand. Die Journalistin erstarrte, aber Heike rührte sich nicht.
Mit angehaltenem Atem schnappte Lena sich ihre Reisetasche und tastete sich zur Tür vor. Die knarrte beim Öffnen leise, aber vom Bett kam nur ein lautes Schnarchen. Heike Mahler schlief tief und fest. Lena schlüpfte hinaus und zog die Tür wieder ins Schloss. Dann ging sie rasch ins Bad und nahm ih-

ren Toilettenbeutel. Den Beutel in der einen, die Tasche in der anderen Hand trat sie auf die oberste Treppenstufe – und zuckte zusammen, als ein lautes Ächzen ertönte, das durch das ganze Haus zu schallen schien.
Ganz vorsichtig nahm sie nun eine Stufe nach der anderen, bis sie nach fast fünf Minuten endlich erleichtert unten auf den Steinfliesen stand und tief durchatmete.
Das wäre geschafft!
Durch die Diele war es ein Kinderspiel. Die Haustür war unverschlossen und Lena dankte dem lieben Gott dafür, dass es auf dem Börnsenhof keinen Hund gab.
Staksig eilte sie nun über den Hof und griff gewohnheitsgemäß in die Jackentasche, um die Autoschlüssel herauszuholen – aber sie waren nicht da!
»Oh Gott!«, stöhnte Lena bei dem Gedanken, dass sie den Schlüsselbund oben im Schlafzimmer liegen gelassen hatte.
Dann kam sie darauf, dass der Schlüssel vielleicht noch steckte. Die Wagentür jedenfalls war offen. Im Schein der Innenbeleuchtung sah sie den Schlüssel und atmete auf. Hastig warf sie Tasche und Toilettenbeutel auf die Rückbank, stieg ein und startete den Motor.
Ohne Licht fuhr sie vom Hof herunter und schaltete die Scheinwerfer erst ein, als sie die Straße erreichte. Befreit lachte sie auf und gab Gas.

9. KAPITEL

Enttäuschungen und Hoffnungen

Malte erwachte wie gewohnt ohne den Wecker, den er schon seit Jahren nicht mehr stellte. Er reckte sich ein wenig und rollte sich auf die Seite. Seine Zunge fühlte sich pelzig an. Es waren wohl doch ein paar Bier und Schnäpse zuviel gewesen gestern Abend.

Unglaublich, was dieser Typ vom Fernsehen in sich hineingießen konnte, ohne wirklich betrunken zu sein!

Malte schüttelte sich. Abgesehen davon, dass er sonst nicht annähernd soviel trank, hätte er die letzten Stunden des gestrigen Abends viel lieber mit Lina Karstens verbracht. Aber leider war sie wohl zu müde gewesen und früh schlafen gegangen – schade, denn was hätte sich da vielleicht noch ergeben können!

Er sah das hübsche Gesicht vor sich, die strahlenden Augen, den vollen, sinnlichen Mund, den zu küssen er sich gestern mehr als alles andere gewünscht hatte.

Der Gedanke an Lina trieb ihn schließlich aus dem Bett. Wahrscheinlich war Heinrich schon dabei, die Schweine in den Pferch zu bringen und den Stall auszumisten. Also musste er selbst sich rasch um das Frühstück kümmern. Er ging ins Badezimmer und zog sich dann an.

Noch am Abend hatte er sich Jeans und ein Polohemd rausgelegt. Lina kleidete sich ja auch leger. Er lauschte einen Moment, aber oben war noch alles still und die Männer im Heu schliefen sicher auch noch.

Malte ging in die Küche und holte zwei Tüten mit Aufbackbrötchen aus der Kühltruhe. Während er den Backofen vorheizte, deckte er den Tisch in der Diele, kochte Kaffee und richtete Wurst und Käse, Marmelade und Joghurt an. Die Brötchen hatte er auf zwei Bleche verteilt, die er ins Rohr schob, als die kleine, rote Lampe der Temperaturanzeige erlosch. Durch das Küchenfenster sah er Heinrich über den Hof gehen und wenig später betrat der Knecht das Bauernhaus.

»Moin«, grüßte er, als er den Bauern sah.

»Moin, Heinrich«, nickte Malte. »So wie's aussieht, schlafen die anderen noch.«

Heinrich blickte auf den gedeckten Tisch.

»Wieso sind die eigentlich geblieben?«, fragte er.

Malte sah ihn fragend an.

»Aber du weißt doch, dass heute weitergedreht wird.«

»Mit wem denn?«, wollte Heinrich wissen. »Die Deern ist doch weg.«

Der Bauer ruckte herum.

»Wie? Wer ist weg?«

»Na, die Lina.«

Malte wurde es gleichzeitig heiß und kalt.

»Was redest du denn da für einen Blödsinn?«, fragte er, obgleich er wusste, dass sein Knecht normalerweise nur sagte, was Sache war.

Heinrich gab auch keineswegs klein bei.

»Und wieso ist dann ihr Auto nicht mehr da?«, fragte er. »Gestohlen wird es ja wohl nicht sein. Das Letzte, was hier mal geklaut wurde, war vor dreißig Jahren ein alter Fahrradschlauch. Wenn du mir nicht glaubst, dann geh und sieh doch selbst nach!«

Beleidigt wandte er sich ab und ging an das Waschbecken in der Küche.

»Mensch, jetzt hab dich doch nicht so«, versuchte Malte ihn zu beruhigen. »War doch nicht so gemeint.«

Er lief zur Tür und öffnete sie. Und er brauchte gar nicht hinauszugehen um festzustellen, dass Lina Karstens' Auto nicht mehr dort stand, wo sie es gestern abgestellt hatte. Von hier aus konnte er den ganzen Hof übersehen und der Wagen war nicht mehr da.

Was hatte das zu bedeuten?

Ohne lange zu überlegen, lief Malte die Treppe hinauf und klopfte an die Tür des Schlafzimmers. Von drinnen war kein Laut zu hören. Er drückte die Klinke herunter und steckte den Kopf durch den Spalt.

In einem Bett sah er den dunklen Haarschopf der Maskenbildnerin, die sanft und selig schlief und das andere Bett war – leer!

Hatte er eben noch die leise Hoffnung gehabt, dass sich alles aufklären würde – vielleicht hatte Lina das Auto ja hinter der

Scheune abgestellt –, so hatte er nun Gewissheit: Weder sie noch ihre Reistasche waren in dem Zimmer.

Leise schloss er die Tür wieder und ging hinunter. Er musste mit Harry Kersting sprechen. Vielleicht wusste der Fernsehfritze ja was, möglicherweise war gestern Abend noch etwas geschehen, das er nicht mitbekommen hatte.

Als Malte die Diele durchquerte, kam aus der Küche ein leicht brenzliger Geruch.

»Die Brötchen!«, schoss es ihm durch den Kopf.

Trotzdem rannte er weiter. Die Brötchen konnten ihm gestohlen bleiben, jetzt gab es Wichtigeres.

Er lief über den Hof, in die Scheune und kletterte die Leiter zum Heuboden hinauf. Er hatte den Männern gestern Wolldecken und Kissenbezüge mitgegeben, damit sie es sich im Heu etwas gemütlicher machen könnten. Wie gemütlich, das hörte man am Schnarchen der drei. Malte packte Harry Kersting bei der Schulter und schüttelte ihn.

»Aufwachen!«, rief er. »Los, sofort aufwachen!«

Harry grunzte und rieb sich die Augen.

»Was'n los?«, fragte er verschlafen.

»Sie ist weg!«

Die beiden anderen wurden durch den Lärm ebenfalls wach.

»Was gibt's denn?«, fragte der Toningenieur. »Brennt's irgendwo?«

»Viel schlimmer«, antwortete Malte. »Lina ist fort.«

Erst jetzt schien Harry Kersting richtig wach zu werden.

»Was?«, rief er aufgebracht. »Aber wieso? Was soll das denn?«

»Ich dachte, das könnten Sie mir erklären«, sagte der Bauer.

»War noch was gestern Abend, das ich nicht mitgekriegt habe?« Der Aufnahmeleiter schälte sich aus der Decke.
»Was soll denn gewesen sein? Sie waren doch dabei, als Lena ... äh, ich meine Lina, ins Bett gegangen ist.«
Das stimmte natürlich. Malte erinnerte sich nur zu gut daran, wie er ihr sehnsüchtig nachgeschaut hatte. Am liebsten hätte er sie in die Arme genommen und ihr einen Gutenachtkuss gegeben.
»Mensch, ich brauch' erst mal was zu trinken«, stöhnte Harry. »Dann sehen wir weiter.«

Während er die Leiter hinunterkletterte, verfluchte sich der Aufnahmeleiter im Stillen dafür, dass er sich auf Lenas großartige Idee eingelassen hatte.
Das musste doch schiefgehen!
Aber jetzt war es zu spät, um sich Vorwürfe zu machen. Nun musste er zusehen, dass nichts von dem, was er und Lena da eingefädelt hatten, bekannt wurde. Denn dann würde er in Teufelsküche kommen.
Im Haus trank Harry erst einmal eine halbe Flasche Mineralwasser.
»Weck mal Heike und frag, ob sie was mitbekommen hat«, bat er Horst Fischer.
Dann schaute er sich um.
»Was riecht denn hier so angebrannt?«
Malte erinnerte sich an die Brötchen im Backofen. Offenbar hatte Heinrich sie nicht herausgenommen.

In der Küche kamen ihm schon Rauchschwaden entgegen. Er riss die Fenster auf und öffnete den Backofen. Die Brötchen waren schlicht und einfach schwarz!
Und entsprechend stank es in der Küche. Glücklicherweise zog der Rauch durch die Fenster hinaus, aber eine Weile würde es wohl noch unangenehm duften. Malte kippte die beiden Bleche kurzerhand in die Spüle. Würde es eben keine Brötchen zum Frühstück geben. Der Appetit war ihm ohnehin vergangen.
Als er wieder in der Diele war, kamen gerade Horst Fischer und Heike Mahler die Treppe herunter. Die Maskenbildnerin hatte sich einen Pullover übergezogen, darunter trug sie noch ihren Pyjama.
»Als ich ins Bett gegangen bin, lag Lina noch in ihrem Bett«, versicherte sie. »Sie hat tief und fest geschlafen.«
»Oder nur so getan«, dachte Harry ärgerlich. »Na warte, Mädchen, darüber ist das letzte Wort noch nicht gesprochen.«
»Also ich verstehe das nicht«, sagte er. »Gestern Abend schien doch noch alles okay zu sein.«
»Und was machen wir jetzt?«, fragte Thomas Pfeil.
»Nichts«, antwortete Harry. »Das Mädel ist weg, das Ding ist gelaufen.«
»So'n Schei…!« stieß Horst wütend hervor. »Da hätte ich schön zu Hause pennen können.«
Sie schauten sich ein wenig ratlos an und vermieden es, Malte anzusehen. Der stand mit hängenden Schultern zwischen ihnen und verstand die Welt nicht mehr.
Heinrich ging in die Küche und schnitt Brot ab. Dann ließen sie sich am Tisch nieder und frühstückten.

»Tja, tut mir Leid, Herr Börnsen«, sagte Harry, als sich das Fernsehteam eine Stunde später verabschiedete. »Aber das hat ja keiner ahnen können.«

Nur er selbst vielleicht.
Beim Sender angekommen, verabschiedete er sich von seinen Kollegen und stieg in seinen eigenen Wagen. Noch während er vom Gelände fuhr, wählte er Lenas Telefonnummer.
»Komm schon«, knurrte er und fädelte sich in den Verkehr ein. »Geh endlich ran!«
Nach dem zehnten oder zwölften Klingeln wurde abgenommen, und er hörte ein verschlafene Stimme.
»Mertens ...«
»Ich bin's.«
»Harry! Spinnst du? Weißt du, wie spät es ist?«
»Gleich halb zehn. Und deine Frage kann ich gleich zurückgeben: Spinnst du eigentlich? Kannst du mir mal sagen, was das Ganze sollte?«
Er war richtig wütend, daran ließ seine Stimme keinen Zweifel. Einen Moment war es still, dann hörte er, wie Lena tief Luft holte.
»Mensch, Harry, es tut mir wirklich Leid«, sagte sie. »Aber es ging nicht anders. Ich musste einfach still und heimlich verschwinden.«
»Wäre es nicht auch ein bisschen weniger theatralisch gegangen? Warum hast du nicht einfach gesagt, du würdest lieber fahren wollen?«

»Ich … ich weiß auch nicht«, druckste sie herum. »Vielleicht hatte ich Angst, dass ich mich wirklich in ihn verliebe, wenn ich bleibe. Weißt du, als ich im Bett lag und noch mal über alles nachgedacht habe, da … da war es irgendwie so, als wenn da was über mich hereinbricht, das ich nicht mehr kontrollieren kann ...«
»Das hättest du mir sagen sollen«, beharrte der Aufnahmeleiter. »Jetzt drück bloß die Daumen, dass unser kleiner Schwindel nicht herauskommt. Sonst kann ich mir einen Job in der Provinz suchen.«
Er beendete die Verbindung abrupt und gab Gas.

In Gedanken versunken saß Lena in ihrer Wohnung noch eine Weile mit dem Hörer in der Hand auf dem Sofa. Es kam ihr wie ein Traum vor, als sie sich in Erinnerung rief, was in den letzten vierundzwanzig Stunden geschehen war.
Hatte sie Gewissensbisse oder war sie Profi genug, um das, was sie getan hatte, einfach so wegstecken zu können?
Darüber hatte sie auch schon während ihrer nächtlichen »Flucht« nachgedacht. Es war ihr völlig unwirklich vorgekommen, als sie über die leere Landstraße gerast war. Anfangs hatte sie sich immer wieder vorgestellt, was am nächsten Morgen auf dem Börnsenhof los sein würde, wenn man ihr Verschwinden entdeckte. Aber schließlich hatte sie sämtliche Bedenken beiseite geschoben und war nach Hause gefahren.
Dass Harry sie anrufen würde, damit hatte sie gerechnet. Aber auch das berührte sie nicht wirklich. Er war ein mit allen Was-

sern gewaschener Kollege. Als er noch in seinem alten Beruf gearbeitet hatte, war er über Leichen gegangen, wie man mitunter in der Redaktion des »DITHMARSCHERS« hören konnte, wenn die Sprache auf den alten Haudegen kam. Also konnte er sich seine Vorwürfe ruhig sparen.

Lena legte das Telefon endlich auf dem Tisch ab und ging unter die Dusche. Nachdem sie sich angezogen und ein Frühstück mit Cornflakes und Tee gemacht hatte, setzte sie sich an ihren Schreibtisch und schaltete den Laptop ein. Sie atmete noch einmal tief durch, dann begann sie zu tippen.

Arne Beeken sollte zufrieden mit ihr sein. Die Artikelserie würde ein voller Erfolg werden. Schon nächsten Samstag erschien die erste Folge in der Wochenendbeilage. Lena gab ihr den Titel: »Das einsame Leben des Malte Börnsen – ein Bauer auf der Suche nach der Frau fürs Leben.«

10. KAPITEL

Was ist mit Lina Karstens?

Heinrich vermied es für eine Weile, seinen Chef anzusprechen. Der Knecht verstand, dass für Malte eine Welt zusammengebrochen war und dass er seinen Kummer wohl lieber mit sich allein ausmachen wollte.

Nachdem das Fernsehteam abgefahren war, hatte sich Heinrich ans Aufräumen gemacht. Die verbrannten Brötchen landeten in der Mülltonne, die würden nicht mal mehr die Schweine fressen wollen. Dann zog er die Betten ab und holte die Decken vom Heuboden. Nach zwei Stunden erinnerte nichts mehr an das, was gestern und heute Morgen auf dem Hof für Aufregung gesorgt hatte.

Malte hockte unterdessen in der Wohnstube und verstand die Welt nicht mehr. Er war sich jetzt ganz sicher, dass Lina Karstens gestern bei dem abendlichen Gespräch nicht ehrlich zu ihm gewesen war, denn sonst hätte sie ihm doch gesagt, dass sie es sich anders überlegt hätte und wäre nicht bei Nacht und Nebel ohne ein Wort verschwunden.

Das Dumme war, dass er sich wirklich in sie verliebt hatte!

Schon bei der Begrüßung hatte er gewusst, dass das die Frau war, die ihm seine schönsten Träume erfüllen könnte. In Gedanken hatte er sich und Lina schon vor dem Traualtar gesehen und sich insgeheim geschworen, sie auf Händen zu tragen und ihr jeden Wunsch von den Augen abzulesen.

»Wir müssen sie doch irgendwie erreichen können!«, hatte er Harry Kersting noch gedrängt. »Was ist denn mit dem Datenblatt?«

Ihm war das Blatt mit den Namen der Bewerberinnen eingefallen. »Zwecklos«, hatte Harry den Kopf geschüttelt, nachdem Malte das Papier hervorgeholt und darauf vergeblich nach einer Telefonnummer gesucht hatte. »Wir verzichten bewusst darauf, irgendwelche Hinweise auf die Kandidatinnen zu geben, für den Fall, dass sie sich anders entscheiden. Sie wollen dann natürlich unbehelligt bleiben und nicht nächtliche Anrufe von abgewiesenen Verehrern bekommen. Deshalb stehen auch nur die Namen auf dem Papier, aber keine Telefonnummern oder Adressen.«

»Aber im Sender müssten die Daten doch noch sein, oder?«, hatte der Bauer hoffnungsvoll gefragt.

»Sicher«, hatte sich der Aufnahmeleiter gewunden. »Aber die dürfen wir nicht herausgeben, aus Datenschutzgründen.«

Als Malte jetzt an das Gespräch dachte, kam ihm eine Idee. Was für ein Blödsinn, Datenschutz, schließlich stand doch jeder, der einen Telefonanschluss hatte, im Telefonbuch! Zumindest fast jeder.

Malte bettelte, dass Lina nicht zu den Leuten gehörte, die sich nicht eintragen lassen. Er nahm das Telefonbuch und suchte nach Itzehoe. Dann ging er beim Buchstaben K sorgfältig die Spalten durch.

Karrenz, Kaschner, Kastner stand dort, aber nirgends tauchte der Name Karstens auf, so verzweifelt er auch suchte.

Lina hatte sich also tatsächlich nicht eintragen lassen.

Ob er bei der Auskunft was erreichen konnte?

Vielleicht wohnte sie noch nicht lange da, und der Eintrag würde erst im nächsten Telefonbuch zu finden sein …

Mit fliegenden Fingern wählte er die Nummer der Telefonauskunft. Es dauerte eine Weile, bis die Musik in der Warteschleife abbrach und eine Frauenstimme sich meldete.

»Ich suche eine Telefonnummer in Itzehoe«, sagte Malte mit hohler Stimme. »Die Teilnehmerin heißt Karstens. Lina Karstens.«

»Einen Moment bitte.«

Er lauschte in den Hörer, während sein Herz klopfte.

»Haben Sie eine Adresse?«, fragte dann die Mitarbeiterin der Auskunft.

»Leider nein.«

»Dann tut's mir Leid. Ich hab hier keinen Eintrag auf den Namen Karstens.«

»Tja, da kann man wohl nichts machen. Vielen Dank jedenfalls«, murmelte Malte und legte enttäuscht auf.

Heinrich klopfte schließlich an die Tür und steckte seinen Kopf hindurch.

»Willste was essen?«, fragte er vorsichtig. »Ich hab' den Rest von gestern warm gemacht.«

Malte schüttelte den Kopf. »Kein Hunger.«

Heinrich schob die Tür auf und kam herein.

»Jetzt nimm dir das doch nicht so zu Herzen«, sagte er. »Gibt doch noch andre hübsche Deerns.«

Malte verzog den Mund.

Was wusste denn Heinrich davon!

Der Knecht ging wieder hinaus, als er sah, dass Malte den Mund nicht aufbekam. Der Bauer blieb stur auf dem Sofa hocken und brütete vor sich hin.

Am Nachmittag geschah dann das, was er schon längst befürchtet hatte – Georg Hansen und Kalle Beerbaum tauchten auf.

»Na, erzähl mal. Wie ist's gelaufen?«, fragten beide wie aus einem Mund.

Malte saß mittlerweile in der Küche. Er hatte dann doch widerwillig ein paar Bissen von dem kalt gewordenen Mittagessen herunter gewürgt. Ein paar kräftige Züge aus der Bierflasche waren ihm allerdings viel müheloser gelungen.

»Wie soll's schon gelaufen sein?«, beantwortete er barsch die Frage seiner Freunde. »Scheiße ist es gelaufen!«

Hansen und Beerbaum sahen sich an.

»Hat wohl nicht angebissen, was?«, stellte Kalle fest.

»So was aber auch«, ergänzte Georg mit einem Kopfschütteln.
»Und?«, wollte Kalle noch wissen, »willste es noch mal versuchen?«
Malte sah ihn an, als habe er den schlechtesten Witz seines Lebens gehört.
»Den Teufel werd' ich«, rief er. »Sollen sie mir doch gestohlen bleiben, die ganzen Weiber. Hier soll sich keine mehr blicken lassen!«
Die beiden Freunde zogen die Köpfe ein und schauten sich ratlos an.
»Tja«, quälte Hansen sich schließlich ab, »wir müssen mal wieder ... Denk dran, morgen Abend ist Sitzung vom Festausschuss. Das geiht ja nu bald los mit de Kohltage.«
Malte Börnsen nickte nur und trank sein Bier aus. Dann stand er auf und schlurfte in sein Schlafzimmer. Dort warf er sich auf das Bett und starrte an die Decke.
An diesem Tag kam er nicht wieder heraus. Als er dann am nächsten Morgen in der Küche stand, war es Heinrich klar, dass er besser kein Wort mehr über die ganze Angelegenheit verlor …

11. KAPITEL

Ruhe vor dem Sturm

Lena betrat erwartungsvoll das Redaktionsgebäude und nahm sich eine Zeitung aus dem Ständer, der gleich neben dem Treppenaufgang stand. Die Journalistin beachtete die Titelseite nicht, während sie die Stufen hinaufging, sondern schlug den hinteren Teil auf. Die letzten acht Seiten waren dem Wochenendmagazin vorbehalten, Unterhaltsames für Samstag und Sonntag. Eine Überschrift sprang ihr förmlich ins Auge.

»Das einsame Leben des Malte B. – ein Bauer auf der Suche nach der Frau fürs Leben. Von Lena Mertens«

Lenas Herz machte einen Hüpfer. An ihrem Schreibtisch in der Redaktion las sie den ganzen Artikel durch, obwohl sie ihn in- und auswendig kannte. Besonders glücklich war sie, dass die Fotos gelungen waren, die sie heimlich gemacht hatte. Weniger schön war es, dass Arne Beeken all die aussortiert hatte, auf denen Malte Börnsen besonders gut zu sehen war.

Lena rannte zu ihm herüber.

»Ohne schriftliches Einverständnis wird da nichts veröffentlicht«, schüttelte der Chefredakteur unnachgiebig den Kopf. »Oder glaubst du, ich will Montagmorgen Börnsens Rechtsanwalt auf der Matte stehen haben?«

Aus demselben Grund durfte auch der Nachname des Bauern nicht genannt werden. Wohl oder übel musste sich Lena damit abfinden. Sie war sich aber todsicher, dass die Artikelserie auch ohne das ein Erfolg würde. Der rätselhafte Anfangsbuchstabe des Familiennamens machte die Sache vielleicht noch interessanter.

Jedenfalls war Lena mit ihrer Arbeit vollauf zufrieden. Sie hatte ihre Artikel zwar in erster Linie auf Malte aufgebaut, sich aber auch mit anderen Landwirten unterhalten und mehrere Nachmittage mit Leuten von der Landjugend verbracht, die an dem Thema ein reges Interesse hatten. Immerhin hatten sie sich für ein Leben auf dem Bauernhof entschieden und kannten die Probleme. Alles in allem war es eine runde Sache geworden und vielleicht würde ihr diese Arbeit tatsächlich die eine oder andere Tür aufzustoßen.

Eine Woche später rief Harry Kersting an. Lena hatte ihm natürlich ein Exemplar der Wochenendausgabe zugeschickt.

»Keine schlechte Arbeit, meine Liebe«, attestierte ihr der Aufnahmeleiter etwas gönnerhaft.

Besonders ausführlich hatte sie über die Dreharbeiten auf dem Bauernhof berichtet und auch die kleinen menschlichen Pannen nicht ausgelassen, die zwangsläufig dabei passieren.

»Aber nochmal lass ich mich auf eine solche Geschichte nicht ein!«, versicherte Harry ihr.

»Ach, wer weiß?«, lachte sie. »Vielleicht findest du ja doch wieder Gefallen am richtigen Journalismus.«

»Ganz sicher nicht. Hier beim Fernsehen bin ich bestens aufgehoben. Da kann ich alt werden.«
Lena konnte nur den Kopf schütteln. Für sie verhinderte beim Fernsehen die ganze Technik das Abenteuer, das Journalismus sein konnte. Wäre es nach ihr gegangen, dann hätte sie sich gleich wieder in eine neue Geschichte gestürzt und natürlich wieder undercover. Doch da war leider nichts in Sicht und so musste sie, wie in der Lokalredaktion üblich, über das Jubiläum des Kaninchenzüchtervereins, den hundertsten Geburtstag einer Seniorenheimbewohnerin und den Spatenstich des Bürgermeisters zum Bau der neuen Kläranlage berichten.

Bis sie ins Büro des Chefredakteurs gerufen wurde.
Erwartungsvoll klopfte sie an die Tür und öffnete, ohne auf ein »Herein« zu warten. Arne Beeken saß hinter seinem Schreibtisch und las in einem Blatt der Konkurrenz.
»Unglaublich, was die für einen Mist zusammenschreiben«, schimpfte er und knüllte die Zeitung zu einem Ball zusammen, um ihn zielsicher in den Papierkorb zu pfeffern. Was allerdings keine besondere sportliche Leistung war, weil der Korb gleich neben seinem Schreibtisch stand …
»Da bin ich«, sagte Lena. »Was gibt's?«
»Setz dich«, deutete Beeken auf den Stuhl vor seinem Schreibtisch.
Lena nahm Platz und schaute ihn fragend an.
»Also?«
Der Chefredakteur ließ sich nicht aus der Ruhe bringen. Er

nahm sein Zigarrenetui in die Hand und nahm behutsam eine Havanna heraus. Er drehte sie langsam, ließ das Deckblatt knistern und kniff dann vorsichtig die Spitze ab. Genüsslich steckte er die Zigarre zwischen seine Lippen und riss ein Zündholz an. Lena erschien ihr Chef wie ein Feuer speiender Drache, als dicke Rauchschwaden Beekens Mund entströmten. Da sie ihn gut kannte, wartete sie geduldig auf das, was da kommen würde.

Endlich bequemte Arne Beeken sich, sie anzusehen.

»Du kennst dich doch bestens in diesem Rumhausen aus, oder wie das heißt.«

Sie schaute ihn verwirrt an.

»Du meinst Ramhusen?«

»Oder so«, nickte er. »Ist ja auch egal. Jedenfalls darfst du am Wochenende wieder hin.«

Hätte ihr jemand flüssiges Blei in den Hals gegossen, der Schock hätte nicht größer sein können.

»Aber Chef«, ächzte Lena Mertens, »das … das geht nicht.«

Arne Beeken wedelte den Rauch vor seinem Gesicht weg.

»Und warum nicht, wenn ich fragen darf?«

Lena suchte nach einer plausiblen Antwort. Dass sie auf keinen Fall mehr Malte Börnsen begegnen durfte, konnte sie ihm unmöglich sagen. Schließlich kannte er ja nicht die ganze Wahrheit.

»Ja, also … eigentlich habe ich schon was vor«, schwindelte sie. »Ich wollte am Wochenende mit einer Freundin an die Ostsee fahren. Kann nicht Günter …?«

»Günter ist krankgeschrieben«, erwiderte Beeken. »Der kommt

erst in einer Woche wieder. Nein, du fährst nach Ramhusen. Kannst ja deine Freundin mitnehmen.«

»Und was soll ich da?«, fragte sie verzweifelt.

»Über eine der wichtigsten kulturellen Veranstaltungen des Jahres berichten«, höhnte Beeken. »Am Freitag beginnen nämlich die weltberühmten »Dithmarscher Kohltage«. Am Samstag ist dann Ringelpietz mit Anfassen und der Höhepunkt folgt Sonntag: die Wahl der Kohlkönigin.«

»Wie bitte, Chef?«, entrüstete sie sich. »Das ist nicht dein Ernst!«

»Mein völliger Ernst«, versicherte er ihr. »Und gerade ist mir noch eine wunderbare Idee gekommen – mach bei dem Klamauk mit und gewinn die Wahl. Das wäre ein wirklicher Knüller!«

»Du hast sie wohl nicht alle!« entfuhr es ihr respektlos. »Niemals!«

»Na, dann wünsche ich dir auch so eine schöne Zeit«, grinste er und entließ sie mit einer Handbewegung.

Malte Börnsen wartete vergeblich darauf, dass ihn jemand auf den Artikel von Lena Mertens ansprach. Als er ihn selbst gelesen hatte, wagte er sich kaum noch von seinem Hof. Ein paar Tage verzichtete er sogar darauf, in den Dorfkrug zu gehen, aus Angst, er könne zum Gespött der Leute werden.

Doch nicht einmal Georg Hansen und Kalle Beerbaum verloren ein Wort über die Geschichte und andere schien sie auch nicht zu interessieren.

Der Schock kam erst, als Malte am letzten Donnerstag vor dem Festwochenende ins Dorf fuhr, um an der Besprechung des Festausschusses teilzunehmen.
Die Organisation stand mittlerweile. Auf dem Schützenplatz hatten schon Schausteller ihre Buden und Fahrgeschäfte aufgebaut, der Tanzabend würde wie jedes Jahr im Saal des »Ramhuser Dorfkrugs« stattfinden und für die Wahl der Kohlkönigin standen die Kandidatinnen fest. Überraschenderweise hatten sich nun doch noch sechs junge Mädchen beworben. Alles in allem konnte man also zufrieden sein. Und wenn noch Petrus mitspielte, würde die Veranstaltung sicher ein voller Erfolg werden.
Als Malte die Gastwirtschaft betrat, saßen nur wenige Gäste an den Tischen. Sie schauten kaum auf, als er zum Tresen ging und den Wirt begrüßte.
»Noch keiner da?«, deutete der Bauer zum Stammtisch hinüber.
Heini Lüders schüttelte den Kopf.
»'n Bier?«
Malte nickte.
»Und 'n Lütten«, setzte er hinzu.
Er setzte sich an den Stammtisch und griff sich die Zeitung, die hinter ihm in einem Gestell an der Wand steckte.
Der Wirt brachte das Gewünschte und grinste anzüglich, als er die Gläser absetzte.
»Bist ja 'ne richtige Berühmtheit«, begann er.
»Wieso das?«
Heini Lüders grinste noch breiter.

»Da wohnt seit heute 'ne Frau bei uns, die sich nach dir erkundigt hat«, erzählte er.
Malte gefror das Blut in den Adern.
Etwa Lina Karstens?
»Wie sieht sie aus?«, stotterte er.
Aber nach der Beschreibung des Wirts war es nicht Lina.
»Und die hat sich nach mir erkundigt? Was wollte sie denn wissen?«
»Ob du schon 'ne Frau gefunden hast«, antwortete Heini verschmitzt.
»Ob ich was?«
»Ja, sie sagt, sie hätte die Artikel im »DITHMARSCHER« gelesen und sich auf den ersten Blick in dich verliebt. Und jetzt hat sie wohl ihren ganzen Mut zusammengenommen und ist hergekommen, um dich kennenzulernen.«
»Lina Karstens oder wie immer du heißt«, dachte Malte grimmig, »was hast du mir da bloß eingebrockt?«

Gleich am Montag, nachdem der erste Artikel erschienen war, hatte er bei der Zeitung angerufen und nach Lina Karstens gefragt. Die freundliche Frau am Telefon hatte ihm aber nur sagen können, dass es keine Mitarbeiterin dieses Namens bei dem »DITHMARSCHER TAGEBLATT« gab.
Wer denn den Artikel über diesen Bauern geschrieben habe, hatte er noch wissen wollen.
Das stünde doch darunter, hatte die Frau geduldig erklärt, und nein, Lena Mertens sei nicht das Pseudonym von Lina

Karstens. Die Journalisten schrieben alle unter ihren richtigen Namen.

Malte hatte auflegen müssen, ohne der mysteriösen Frau, die so unvermutet in sein Leben getreten und so rasch wieder daraus verschwunden war, auf die Spur zu kommen.

»Tja, wie's aussieht, hast du eine Verehrerin«, meinte der Wirt und schaute auf die Uhr. »Muss übrigens gleich runterkommen. Hat nämlich für sechs einen Tisch bestellt. Kohlrouladen will sie essen.«

Auch Malte blickte auf die Uhr über dem Tresen.

Fünf vor sechs!

Schnell stand er auf. »Schreib's an«, sagte er und lief zur Tür.

Er hetzte zu seinem Wagen und sprang hinein.

»Na, Mahlzeit!«, fluchte er vor sich hin. »Das wird ja immer besser!«

Heinrich staunte nicht schlecht, Malte nach so kurzer Zeit schon wieder auf dem Hof zu sehen.

»Was ist denn los?«, fragte er.

»Lass mich bloß in Ruhe«, drohte sein Chef und knallte die Tür hinter sich zu.

Diese verdammte Lina Karstens, schoss es ihm durch den Kopf, wenn er die in die Finger bekam! Dann gnade ihr Gott!

Es dauerte eine ganze Weile, bis er sich soweit beruhigt hatte, um wieder einen klaren Gedanken fassen zu können. Missmutig dachte er an die unbekannte Frau, die im Dorfkrug abgestiegen war.

Wenn seine Kumpel mitbekamen, dass sie nur seinetwegen erschienen war – na dann prost Mahlzeit! Dann konnte er sich darauf einrichten, auf lange Zeit zum Gespött der Leute zu werden!
Und ausgerechnet morgen gingen auch noch die Kohltage los …

Auch Lena Mertens hatte ein gewaltiges Problem. Nachdem Beeken ihr den Auftrag erteilt hatte, ausgerechnet nach Ramhusen zu fahren – in den Ort, in den sie nie wieder einen Fuß hatte setzen wollen –, war sie zunächst nur ratlos gewesen. Jetzt aber hatte sie richtige Panik ergriffen.
Zum Glück tauchte plötzlich ihre Freundin Petra Winter bei ihr auf.
»Na, was habe ich gesagt?«, meinte die. »Du wirst es noch bereuen!«
»Das nützt mir jetzt herzlich wenig«, klagte Lena. »Sag mir lieber, wie ich da wieder rauskomme.«
Petra zuckte die Achseln.
»Ich fürchte, gar nicht«, sagte sie. »Oder willst du deswegen deinen Job verlieren?«
Lena nagte an der Unterlippe.
Natürlich nicht! Aber es musste doch irgendeinen Ausweg geben!
»Was mach' ich bloß?«, stöhnte sie.
Petra dachte eine Weile nach.
»Musst du denn länger dableiben?«, wollte sie dann wissen.

»Zumindest bis Sonntagnachmittag, bis zur Wahl der Kohlkönigin. Dann noch ein paar Bilder machen, Eindrücke sammeln und so weiter. Aber leider geht's schon Samstagabend los, mit dem Ball. Beeken erwartet einen schönen Bericht darüber.«

Man sah Petra an, dass es in ihr arbeitete.

»Hm«, sagte sie nach einer Weile, »zu diesem Ball machen sich die Leute doch sicher fein, oder?«

Lena zuckte die Schultern.

»Wahrscheinlich«, antwortete sie. »Ist ja immerhin der Höhepunkt des Jahres für sie.«

»Und du würdest dich natürlich auch schick machen müssen?«

»Na ja, nicht übertrieben. Aber in Jeans kann ich da wohl kaum aufkreuzen. Worauf willst du eigentlich hinaus?«

Petra Winter grinste geheimnisvoll.

»Ach, ich hab' mir nur grade vorgestellt, wie du mit roten Haaren aussehen würdest«, meinte sie.

»Mit roten Haaren? Wie kommst du denn darauf?«

»Ganz einfach. Du musst dich so verkleiden, dass dich nicht einmal deine Eltern erkennen würden. Dann dürfte es doch wohl kein Problem sein, in Ramhusen zu erscheinen und deine Reportage zu schreiben, oder?«

Lena sah sie an, dann lief ein breites Lachen um ihren Mund.

»Du meinst …?«

»Ganz genau«, nickte die Freundin. »Also los, lass uns keine Zeit verlieren. Hast du eigentlich ein Ballkleid?«

»Schon. Aber meinst du wirklich ...?«

»Aber sicher. Und dazu machen wir dir eine Frisur, die es in sich hat. Was ist dir lieber, eine Perücke oder färben?«
»Färben? Bist du verrückt?«, rief Lena, die sich im Geiste schon mit roten Haaren sah. »Nein, dann lieber eine Perücke.«

Unverzüglich brachen die beiden Freundinnen zu einem kleinen Einkaufsbummel auf. Sie erstanden für Lena eine neue Bluse, eine Leinenhose mit passender Jacke und vor allem eine knallrote Langhaarperücke.
Als Lena sie im Geschäft anprobierte, mussten die Freundinnen an sich halten, um nicht laut loszulachen. Das Ding war zwar unverschämt teuer, aber dafür war dieser Haarschmuck auch von einem echten nicht zu unterscheiden.
Zurück in der Wohnung wurden die Sachen sofort angezogen und vorgeführt. Ihr Ballkleid hatte Lena zwar schon lange nicht mehr getragen, doch es passte ihr immer noch.
»Ist das hier oben nicht ein bisschen zu weit?«, fragte sie zweifelnd und zupfte am Ausschnitt.
»Ach was«, schüttelte Petra den Kopf. »Gönn diesen Bauern doch mal was. Du brauchst das doch nicht zu verstecken.«
Sie schnappte sich die Perücke.
»So, und jetzt das Beste!«
Lena hatte ihre eigenen Haare straff zurückgekämmt und mit einem Band fixiert. Petra setzte ihr die Perücke auf und steckte sie mit ein paar Haarnadeln fest. Langes rotes Haar fiel nun glatt über Lenas Schultern.
»Perfekt!«, rief Petra und betrachtete zufrieden ihr Werk.

Lena öffnete den Kleiderschrank. In der rechten Tür war ein großer Spiegel angebracht, in dem sie sich von oben bis unten musterte.
Die Verwandlung war unglaublich. Es war, als stünde eine fremde Frau vor ihr.
»Wahnsinn!«, sagte sie. »Jetzt glaube ich langsam auch, dass das klappen wird!«
»Es wird klappen«, versprach Petra.
Nachdem sie Lena geschminkt und dann kritisch gemustert hatte, kam Petra darauf, dass noch etwas fehlte: »Wir brauchen Kontaktlinsen«, stellte sie fest,
»Wozu das denn?«
»Na, dein Malte könnte dich doch an deiner Augenfarbe erkennen«, erklärte die Freundin. »Außerdem passt Grün besser zu roten Haaren als dein Blau.«
Die Kontaktlinsen wurden gekauft und der Abend endete mit einer Flasche Prosecco, Käse und Baguette.

Als Lena am Samstagabend nach Ramhusen aufbrach, hatte sie trotz ihrer Verkleidung fürchterliches Herzklopfen.
»Wenn ich das überstehe«, gelobte sie, »will ich auch immer ein braves Mädchen sein!«
Dann überprüfte sie ihr Gesicht noch einmal im Rückspiegel und konnte ein Kichern nicht unterdrücken – Miss Undercover in Dithmarschen!

12. KAPITEL

Miss Undercover in Ramhusen

Ganz Dithmarschen war im Kohlfieber. Überall sah man Schilder, die auf die Festtage hinwiesen, an allen Ecken und Kanten wurden die runden, grünen Köpfe verkauft und jedes Lokal, das auf sich hielt, offerierte Kohlgerichte. Die Auswahl reichte von Kohlsuppe mit Fleischeinlage über Schmorkohl mit Bratwurst bis hin zur Kohlroulade mit Specksauce. Dazu boten manche noch ihre hauseigenen Spezialgerichte an und man konnte fast glauben, die Bevölkerung dieses Landstriches kenne gar kein anderes Gemüse.

Am Freitag hatte Malte Börnsen es vorgezogen, zu Hause zu bleiben. Heute konnte er sich jedoch nicht drücken. Denn der Samstag war traditionell dem großen Festball vorbehalten, und da galten als einzige Entschuldigungen für ein Fernbleiben ein Krankenhausaufenthalt oder der eigene Tod.

Als Malte den Ramhuser Dorfkrug betrat, saßen die Mitglieder des Festausschusses mit ihren Damen bereits an einer langen Tafel, die an der Tür des Saales aufgestellt war. Die anderen Tische standen quer zu den Wänden, während in der

Mitte des Saales getanzt wurde. An der Stirnseite hatte, auf einer Art Bühne, die Musik ihren Platz. Seit Jahren schon wurden die »Banditen« für dieses Ereignis verpflichtet. Eine Band, die aus der Region stammte und vom Walzer bis zum Popsong alles spielte. Ihre besondere Spezialität war es, bekannte Rocksongs auf Plattdeutsch zu interpretieren.

Heini Lüders hatte die Tische eng zusammengestellt, um möglichst viele Gäste unterzubringen. Sechs Aushilfen warteten darauf, den Durst der Besucher mit Bier, Schnaps und Wein zu löschen, außerdem gab es eine kleine Speisekarte mit drei Gerichten, damit jeder, der wollte, auch seinen Hunger stillen konnte.

Am Eingang zum Saal saß Kalle Beerbaum an einem kleinen Tisch und verkaufte die Eintrittskarten. Sechs Euro kostete es, an dem Vergnügen teilnehmen zu können. Zwar waren schon zahlreiche Karten im Vorverkauf abgesetzt worden, aber aus Erfahrung wusste man, dass sich noch viele Leute erst am Abend entschieden, das Fest zu besuchen.

Die Ramhuser und ihre Gäste hatten sich angemessen herausgeputzt. Kein Mann, der nicht zumindest Sakko und Hose trug und die meisten hatten sich sogar eine Krawatte umgebunden. Die Damen waren in ihren schönsten Kleidern erschienen und so manche Frau hatte ihren Mann schon Wochen vorher beknien müssen, um zu einer neuen Garderobe zu kommen.

Malte Börnsen trug seinen guten Anzug, ein Universalstück für Hochzeiten, Beerdigungen und Festivitäten aller Art.

Natürlich war der Dorfkrug innen und außen mit Kohl dekoriert. Auf dem Parkplatz und hinter dem Haus stapelten sich die runden Köpfe zu wahren Bergen. Und der ganze Festsaal war mit Gestecken geschmückt, in denen das Gemüse die Hauptrolle spielte.

Malte war als einziger im Festkomitees ohne weibliche Begleitung erschienen. Allerdings fürchtete er, dass das nicht so bleiben würde. Während er auf seinem Platz saß und darauf wartete, dass Hermann Cramm die Begrüßungsansprache hielt, musterte er diskret die Gäste.

Irgendwo musste ja auch diese Frau sitzen, von der Heini Lüders erzählt hatte. Wahrscheinlich suchte sie nun genauso nach ihm, wie er nach ihr – wenn auch aus anderen Beweggründen.

Kurz nach acht trat Hermann ans Mikrofon, das ihm der Chef der »Banditen« überlassen hatte. Der Vorsitzende des Festausschusses sprach wie immer ein paar launige Worte und begrüßte die zahlreich erschienenen Gäste. Dann kam der Eröffnungstanz, den Hermann Cramm mit seiner Frau absolvierte. Damit hatte der Ball offziell begonnen. Jetzt wagten sich auch andere Gäste auf die Tanzfläche und sehr schnell stellte sich richtige Ballstimmung ein.

Malte beobachtete das Treiben von seinem Platz aus. Es war unmöglich, in dem Gewühl im Saal ein fremdes Gesicht auszumachen. Die einzige Frau, die er nicht kannte, saß am übernächsten Tisch. Sie fiel ihm vor allem wegen ihrer schulterlangen roten Haare auf.

Er trank einen Schluck Bier und blickte dann wieder zu ihr hinüber.
Irrte er sich oder beobachtete sie ihn? War das vielleicht die Frau, die seinetwegen hergekommen war?
Im nächsten Augenblick wusste er es besser, denn Heini Lüders beugte sich von hinten über ihn und flüsterte ihm etwas ins Ohr.
»Dritter Tisch links«, sagte er. »Die Frau mit dem grauen Kostüm. Das ist sie.«
Malte riskierte einen Blick und erschrak.
Du lieber Himmel, die war ja mindestens zehn Jahre älter als er und alles andere als sein Typ!
Offenbar war sie jetzt auf ihn aufmerksam geworden, denn sie winkte lächelnd zu ihm herüber. Als Malte sah, dass sie Anstalten machte aufzustehen, sprang er hastig auf und verließ, ohne sich umzudrehen, den Saal.

Kalle Beerbaum hatte natürlich auch von Lena die sechs Euro Eintrittsgeld verlangt. Sie war nahe dran gewesen, ihren Presseausweis zu zücken, doch gerade noch rechtzeitig war ihr eingefallen, dass den Ausweis nicht nur ihr Name zierte, sondern auch ein Foto. Der gute Mann an der Kasse hätte das Bild wohl kaum mit ihrem jetzigen Aussehen zusammenbekommen. Also zahlte sie.
Als sie den Saal betrat, fiel ihr Blick sofort auf Malte an seinem Tisch. Die Nummern auf den Eintrittskarten waren gleichzeitig Platzkarten und wie der Zufall es wollte, landete Lena an

einem der vordersten Tische, so dass sie den jungen Bauern immer im Blick hatte.
Einmal sah er kurz zu ihr herüber und sofort überlief es sie eiskalt.
Hatte er sie trotz ihrer Verkleidung erkannt?
Nein. Er wandte sich wieder ab. Lena atmete auf und nach einer Weile begann ihr der Ball sogar Spaß zu machen. Die Stimmung im Saal war gut und die Musik der Band gefiel selbst ihr, auch wenn sie eigentlich einen ganz anderen Geschmack hatte.
Dann bemerkte Lena, dass der Wirt sich über Malte beugte und mit ihm sprach. Der Bauer schaute daraufhin suchend durch den Saal. Lenas Augen folgten ihm und sie sah, wie eine ältere Frau Malte zuwinkte.
War das etwa eine Verehrerin?, dachte sie, vielleicht eine Folge ihres Artikels?
Die Journalistin musste schmunzeln, als Malte sogleich die Flucht ergriff. Gleichzeitig ging ihr wieder durch den Kopf, was sie schon beim Eintreten gedacht hatte: Er ist tatsächlich ein verdammt attraktiver Mann!
Lena nahm einen Schluck von ihrer Weinschorle. Da sie ja noch an diesem Abend wieder zurück nach Itzehoe fahren wollte, musste sie mit dem Trinken vorsichtig sein. Schon wegen der vielen Polizeikontrollen, die während der Festtage in der ganzen Gegend stattfanden.

Es dauerte eine ganze Weile, bis Malte Börnsen wieder in den Saal zurückkam. Er blieb abwartend in der Tür stehen und schaute sich um. Die ältere Frau war inzwischen zum Tanzen aufgefordert worden. Und offenbar verstand sie sich mit ihrem Tanzpartner ganz ausgezeichnet, denn die beiden scherzten und lachten in einem fort. Als der Tanz zu Ende war, gingen sie zusammen an den Tresen.

Jetzt rief der Kapellmeister laut: »Damenwahl!«

Und sofort stürzten sich zahlreiche Frauen auf die meist tanzunwilligen Männer. Lena schaute zu Malte herüber, der sich wieder gesetzt hatte und stand dann auf. Ohne nachzudenken ging sie an seinen Tisch und forderte ihn zum Tanz auf.

Der junge Bauer schaute verdutzt auf die junge, attraktive Frau, die da unverhofft vor ihm stand.

Sie hatte zwar so leise gesprochen, dass sie kaum zu verstehen gewesen war, aber ganz offensichtlich wollte sie mit ihm tanzen.

Lena hatte absichtlich nur gemurmelt, schließlich sollte Malte sie ja nicht an ihrer Stimme erkennen.

Die Band spielte einen Foxtrott, dann einen Walzer, schließlich einen Quickstepp. Sie absolvierten alle drei Tänze. Malte schaute seiner Partnerin dabei verstohlen in die Augen und fragte sich, warum sie ihm bloß so vertraut war …

Dabei war er sicher, sie an diesem Abend zum ersten Mal gesehen zu haben. An eine so attraktive rothaarige Frau hätte er sich mit Sicherheit erinnert.

»Prima Stimmung, was?«, sagte er, als die Musik Pause machte.

Sie nickte.

»Wollen wir am Tresen was trinken?«

Erneutes Kopfnicken.

War sie stumm, oder was?

Sie drängten sich an den Tresen heran, wo schon zahlreiche erschöpfte Tänzer und Tänzerinnen Erfrischung suchten. Malte bestellte zwei Gläser Sekt und prostete seiner Unbekannten zu.

»Vielen Dank fürs Tanzen«, sagte er.

»Keine Ursache«, erwiderte Lena – und erschrak sofort.

Denn jetzt, wo die Musik nicht spielte, tönte ihre Stimme mit einem Mal sehr laut.

Malte stutzte sofort und sah sie forschend an.

Ihre Stimme hatte ihn an etwas erinnert. Es war dieses leichte unverwechselbare Timbre. Er hätte es unter Tausenden von Stimmen herausgehört.

Er betrachtete ihr Gesicht.

Aber nein, das konnte ja nicht sein!

Okay, da gab es schon eine gewisse Ähnlichkeit. Die Form ihrer Augen war wie die, in die er sich vor ein paar Wochen verliebt hatte, auch das kleine Grübchen auf der rechten Wange, wenn sie lachte, war das gleiche, genauso wie das kecke Näschen, das sich ein wenig kräuselte.

Unfug, dachte der Bauer, das ist purer Zufall. Lina hat kein rotes Haar und ihre Augen sind auch nicht grün.

Aber diese Stimme …

Lena spürte, wie es in ihm arbeitete. Er ahnte etwas, das war ihr klar.

»Woher kommst du eigentlich?«, wollte er jetzt wissen.

Lena zögerte kurz.

»Aus Quickborn«, sagte sie dann.

Er lauschte aufmerksam.

»Aus Quickborn? Und was hat dich hierher verschlagen?«

Lena wurde es unerträglich heiß, trotz ihres ärmellosen Abendkleids.

»Entschuldige«, wich sie aus. »Aber ich muss mal an die frische Luft.«

Rasch leerte sie ihr Glas und stellte es auf den Tresen. Dann drehte sie sich um und schickte sich an hinauszugehen. Malte beobachtete sie genau. Als sie schon ein paar Schritte von ihm entfernt war, ließ ihn ein jäher Impuls ihr nachrufen:

»Lina?«

Sie erstarrte im Gehen und wendete ihm ihr Gesicht zu. Als sie erkannte, dass er ihr folgen wollte, versuchte sie, so schnell wie möglich aus dem Saal zu kommen, was bei dem Gedränge nicht einfach war. Aber sie zwängte sich durch die Leute und kam schließlich über den Flur ins Freie. Jetzt nur schnell zum Wagen!

LETZTES KAPITEL

Eine Art Kohlkönigin

Malte war sich ganz sicher: Die rothaarige Fremde war Lina oder wie auch immer sie hieß.

Einen Moment lang war er drauf und dran, ihr hinterherlaufen, aber dann hatte er eine viel bessere Idee.

Sie beide waren ja nach dem Tanz sofort an den Tresen gegangen. Also befanden sich Linas Sachen immer noch an ihrem Tisch, und sicher würde sie sich nicht ohne sie aus dem Staub machen.

Unauffällig ging Malte zu diesem Tisch hinüber. Niemand beachtete ihn, als er sich auf einen der Stühle setzte. Linas Handtasche hing über der Lehne. Malte öffnete sie und griff hinein. Seine Finger spürten etwas Glattes und zogen es heraus.

Bingo! Volltreffer! Ein Presseausweis! Und das war eindeutig ihr Gesicht auf dem Foto! Linas Gesicht!

Aber was war das?

Das Gesicht stimmte zwar, aber der Name nicht. Lena Mertens. Jetzt fiel der Groschen! Lena Mertens! Die Journalistin, die diesen unsäglichen Artikel über den armen Bauern Malte B. geschrieben hatte.

Es fiel ihm wie Schuppen von den Augen. Lena Mertens hatte

sich unter dem Namen Lina Karstens nur darum an der Fernsehgeschichte beteiligt, um in aller Ruhe an Informationen zu kommen, die sie für ihre Reportage brauchte.
»Aber warte, Mädel«, dachte Malte sauer, »so kommst du mir nicht davon!«
Er nahm den Presseausweis, stand auf und ging mit festen Schritten aus dem Saal.

Erst als Lena ihren Wagen erreichte, fiel ihr ein, dass sie ja ihren ganzen Kram im Festsaal zurückgelassen hatte – Geld, Papiere und vor allem die Autoschlüssel. Diesmal steckten sie nicht!
»So ein Mist!«, rief sie. »Was soll ich denn jetzt machen?«
Zurückgehen?
Kam nicht in Frage.
Sie könnte warten, dachte sie, bis die Veranstaltung vorüber war – aber das konnte noch Stunden dauern. Keine besonders verlockende Vorstellung.
Und unbemerkt in den Saal kommen?
Aber wie, mit ihren signalroten Haaren?
Und wenn sie die Perücke abnahm?
Noch schlechter, Malte würde sie dann ja erst recht wiedererkennen.
Ihr fröstelte plötzlich. War das nun die Nacht oder die Erkenntnis, es wieder vermasselt zu haben?

Sie schaute zum Wirtshaus hinüber. Bis dahin waren es gut zweihundert Meter. Auf halber Strecke erhob sich im Licht einer Straßenlaterne ein hüfthoher Haufen Kohlköpfe. Bis dahin wagte Lena sich nun vor.

Aus dem Festsaal drang immenser Lärm. Die Musik war mittlerweile so laut, dass die Leute sich nur noch schreiend verständigen konnten.

Da tauchte in der breiten Tür ein Schatten auf. Lena duckte sich, denn sie hatte sofort erkannt, dass es Malte war. Doch zu spät, er hatte sie ebenfalls gesehen und steuerte direkt auf sie zu.

Ihr schlug das Herz bis zum Hals. Jetzt war nur noch der Kohlhaufen zwischen ihnen. Malte blieb stehen.

»Was soll diese Maskerade?«, fragte er mit kalter Stimme. Dann hielt er etwas in das Licht der Straßenlaterne – ihren Presseausweis.

Sie rang die Hände.

»Es … es tut mir Leid«, stammelte sie nur.

Er verzog den Mund.

»Ach, es tut dir also Leid, ja? Und wann ist dir diese Erkenntnis gekommen?«

»Malte, ich …, du musst mir glauben, dass …«

»Was muss ich dir glauben? Ich denke nicht daran, dir noch irgendwas zu glauben. Du hast mich nur benutzt und von Anfang an belogen, und zwar für deine blöde Reportage. Ich wünschte, ich hätte dich niemals kennengelernt!«

Mit diesen Worten warf er ihr heftig den Ausweis zu, der oben auf dem Kohlhaufen landete. Dann wandte er sich um und ging zum Wirthaus zurück.

»Malte!«, rief sie. »Warte, Malte, bitte ...«
Ihre Stimme ließ ihn innehalten. Er drehte sich um und sah sie an.
»Du hast Recht«, gab sie leise zu, »ich hab dich benutzt. Aber du musst mir bitte glauben, wenn ich dir sage, dass du mir auch sehr viel bedeutest.«
»Wie bitte?«, rief er mit höhnischem Unterton.
»Bitte, Malte!«, beschwor sie ihn. »Ich ... ich liebe dich. Als ich dich heute Abend wiedergesehen habe, wusste ich es sofort. Und ich wollte, ich könnte den ganzen Mist ungeschehen machen, und wir hätten nochmal 'ne Chance!«
Er sah sie an.
Lena hatte sich die Perücke vom Kopf gezogen. Sie löste ihr Haar und schüttelte es.
»Schau mich an«, bat sie leise. »Das bin ich. Und so, wie ich hier vor dir stehe, bitte ich dich um Verzeihung.«
Malte schwieg. Dann fiel sein Blick auf Lenas Presseausweis, der oben auf den Kohlköpfen im Laternenlicht schimmerte.
»Ach was!«, schüttelte er den Kopf. »Das ist doch nur wieder so ein Trick von dir! Ihr Zeitungsleute seid doch mit allen Wassern gewaschen. Nein, Lena oder Lina oder wie du auch heißt, ich fall' darauf nicht mehr herein!«
Mit hängenden Schultern ging er davon. Wütend griff sich Lena einen Kohlkopf und warf ihn Malte hinterher.
Laut zerplatzte er auf dem Parkplatz, ohne Schaden anzurichten. Aber Malte war zusammengezuckt und stehen geblieben. Lena rannte zu ihm hin.
»Du verdammter Dithmarscher Bauerndickschädel!«, schrie

sie ihn an und schüttelte wütend seinen Arm. »Bleib gefälligst stehen, ich liebe dich!«

Etwas zuckte in seinem Gesicht.

»Sag das noch mal«, forderte er sie auf.

»Was? Dass ich dich liebe?«

»Nö«, schüttelte Malte Börnsen den Kopf. »Das mit dem Dithmarscher Dickschädel.«

»Bauerndickschädel«, korrigierte sie.

Er lachte und nahm ihre Hand.

»Soll mich der Teufel holen«, kämpfte er mit sich, »aber ich liebe dich auch!«

»Wirklich?«, fragte Lena.

Er nickte.

»Dann küss mich doch endlich«, forderte sie ihn auf.

Und das ließ er sich nicht zweimal sagen!

ENDE

– Glück auf dem Lande – Band 3 –

Lass uns endlich glücklich werden

von

Lothar Gräner

1. KAPITEL

Eine interessante Idee

Grüß dich, Reidingerbauer. Was kann ich für dich tun?«
»Grüß dich, Hermann«, erwiderte der junge Mann. »Ich brauch' so an die zehn Meter von dem Kaninchendraht.«
»Ah, hat der Marder wieder zugeschlagen?«, erkundigte sich Hermann Neuhofer. »Dein Nachbar, der Moser-Toni, ist gestern auch schon da gewesen. Wenn's so weitergeht, werd' ich wohl bald neuen Draht bestellen müssen. So, wart' halt einen Moment, ich schneid' ihn dir ab.«
Während der Inhaber des kleinen Eisenwarenhandels nach hinten ins Lager ging, um die gewünschte Menge Draht abzuschneiden, schaute sich der junge Bauer im Laden um. Ein Päckchen Nägel würde er auch noch brauchen, eine neue Zange vielleicht, die alte war schon angerostet und leicht verbogen.
Eine Viertelstunde später hatte Florian Reidinger die Sachen im Kofferraum seines Autos verstaut und fuhr die knapp zehn Kilometer von Kirchdorf zu seinem Hof zurück. Resl Burgstetter, die alte Magd, hatte bereits das Mittagessen fertig, so dass sie sich erst einmal an den Tisch setzten und aßen, bevor Florian sich an die Arbeit machte und den Zaun reparierte,

den in der Nacht zuvor ein Marder zerstört hatte, als er in den Hühnerhof eingedrungen war.

Der Reidingerhof war ein kleiner landwirtschaftlicher Betrieb, der gerade so seinen Mann ernährte. Florian hatte ihn von seinem Vater übernommen, als der sich aufs Altenteil zurückgezogen hatte, um die letzten Jahre seines Lebens zu genießen. Leider war ihm nicht mehr viel Zeit vergönnt gewesen, denn schon sechs Monate später war er an einer Lungenentzündung gestorben.

Florian hatte in diesem Jahr vor allem Mais angebaut, da die Nachfrage auf dem Weltmarkt gestiegen war. Der Bauer konnte sich berechtigte Hoffnungen auf einen guten Gewinn machen. Nicht mehr lange und man würde mit der Ernte beginnen können. Bis dahin lief das Leben auf dem Hof geruhsamer ab.

An diesem Abend trafen sich die Bauern beim Ochsenwirt in Kirchdorf. Sonst spielten sie hier vor allem Schafskopf und diskutierten über die großen und kleinen Sorgen des Alltags. Heute hatte man allerdings ein anderes Gesprächsthema. Wolfgang Holzinger, ein Bauer aus dem Nachbarort, hatte sich etwas einfallen lassen, um ein bisschen mehr Geld in die Kasse zu bekommen. Dem Trend der Zeit folgend, hatte er einen Teil seines Hofes umgebaut und vermietete jetzt Zimmer an zahlende Gäste. Wie man hörte, schien es sich zu rentieren. Irgendjemand erzählte, der Holzinger sei auf Wochen ausgebucht. Ferien auf dem Bauernhof wurden immer beliebter, besonders bei Familien mit Kindern. Die Vorteile lagen auf der Hand: Da die Betriebe von den Bauernfamilien selbst geführt wurden, war die Unterkunft wesentlich günstiger als in einer Pension oder in einem Hotel und Kinder aus der Stadt lernten hier, dass die Milch nicht in den Kartons entsteht, die man im Supermarkt kauft.

»Aber willst' dir tatsächlich noch Leute aufhalsen, die von morgens bis abends auf deinem Hof rumlaufen und dumme Fragen stellen?«, meinte Josef Anzinger. »Also für mich kommt das net infrage.«

»So schlecht find' ich die Idee gar net«, sagte Tobias Brandner, als er und Florian sich später auf den Heimweg machten. »Leider ist das bei uns net drin, dass wir was umbauen, da hätt' der Vater was dagegen. Aber wenn ich den Hof mal übernommen hab', dann werd' ich schon ernsthaft darüber nachdenken.«

Die beiden Freunde waren zusammen ins Dorf gefahren. Jetzt setzte Florian Tobias an der Einfahrt zum Brandnerhof ab.

»Aber du solltest dir vielleicht mal darüber Gedanken machen«, meinte Tobias. »Euer altes Gesindehaus, das wäre doch genau richtig. Ein paar Umbauten und du hast ein kleines, hübsches Gästehaus.«

In der Tat käme eine zusätzliche Einnahmequelle dem jungen Reidingerbauern nicht ungelegen. Aber dafür musste er erst einmal etwas investieren.

»Und wovon soll ich das bezahlen?«

»Red' doch mal mit dem Holzinger«, schlug Tobias vor. »Der hat doch auch nicht im Geld geschwommen. Bestimmt gibt die Bank dir ein Darlehen, wenn du ein gutes Konzept vorlegst.«

»Na, ich kann ja mal drüber nachdenken«, nickte Florian. »Aber jetzt muss ich los. Also, Tobias, pfüat di.«

»Pfüat di a, Florian«, winkte der Freund zum Abschied.

Florian Reidinger gab Gas und fuhr weiter. Unterwegs dachte er über das Gespräch nach. Vielleicht war es wirklich keine schlechte Idee, mal die Fühler auszustrecken und sich zu informieren. Offenbar gab es tatsächlich eine große Nachfrage nach Urlaubsangeboten auf dem Bauernhof.

Er war gespannt darauf, was Resl dazu sagen würde …

»Mensch, Bub, das ist ja eine wunderbare Idee!«, rief die Magd, als der Bauer sie am nächsten Morgen darauf ansprach. »Wieso sind wir noch net eher darauf gekommen?«

Florian Reidinger war inzwischen gestandene sechsundzwanzig Jahre alt, aber Resl Burgstetter nannte ihn immer noch Bub, was vielleicht daran lag, dass sie ihm die Mutter ersetzt hatte, nachdem die Reidingerbäuerin vor zwanzig Jahren gestorben war. Damals hatte die Magd sich des kleinen Jungen angenommen und ihn wie ihren eigenen Sohn aufgezogen.

»Weil sich bisher die Frage nie gestellt hat«, antwortete Florian. »Aber wir könnten tatsächlich etwas mehr Geld in der Kasse gebrauchen.«
Der Bauer stand auf und ging ans Fenster. Von dort aus schaute er direkt auf das Gesindehaus. Früher hatten dort die Mägde und Knechte gewohnt, aber das war Jahrzehnte her. Es gab schon lange kein Gesinde mehr auf dem Hof, sah man einmal von Resl ab. Aber die gehörte ja längst zur Familie. Florian konnte sich jedenfalls nicht erinnern, dass dort drüben jemals Leute gewohnt hatten. Als Bub war das Gesindehaus seine Räuberhöhle, seine Burg oder seine geheime Schatzkammer gewesen, aber seitdem hatte man all die Dinge hineingeschafft, die man anderswo nicht unterbringen konnte.

Die Idee hatte ihren Reiz, dachte Florian. Gleichzeitig kamen ihm aber auch die Probleme in den Sinn, die dieses zweite Standbein mit sich bringen würde. Denn es war sicher etwas ganz anderes, neben dem landwirtschaftlichen Betrieb auch noch Feriengäste zu beherbergen.
»Also deshalb lass dir mal keine grauen Haare wachsen«, meinte die Magd optimistisch. »Ich helf' so gut ich kann.«
Florian nickte gerührt. Auf Resl könnte er immer bauen. Sie war ihr ganzes Leben nur für den Reidingerhof dagewesen.
Also gut, beschloss er, warum nicht direkt Nägel mit Köpfen machen?
Nach dem Mittagessen schlüpfte er in seinen guten Anzug,

band sich die Krawatte um, die er sonst nur sonntags zum Kirchgang trug und wienerte seine Schuhe.
»Drück mir die Daumen«, rief er der Magd zu, als er vom Hof fuhr.

Nervös lief Florian zehn Minuten später vor der Filiale seiner Bank in Kirchdorf auf und ab und wartetete darauf, dass die Mittagspause endlich zu Ende ging. Als er dann eintrat, hatte er vor lauter Aufregung feuchte Hände wie ein Schuljunge vor seinem ersten Rendezvouz.
»Immer herein mit dir«, begrüßte ihn Michael Bruckner, der Filialleiter. »Wie geht's denn immer, mein Lieber? Was macht die Resl?«
»Der geht's gut, dank' schön«, erwiderte der Bauer und setzte sich in den angebotenen Sessel im Büro seines alten Freundes. Sie kannten sich seit der Schulzeit. Aber während Florian später auf die Landwirtschaftsschule gegangen war, hatte Michael nach dem Abitur ins Bankfach gewechselt.
Nervös sah sich der junge Bauer in dem Raum um, der mit Ledermöbeln und dunklen Tischen und Schränken eingerichtet war. An der Wand hinter Michaels Schreibtisch hing ein großes Gemälde, eine Jagdszene.
»Kaffee?«
Florian nickte. Michael ging zu einer Anrichte, auf der eine Kaffeemaschine stand.
»Tee, Kaffee, Capuccino, Espresso – dieses Wunderding erfüllt dir jeden Wunsch«, grinste er.

»Kaffee reicht mir«, antwortete der Bauer und lehnte sich zurück.
»So, dann erzähl mal, was du auf dem Herzen hast«, forderte ihn der Filialleiter auf, nachdem zwei dampfende Tassen Kaffee auf dem Schreibtisch standen und Michael ebenfalls Platz genommen hatte.
Florian holte tief Luft.
»Ich brauch' Geld«, sagte er.
Michael Bruckner lachte.
»Das dachte ich mir. Schließlich ist das hier ein Geldinstitut«, scherzte er. »Aber erzähl mal, wie viel und wofür.«
Der junge Bauer hatte sich auf der Herfahrt alles zurechtgelegt. Mit wenigen Worten schilderte er sein Vorhaben. Michael hörte ihm aufmerksam zu und strich sich dann nachdenklich über das Kinn.
»Keine schlechte Idee«, nickte er schließlich. »Was meinst' denn, wie viel du brauchst?«
Florian zuckte die Schultern.
»Keine Ahnung. Ich weiß ja net mal, was es da für Auflagen gibt und so weiter. Ich wollt' mich mal mit dem Holzinger treffen und ihn um Rat fragen.«
Michael Bruckner nickte.
»Das ist eine gute Idee«, sagte er, »denn der hat's ja wohl richtig gemacht.Wie man hört, ist bei ihm das Geschäft mit den Urlaubern ganz gut angelaufen.«
Er trank einen Schluck und stellte die Tasse geräuschvoll ab.
»Also, pass auf, ich mach' dir einen Vorschlag: Klär du erstmal alles ab und dann kommst' wieder her. Ich kann dir jedenfalls

schon mal Fünfzigtausend zusichern. Wenn du sie net brauchst – umso besser. Einverstanden?«

Florian Reidinger nickte erleichtert.

»Allerdings …«

Der Bauer sah misstrauisch auf.

»Ja?«

Michael machte eine entschuldigende Handbewegung.

»Ich dachte nur … also, ich meine, du solltest dich vorher noch nach einer Frau umschau'n, die dir …«

Michael hob die Hand, als Florian ansetzte, ihn zu unterbrechen.

»Hör erstmal zu, was ich dir zu sagen hab', und zwar als Freund, net als Bankmensch. Es geht darum, dass das, was du da vorhast, mit einer Menge zusätzlicher Arbeit verbunden ist und du musst dir darüber im Klaren sein, was da auf dich zukommt.«

»Resl ist ja auch noch da«, wandte Florian ein.

»Ich weiß«, nickte Michael. »Aber die ist net mehr die Jüngste, und wenn der Teufel es will, dann passiert grad dann was, wenn's am wenigsten passt. Versteh mich recht, Florian, ich möcht' bloß verhindern, dass dir die Sache am Ende über den Kopf wächst.«

»Freilich versteh' ich dich«, nickte der Bauer. »Aber du weißt, dass das für mich kein Thema mehr ist.«

Michael Bruckner holte tief Luft und nickte.

»Hab' schon verstanden«, sagte er. »Also, machen wir's so, wie wir's besprochen haben?«

»Ja«, atmete Florian erleichtert auf. Er hatte sich gar nicht vorgestellt, dass es so einfach sein würde, so viel Geld von der Bank zu bekommen.

»Gut, dann red du mit dem Holzinger und erledige den ganzen Behördenkram und ich bereite schon mal alles vor, damit es nachher auch zügig geht mit dem Geld.«

2. KAPITEL

Jetzt wird's ernst

Sechs Wochen später erschien im Münchner »Kurier« folgende Anzeige:

> ***Ferien auf dem Bauernhof! Erleben und genießen Sie Ruhe und Erholung auf dem Reidinger Ferienhof. Urlaub im Einklang mit der Natur.***

Florian stand vor dem umgebauten Gesindehaus und schaute nachdenklich vor sich hin. In der Hand hielt er die Zeitung mit der Annonce. Resl trat zu ihm und klopfte ihm auf den Rücken.

»Es ist ganz wunderbar geworden, Bub!«, lobte die Magd.

Florian hatte in den letzten Wochen in zahlreichen Stunden neben seiner eigentlichen Arbeit auf dem Hof fast den gesamten Umbau allein bewältigt, schon um die Kosten so niedrig wie möglich zu halten. Am Ende hatte er nicht das gesamte Darlehen in Anspruch nehmen müssen, so dass sich die Bankschulden in einigermaßen erträglichen Raten zurückzahlen ließen.

»Ja«, pflichtete er Resl bei, »schön ist es. Jetzt müssen bloß noch die Gäste kommen.«

Doch die ließen auf sich warten. Auch vierzehn Tage nach der offiziellen Eröffnung hatte sich auf dem Reidingerhof noch kein einziger Urlauber gemeldet. Zwar hatte Florian Anzeigen in verschiedenen Blättern geschaltet und war auch dem Tourismusverband Oberbayern beigetreten, doch Gäste kamen trotzdem nicht.

»Jeder Tag, den die Zimmer leer steh'n, kostet mich nur Geld!«, schimpfte er beim Abendschoppen im »Ochsen«. »Hätt' ich mich bloß nicht auf diesen Blödsinn eingelassen.«

»Nur net gleich die Geduld verlieren«, redete Tobias ihm zu. »Es muss sich ja erstmal rumsprechen, dass du Zimmer vermietest.«

»Aber das müsste doch längst geschehen sein!«, beharrte der Bauer. »Was ich allein schon für die Anzeigen ausgegeben hab'! Dabei liegen wir im Grund' doch ideal. Bis München ist's ein Katzensprung und andersrum ist's bis Österreich genauso weit. Besser geht's doch gar net!«

»Hast ja schon Recht«, pflichtete der Freund ihm bei. »Aber ich denk' ganz einfach, du musst Geduld haben.«

»Und du hast gut reden«, entgegnete Florian und starrte düster in sein Bier.

Als er nach Hause kam, erwartete ihn Resl schon ungeduldig.

»Da war ein Anruf vom Reisebüro Wenner«, berichtete sie aufgeregt.

Florian horchte auf. Das Reisebüro Wenner gehörte zu den Unternehmen, mit denen er zusammenarbeitete.

»Und was haben s' gesagt?«
»Dass da eine Familie bei uns ihren Urlaub verbringen will.«
»Was? Wirklich?«
Der Bauer fasste die Magd um die Hüften und wirbelte sie ausgelassen herum. Resl kreischte auf.
»Bist' narrisch, Bub?«, rief sie. »Lass mich sofort wieder runter!«
Florian gehorchte.
»Und wann kommen die?«
»Der Wenner hat gesagt, schon nächste Woche. Er hat die Unterlagen mit der Post losgeschickt, morgen sollen s' da sein.«
»Gott sei Dank!«, seufzte Florian erleichtert. »Hoffentlich wird's ein guter Anfang. Hat der Wenner was gesagt, wie viele Zimmer die Familie braucht?«
»Nur zwei.«
»Aha, Vater, Mutter und Kind vermutlich. Na schön, dann haben wir ja immer noch sechs frei, die vermietet werden können. Lass uns mal gleich eine Liste machen, was bis zum Montag noch alles besorgt werden muss.«

Es gab so vieles zu bedenken!
Die Zimmervermietung sollte von Anfang an ein voller Erfolg werden. Florian Reidinger setzte auf Qualität. Das begann bei den Betten, die nicht zu weiche und nicht zu harte Matratzen hatten und endete beim Frühstück, das im Haus zubereitet werden sollte. Abgepackte Portionen vom Fließband kamen für den Bauer nicht infrage.

Ein wenig Sorge bereitete Florian allerdings Resl.
Er fragte sich, ob sie der zusätzlichen Arbeit gewachsen war, die auf sie zukommen würde, wenn alle Zimmer belegt waren. Immerhin hatte sie mit Haus und Hof schon genug zu tun. Der Bauer beschloss, erst einmal abzuwarten. Sollten alle Stricke reißen, konnte er ja immer noch jemanden einstellen.

Am Samstag fuhren sie in den Ort und besorgten alles, was noch fehlte. Es waren eigentlich nur Kleinigkeiten. Um das Essen würde die Magd sich persönlich kümmern. Frische Semmeln und Brot zu backen, aus den Früchten des eigenen Gartens leckere Marmeladen zu kochen und frische Butter von der Milch der eigenen Kühe zu machen, das hatte sich Resl Burgstetter in all den Jahren nicht nehmen lassen und nun sollten auch die Feriengäste von ihren Koch- und Backkünsten profitieren.
»Außerdem spart's Geld«, argumentierte sie, als Florian vorschlug, Brot und Semmeln doch beim Bäcker zu kaufen. »Wenn ich bedenk', was eine Semmel kostet und wie viele ich aus einem Kilo Mehl backen kann, na dann dank' ich auch schön für das Angebot.«
Schmunzelnd hatte der Bauer aufgehört, weiter darauf zu beharren. Resl würde ohnehin nicht mehr mit sich darüber reden lassen.

»Mama, wann sind wir denn endlich da?«, tönte es zum hundertsten Mal von der Rückbank.
Katja Brunner blickte in den Rückspiegel und lächelte ihrer Tochter zu.
»Gleich, Irmchen, nur noch ein Viertelstündchen.«
Sie sah zu ihrem Sohn, der neben seiner Schwester saß und in einen Comic vertieft war.
»Alles in Ordnung, Thomas?«
Der Achtjährige schaute nicht auf. Er stieß nur einen Grunzlaut aus, der entweder heißen konnte, dass alles in Ordnung war oder auch, dass er seine Ruhe haben und weiterlesen wollte.
Katja sah auf die Uhr. Wenn nichts dazwischen kam, dann mussten sie ihr Ziel tatsächlich bald erreicht haben – wobei sie mit dem »Viertelstündchen« eher ihre Kinder beruhigen wollte. Es würde wohl noch eine gute halbe Stunde dauern, vermutete die junge Frau.
Aber das war egal. Es war Ferienzeit und endlich hatte einmal alles reibungslos geklappt. Ihr Urlaub war rechtzeitig genehmigt worden, das Geld reichte auch und mit der Unterkunft schienen sie Glück gehabt zu haben. Im Reisebüro hatte man zu ihr gesagt, dass es sich um einen familienfreundlichen Betrieb handele, der in diesem Jahr zum ersten Mal Zimmer vermietete; alles würde neu und ungebraucht sein.
Nur Thomas machte ihr ein bisschen Sorge. Der Junge hatte sofort protestiert, als seine Mutter ihm von dem geplanten Urlaub auf dem Bauernhof erzählt hatte. Wäre es nach ihm gegangen, dann hätte Thomas die Ferienfreizeit des Sportvereines mitgemacht, in dem er Fußball spielte.

»Alle fahren mit!«, hatte er protestiert. »Warum denn ich net?«
»Weil wir es uns nicht leisten können«, hatte Katja erwidert und versucht, ihm klarzumachen, dass die sechshundert Euro für die Fahrt und den dreiwöchigen Aufenthalt in Tschechien einfach nicht drin waren. »Es sei denn, du willst, dass Irmchen und ich zu Hause bleiben.«
Katja war sich nicht sicher, ob Thomas es wirklich eingesehen hatte. Jedenfalls hatte er nichts mehr dazu gesagt. An diesem Morgen war er allerdings eher widerwillig ins Auto gestiegen und hatte sich gleich in einen seiner Comics vergraben, von denen er einen ganzen Stapel mitgenommen hatte. Und während der Fahrt hatte er kein einziges Wort gesprochen – es sei denn, seine Mutter fragte ihn etwas.
Deutlicher konnte er seine Ablehnung zu diesem Urlaub nicht ausdrücken!

In Kirchdorf angekommen, musste Katja sich erst nach dem Weg zum Reidingerhof durchfragen. Dann dauerte es noch knapp zehn Minuten, bis sie angekommen waren.
Sie bog in die Einfahrt und fuhr auf den Parkplatz, der durch ein Schild ausgewiesen war.
»Wir sind da!«, rief Katja froh.
Irmchen hatte sich schon losgeschnallt und schaute aufgeregt aus dem Fenster.
»Wo sind denn die Kühe und die Schweine?«, wollte sie wissen.

Thomas hatte seinen Comic sinken lassen und sah seine Schwester kopfschüttelnd an.
»Mann, du bist vielleicht blöd!«, schimpfte er. »Denkste, die rennen hier frei herum?«
Das Gesichtchen seiner Schwester verwandelte sich in eine weinerliche Grimasse.
»Mama, Thomas hat gesagt, ich bin blöd!«, plärrte die Kleine los.
»Stimmt ja auch!«, raunzte der Bruder.
»Doofkopf!«, schimpfte Irmchen und schniefte weiter.
Katja holte tief Luft. Sie war erschöpft von der Fahrt und froh, endlich angekommen zu sein. Da fehlte es gerade noch, dass die Geschwister sich stritten und sich solche Nettigkeiten an den Kopf warfen.
»Ruhe jetzt!«, rief sie. »Sonst kehren wir auf der Stelle um und fahren wieder nach Hause.«
Der Achtjährige zog die Nase kraus.
»Schön wär's«, murmelte er vor sich hin. »Hab' sowieso keinen Bock auf diesen bescheuerten Urlaub!«
»Ich hab's gehört«, sagte Katja und stieg aus.

3. KAPITEL

Die ersten Gäste sind da

Beim Bauernhaus hatte sich eine Tür geöffnet und eine ältere Frau mit Schürze und Kopftuch kam heraus.

»Grüß Gott und herzlich willkommen auf dem Reidingerhof«, rief sie. »Sie müssen die Familie Brunner aus Ingolstadt sein.«

»Richtig«, lächelte die Sechsundzwanzigjährige und reichte der Magd die Hand. »Katja Brunner. Das da sind mein Sohn Thomas und meine Tochter Irmgard.«

»Aber alle sagen s' nur Irmchen zu mir«, stellte die Kleine sofort klar.

Resl lächelte und beugte sich zu ihr.

»Dann werd' ich das auch sagen, wenn's recht ist, gell?«

Irmchen nickte.

»Gut. Und wer bist du?«

»Ich bin die Therese Burgstetter«, antwortete die Magd. »Aber zu mir sagen alle Resl und das dürft ihr zwei natürlich auch machen. Gell, Thomas?«

Der Junge zuckte die Schultern.

»Ist mir egal«, muffelte er und schlurfte über den Hof zur Weide hinter dem Stall.

»Was hat er denn?«, fragte Resl.

Katja winkte ab.

»Ach, der kriegt sich schon wieder ein. Ich bin erst einmal froh, dass wir gut angekommen sind.«

»Ich zeig' Ihnen gleich mal Ihre Zimmer.«

Die Magd stutzte, als wäre ihr erst jetzt etwas aufgefallen.

»Kommt Ihr Mann nach?«, fragte sie.

Die junge Frau sah sie erstaunt an.

»Wie? Äh, nein«, schüttelte sie dann den Kopf, »nein, wir sind allein. Mein Mann … lebt nicht mehr.«

Resls Hand ging zum Mund.

»Entschuldigen S'«, bat sie. »Das konnt' ich ja net wissen.«

»Nein, natürlich net«, beruhigte Katja sie. »Mein Mann ist vor einem Jahr gestorben.«

Ihre Mundwinkel zuckten, als sie das sagte, für Resl ein Zeichen, dass Katja Brunner den Tod ihres Mannes noch nicht verwunden hatte.

»Das tut mir sehr Leid«, sagte Resl.

»Schon gut.«

Die junge Mutter sah sich um.

»Thomas, kommst du mal«, rief sie. »Wir wollen erst das Gepäck hineinbringen, dann könnt ihr hier draußen spielen, so viel ihr wollt.«

Der Sohn gehorchte, aber man sah es seinem Gesicht an, dass er es nur sehr widerwillig tat.

Die Zimmer waren sehr hübsch eingerichtet. Die Wände waren frisch tapeziert, die lackierten Möbel zeigten hübsche bäuerliche Motive und die neuen Bäder und Duschen strahlten noch unbenutzt. Alles roch noch ein wenig nach Farbe und frischem Holz.
Katja hatte für sich ein Einzelzimmer und für die Kinder ein Doppelzimmer gebucht. Nachdem die Koffer und Reisetaschen ausgepackt und alles in den Schränken verstaut war, machten die drei einen ersten Spaziergang über den Hof. Wie die Magd erzählt hatte, gab es auf dem Reidingerhof nur ein paar Kühe und Schweine, denn der Haupterwerb lag auf der Landwirtschaft. Trotzdem hatten die Kinder genug zu bestaunen und besonders Irmchen freute sich über die grunzenden Schweine, die sich in dem Pferch neben der Scheune suhlten. Es gab auch einen Hühnerhof mit einem stattlichen Hahn und einen Kaninchenstall, um den ein großer Zaun gezogen war, damit die kleinen Fellbündel auch frei herumlaufen konnten.
Katja ahnte, dass Irmchen die meiste Zeit bei den Kaninchen verbringen würde.

»Mama, ich hab' Durst!«
»Wir geh'n gleich rein und trinken was«, antwortete die Mutter und schob ihre Tochter durch den Garten, in dem Apfel-, Kirsch- und Birnbäume standen.
Unter einem hohen Baum standen ein Gartentisch, sechs Stühle und eine Bank. Resl Burgstetter kam um die Ecke.

»Gleich gibt's Kaffee und Kuchen«, verkündete sie und stellte das Tablett mit Kaffeegeschirr, das sie in den Händen hielt, auf dem Tisch ab. »Was trinken denn die Kinder?«
»Am liebsten Saft oder Mineralwasser.«
»Haben wir beides. Der Apfelsaft ist übrigens aus eigener Herstellung, der wird Ihnen auch schmecken, Frau Brunner. Haben S' sich schon ein bissel umgeschaut? Gefällt's Ihnen?«
Katja lächelte.
»Ja, Frau Burgstetter. Wir werden uns sicher wohlfühlen.«
»Die ›Frau Burgstetter‹ sparen S' sich mal«, winkte die Magd ab. »Sagen S' einfach Resl.«
»Schön«, freute sich die junge Frau, »aber dann müssen Sie auch Katja sagen.«
»Freilich. So und jetzt setzen S' sich schon mal, Katja, ich hol' den Kuchen und die Getränke.«

Irmchen kam sofort herbeigelaufen, als Katja nach den Kindern rief. Thomas musste sie erst suchen. Er hockte auf der obersten Latte des Weidezauns und schaute gelangweilt den Kühen zu, die träge in der Sonne grasten oder am Boden lagen und vor sich hindösten.
Zärtlich legte sie ihren Arm um den Jungen.
»Was ist denn mit dir, Thomas?«, fragte sie. »Freust' dich gar net ein kleines Bissel, dass wir hier sind?«
Der Bub nagte an seiner Unterlippe.
»Wenn Papa noch leben würde, dann hätt' ich bestimmt mit den andern mitfahren dürfen«, stieß er hervor.

Katja unterdrückte einen Seufzer.
»Wenn Papa noch leben würde, dann wär' alles anders«, erwiderte sie. »Dann bräuchte ich net arbeiten, du könntest mit dem Sportklub in die Ferien fahren und Irmchen bekäme das neue Fahrrad, das sie sich so sehnlichst wünscht. Aber leider ist es nun mal anders und wir müssen das Beste draus machen. So, und jetzt komm. Die Resl hat den Kaffeetisch gedeckt und wenn ich recht geseh'n hab, dann hat sie auch einen Kuchen gebacken.«
Es war ein großer Marmorkuchen mit einer dicken Schokoladenglasur. Thomas stopfte drei Stücke in sich hinein und grinste endlich einmal, als seine Mutter ihn zur Zurückhaltung mahnte. Der selbstgepresste Apfelsaft schmeckte viel besser als der teuerste aus dem Supermarkt.

»Wie viele Leute wohnen denn hier?«, erkundigte sich Katja, als die Kinder aufgestanden waren, um den Hof weiter zu erkunden und sie allein mit der Magd am Tisch saß.
»Nur der Bauer und ich«, antwortete die Resl.
»Was? Und das schaffen S' beide ganz alleine? Den Hof und jetzt auch noch die Zimmervermietung!«
»Na ja, den Hof machen wir ja schon lang' allein, der Florian und ich. Der Altbauer hat ja net mehr so können wie früher. Und nachdem er sich ganz zurückgezogen hatte, war's ja leider net mehr lang, bis er dann gestorben ist.«
»Und gibt's keine Bäuerin?«
»Die ist schon verstorben, als der Florian noch ein kleiner Bub

war«, erzählte die Magd. »Der Altbauer hat den Tod seiner Frau nie verwinden können und net wieder geheiratet.«

Katja war gespannt darauf, ihren Gastgeber kennenzulernen. Wie er wohl aussehen mochte? Sie hoffte, dass er nett sein würde, vor allem zu den Kindern und ganz besonders zu Thomas, der immer noch allzu deutlich zeigte, dass er diesem Urlaub nichts abgewinnen konnte.

Das Motorengeräusch eines Traktors ließ sie aufhorchen.

»Das ist er, der Florian«, sagte die Magd und stand auf. »Da will ich gleich mal frischen Kaffee holen.«

4. KAPITEL

Man lernt sich kennen

Florian Reidinger hatte zwei Felder umgepflügt und sie für die Aussaat des Winterweizens vorbereitet. Jetzt kehrte er von der Feldarbeit auf den Hof zurück. Auch der junge Bauer war gespannt auf die ersten Gäste, die seinem neuen Nebenerwerb zum Erfolg verhelfen sollten. Er hatte ja schon gezweifelt, ob das Geschäft überhaupt anlaufen würde, aber die erste Anmeldung hatte ihn wieder hoffen lassen. Außerdem hatte er mehrmals mit Wolfgang Holzinger gesprochen und der hatte in den ersten Wochen auch solche Anlaufschwierigkeiten gehabt.

»Du darfst net vergessen, dass die Saison ja schon voll im Gang ist«, hatte der Kollege erklärt. »Wenn wir in diesem Jahr noch ein kleines Stück vom Kuchen abbekommen, können wir zufrieden sein. Aber im nächsten Jahr wird's garantiert der Renner sein. Da werden wir uns vor Anfragen kaum retten können.«

Florian war sich nicht sicher, ob dieser Optimismus tatsächlich angebracht war, aber was sollte er schon machen. Ohnehin musste er erst mal schauen, wie es war, wenn plötzlich Fremde auf seinem Hof herumliefen.

Der Bauer fuhr mit seinem Traktor durch die Einfahrt und trat fest auf die Bremse, als vor ihm ein Junge, ohne nach rechts oder links zu blicken, über den Hof rannte.
»Ja, bist' denn narrisch geworden?«, rief Florian und sprang aus dem Führerhaus.
Der Bub musste taub sein. Anders war nicht zu erklären, dass er den Lärm des Traktorenmotors nicht gehört hatte. Er stand entgeistert da und starrte Florian nur an.
»Na, was ist mit dir?«, fragte der Bauer und packte ihn bei den Schultern. »Alles in Ordnung?«
Unwillig riss der Junge sich los und schüttelte die fremden Hände ab.
»Lass mich in Ruh oder ich sag's meiner Mama!«, drohte er.
»Was willst' ihr denn sagen? Dass du mir wie ein Depp vor den Traktor gerannt bist? Dann wird sie dir höchstwahrscheinlich noch den Hosenboden versohlen.«
Kopfschüttelnd wollte er wieder aufsteigen, als ein kleines Mädchen um die Ecke der Scheune gelaufen kam.
»Nanu, wer bist du denn?«, fragte Florian die Kleine, die ihn kampfeslustig ansah.
»Irmchen, und wenn du meinem Bruder was tust, dann hau' ich dich!«, kam die Antwort.
Der Bauer schmunzelte.
»Ich werd' mich hüten, deinem Bruder was zu tun, Irmchen«, erwiderte er und schaute sich nach dem Jungen um. »Wo ist er denn überhaupt.«
Das Mädel stemmte die Hände in die Hüften und sah ihn herausfordernd an.

»Thomas ist bestimmt zu Mama gelaufen und die kommt gleich und schimpft mit dir!«
Florian unterdrückte das Lachen, das ihm in der Kehle lag.
»Hör mal zu, kleine Dame«, sagte er und beugte sich zu Irmchen herab, »wenn hier jemand Schimpfe bekommen muss, dann ist das dein Bruder. Man läuft hier nämlich net einfach ohne zu schauen herum. Beinah wär' er mir vor den Traktor gerannt. Und das wär' doch bestimmt kein schöner Ferienanfang für euch, net wahr? Du bist doch Feriengast hier, oder?«
Irmchen nickte. Der Bauer hielt ihr die Hand hin.
»Dann herzlich willkommen auf dem Reidingerhof«, sagte er. »Ich bin der Florian und du heißt also Irmchen. Wo sind denn deine Eltern? Ich würd' sie gern begrüßen.«
»Mama und Resl trinken Kaffee. Da hinten im Garten«, antwortete das Mädel und schlug in Florians Hand ein. »Wollen wir mal hingehen?«
»Das machen wir«, nickte er und schritt neben dem Kind her. »So, die Mama und die Resl trinken also Kaffee. Und wo ist denn der Papa?«
»Mein Papa ist im Himmel«, erklärte Irmchen. »Der ist nämlich gestorben.«
Florian schluckte. So, wie die Kleine es sagte, hörte es sich an, als sei es das Natürlichste der Welt. Aber das war es selbstverständlich nicht.
»Hm, das tut mir aber Leid«, sagte er, während sie über den Hof gingen.
»Mir auch. Aber Mama sagt, Papa schaut immer vom Himmel auf uns herab und passt auf, dass uns nix passiert.«

Sie traten durch das kleine Tor im Zaun, der den Garten vom übrigen Hof abtrennte. Florian sah die Magd am Tisch sitzen, ihr gegenüber hatte eine junge Frau Platz genommen, die jetzt aufstand, als sie näher kamen.
»Um Gottes willen, bleiben S' doch sitzen«, sagte der Bauer und reichte ihr die Hand. »Frau Brunner, gell? Ein herzliches Willkommen. Sie sind die ersten Gäste bei uns auf dem Hof, und ich hoff', Sie und Ihre Kinder werden sich bei uns wohlfühlen.«
»Vielen Dank«, lächelte Katja. »Wie ich seh', haben S' meine Tochter schon kennengelernt.«
Florian lächelte.
»Ja, wir haben uns schon ein bissel angefreundet. Und den Thomas hab' ich auch schon geseh'n. Allerdings, muss ich gesteh'n, war's keine freundliche Begrüßung.«
Katja Brunner erschrak.
»Was hat er denn angestellt?«
Der Bauer winkte ab.
»Ach, im Grund gar nix«, erklärte er. »Der Bub ist mir vor den Traktor gelaufen. Er hat net geschaut, aber das muss er lernen. Man sieht net immer alles so genau, wenn man droben im Führerhaus sitzt und direkt vor einem so ein kleiner Bursche herumläuft. Das ist net ganz ungefährlich.«
Die junge Mutter atmete auf.
»Entschuldigen S' bitte«, sagte sie. »Ich werd' mit Thomas mal ein ernstes Wort reden.«
Florian setzte sich. Resl hatte für ihn mitgedeckt, jetzt schenkte sie ihm Kaffee ein und er nahm sich ein Stück Kuchen.

»Geh'n S' net zu hart mit ihm ins Gericht«, sagte er. »Ihr Sohn hat sich so erschreckt, er wird jetzt sicher aufpassen.«

Katja nickte.

»Leider hatte Thomas gar keine Lust auf diesen Urlaub«, erzählte sie. »Viel lieber wäre er mit seinem Sportverein ins Ferienlager nach Tschechien gefahren, aber dazu reichte das Geld net. Dann hätten Irmchen und ich zu Haus bleiben müssen. Ich vermute, dass mein Sohn deswegen ein bissel aufmüpfig sein wird.«

»Da machen S' sich mal keine Gedanken, Frau Brunner«, beruhigte Florian sie. »Das bekommen wir schon in den Griff. Wenn er sich erst einmal ein bissel akklimatisiert hat, dann wird's schon werden. Bestimmt hat er Spaß daran, mal auf dem Traktor mitfahren zu dürfen und wenn Sie möchten, unternehmen wir auch mal eine Bergtour zusammen.«

Katja strahlte.

»Vielen Dank, Herr Reidinger.«

»Dafür net«, erwiderte er lächelnd. »Und sagen S' einfach Florian zu mir.«

Das Abendessen wurde in der großen Diele des Bauernhauses eingenommen. Acht Zimmer für maximal sechzehn Gäste hatte der Reidingerhof. Der Tisch in der Diele war groß genug, um allen Platz zu bieten, sollte das Gästehaus einmal ausgebucht sein.

Auf Anraten Wolfgang Holzingers hatte Florian zwei Angebote für die Reisebüros ausgearbeitet. Zum einen war da die

Pension garni, was bedeutete, dass die Gäste das oder die Zimmer mit Frühstück mieteten oder aber die Halbpension, wobei jeweils nach Wunsch das Mittagessen oder das Abendbrot inbegriffen war. Katja hatte Halbpension gewählt, um nicht ständig mit den Kindern essen gehen zu müssen, was ihre Reisekasse bald gesprengt hätte.

Zum Essen hatte sie die Kinder umgezogen und jetzt saßen sie abwartend am Tisch und freuten sich auf die Mahlzeit. Auf der Herfahrt hatten sie nur zwei Pausen gemacht und dabei die mitgebrachten Brote verzehrt. Dann hatte es am Nachmittag Kaffee und Kuchen gegeben, darum hatte Resl Burgstetter für den Abend ein warmes Essen vorbereitet.
»So, jetzt ist's so weit«, rief die Magd aus der Küche.
Florian stellte Saft- und Wasserflaschen auf den Tisch, für sich selbst hatte er ein Bier aus dem Kühlschrank geholt.
Resl kam mit einer großen Schüssel aus der Küche. Es war eher eine irdene Form, in der es zischte und dampfte.
»Ich hoff', ihr mögt Kässpätzle?«, fragte sie die Kinder.
Thomas schaute eher skeptisch auf die braune Kruste, die das Gericht bedeckte. Irmchen hatte Hunger und nickte sofort.
»Was ist das?«, quengelte der Junge. »Das mag ich net!«
Seine Mutter nahm den großen Löffel und packte ihm ungerührt eine Portion auf den Teller.
»Spätzle sind Nudeln und die magst du«, erklärte sie. »Und Käse magst' auch. Zumindest auf dem Cheeseburger, also wirst' ihn hier auch mögen.«

Nachdem alle einen gefüllten Teller vor sich hatten, blickte Florian in die Runde.

»So, dann wünsch' ich einen guten Appetit.«

Als Beilage hatte Resl zwei Salate zubereitet: einen Kopfsalat in Zitronendressing und, extra für die Kinder, Möhrensalat.

»Und schmeckt's?«, erkundigte sie sich bei den Gästen.

Katja nickte und schluckte schnell den Bissen herunter, den sie gerade im Mund hatte.

»Köstlich!«

Auch Irmchen haute rein. Es schien, als habe sie tagelang nichts zu essen bekommen, so schnell war ihr Teller leer. Nur Thomas stocherte lustlos in seinem Essen herum und ließ sich zu kaum mehr als einer Gabelspitze Spätzle herab. Seine Mutter kannte aber dieses Gehabe und war sich sicher, dass er spätestens morgen beim Frühstück zuschlagen und wie ein Scheunendrescher futtern würde.

»Habt ihr euch denn schon was für morgen vorgenommen?«, fragte Resl.

Katja Brunner schüttelte den Kopf.

»Dazu war noch gar keine Zeit«, erwiderte sie. »Ich muss erst einmal ankommen und die Kinder auch.«

»Ich hab' Ihnen da einige Prospekte aufs Zimmer gelegt«, bemerkte Florian. »Lesen S' die in aller Ruhe. Es gibt hier viele Möglichkeiten, die Ferien zu gestalten.«

»Ja, vielen Dank, ich hab' schon gesehen«, nickte Katja. »Werd' nachher mal reinschauen. Aber wenn's nach den Kindern geht, dann reicht wahrscheinlich ein Schwimmbad, in dem sie den ganzen Tag verbringen können.«

»Daran fehlts hier net«, sagte Florian. »Das nächste Schwimmbad ist gleich in Kirchdorf. Es hat erst vor zwei Jahren eröffnet.«

Resl sah die Kinder an. Erstaunlicherweise hatte auch Thomas unterdessen seinen Teller leer gegessen.

»Wer von euch möcht' denn noch einen Nachtisch?«, erkundigte sich die Magd.

Sofort reckten sich zwei Hände in die Höhe.

»Na, dann kommt mal mit«, sagte Resl und schnappte sich die gestapelten Teller. »Mal schau'n, was wir da noch finden.«

In der Küche stand eine große Schüssel Schokoladenpudding, daneben eine Karaffe mit Vanillesoße. Voller Stolz trug Thomas den Pudding in die Diele, während seine Schwester mit der Soße folgte. Die Magd brachte Schüsseln und Löffel hinterher.

»Habt ihr Lust, nachher beim Melken zuzuschauen?«, wandte sich Florian an die beiden Kleinen.

Beide nickten begeistert und Katja registrierte erleichtert, dass ihr widerspenstiger Sohn allmählich aufzutauen schien.

Nach dem Essen ging der Bauer mit den Kindern in den Stall. Er zeigte ihnen den Melkstand und erklärte, wie alles vor sich ging.

»Na, wer will mal?«, fragte er, nachdem die erste Milchkanne gefüllt war.

Die beiden trauten sich nicht.

»Na«, meinte Florian, »dann vielleicht ein andermal.«

Vor dem Schlafengehen wollten die Geschwister noch fernsehen. Katja erlaubte es, weil ja Ferien waren. Als sie ihre Kinder später zu Bett brachte, dauerte es nicht lange, bis Irmchen eingeschlafen war.
»Darf ich noch was lesen?«, bettelte Thomas.
»Aber net mehr so lang«, stimmte sie zu und löschte das große Licht.
Thomas lag in seinem Bett, zwei, drei Comics neben sich und strahlte seine Mutter an.
»Schlaf schön, mein Großer«, sagte Katja, der wieder einmal auffiel, dass ihr Sohn seinem verstorbenen Vater immer ähnlicher wurde.
Leise schloss sie die Tür und ging in ihr eigenes Zimmer, das dem der Kinder gegenüber lag. Sie setzte sich ans Fenster und nahm die Prospekte zur Hand, die der Bauer auf den Tisch gelegt hatte. Aber so richtig konnte sie sich nicht auf das Lesen konzentrieren. Seltsamerweise sah sie immer wieder das Gesicht Florian Reidingers vor sich …

»Wie findest' denn die Katja und ihre beiden Kinder?«, fragte Resl, als die Gäste sich zurückgezogen hatten.
»Nett«, nickte Florian. »Besonders die beiden Rangen. Ich glaub', den Thomas kriegen wir noch so weit, dass er nachher gar net wieder abfahren will.«
»Beschrei es bloß net. Der Bub ist wirklich net leicht zu nehmen. Ich bewundere die Katja für ihre Geduld.«
»Na ja, er hat's ja auch net einfach, so ohne Vater. Bestimmt

hat er's noch immer net recht verkraftet, dass der Papa net mehr da ist.«
»Wahrscheinlich hast' Recht«, nickte die Magd und unterdrückte ein Gähnen. »Ich glaub', ich geh' ins Bett. Morgen wird's wieder ein harter Tag.«
Der Bauer sah sie forschend an.
»Sag mal, bist' sicher, dass es dir net zu viel wird, jetzt, wo wir auch noch Feriengäste auf dem Hof haben?«, erkundigte er sich.
»Ach was«, schüttelte Resl den Kopf. »Die paar Esser mehr …«
»Du weißt aber schon, dass es net so bleiben wird?«
»Freilich. Aber es macht mir nix aus.«
»Trotzdem, wenn du merkst, dass es dir zu viel wird, dann sag Bescheid. Wir können jederzeit jemanden einstellen.«
Die Magd war schon halb aufgestanden, jetzt ließ sie sich wieder auf ihren Stuhl sinken.
»Du solltest lieber an später denken«, sagte sie.
Florian sah sie fragend an.
»Was meinst du damit?«
Resl machte ein wegwerfende Handbewegung.
»Tu net so. Du weißt genau, wovon ich red'. Nämlich davon, dass ich net mehr die Jüngste bin und du tatsächlich irgendwann eine neue Magd wirst einstellen müssen. Wenn's allerdings nach mir ginge, dann würd' ich eine andere Lösung vorziehen. Du weißt schon, was ich meine …«
Florian zog genervt eine Augenbraue in die Höhe.
»Fang net wieder davon an«, sagte er ungehalten.
»Einmal müssen wir aber darüber reden«, beharrte Resl. »Bloß

weil dich mal ein Madel enttäuscht hat, musst' net glauben, dass alle andren auch so sind. Bub, du brauchst eine Frau auf dem Hof. Und zwar net nur eine, die die Arbeit macht, sondern eine, die du in den Arm nehmen kannst. Du musst eine Familie gründen, Florian. Was willst' denn später mal mit dem Hof anfangen, wenn du alt bist und keine Nachkommen hast?«

»Darüber mach' ich mir Gedanken, wenn's soweit ist«, gab er schroff zurück.

»Dummes Zeug!«, ließ die Magd nicht locker. »Freilich war's ein harter Schlag, als die Ria dich von heut' auf morgen verlassen hat, ohne vorher ein Wort zu sagen. Aber deshalb kannst dich net in deine Arbeit vergraben und jeder Frau den Rücken zukehren.«

Der junge Bauer antwortete nicht. Aber in seinem Kopf arbeitete es. Ria! Der Name der Frau, die ihm einst so viel bedeutet hatte, rief Erinnerungen wach, die er längst begraben glaubte. Als wäre es gestern, sah er die dunkelhaarige Maria Krenzler wieder vor sich stehen, sah ihre braunen Augen, den sinnlichen Mund, den anmutigen Leib, den er so oft in den Armen gehalten hatte.

Fast zwei Jahre waren sie ein Paar gewesen, der junge Bauer und die Tochter des Metzgermeisters aus Kirchdorf. Auf dem Tanzabend im Dorfkrug hatten sie sich kennengelernt. Es war Kirmes gewesen und in der Wirtschaft hatte der Ball stattgefunden, zu dem Jahr für Jahr alle aus nah und fern kamen. Florian hatte das hübsche Mädel schon gleich im Auge gehabt, als es mit einer Freundin in den Saal gekommen war. Ohne zu zögern hatte er sie zum Tanzen aufgefordert und an diesem Abend nicht mehr allein gelassen.

Maria war gerade aus München zurückgekommen, wo sie zwei Jahre gearbeitet hatte. Jetzt wollte sie in der Heimat bleiben und im väterlichen Betrieb mithelfen. Nach dem Tanzabend verabredeten sie sich. Aus einem Treffen wurden mehrere und dann dauerte es nicht mehr lange bis zum ersten Kuss.

Von da an stand es für Florian fest, dass es in seinem Leben keine andere Frau geben würde. Maria verkörperte alles, was er sich je erträumt hatte. Und nach einem Vierteljahr war sie zu ihm auf den Hof gezogen und sie hatten dort wie Mann und Frau gelebt, auch ohne Trauschein.

Mit Resl hatte sich die junge Frau auf Anhieb verstanden und die Magd hatte Ria Krenzler als neue Bäuerin auf dem Reidingerhof akzeptiert. Doch das Glück sollte nicht lange währen. Zunächst waren es nur kleine Dinge, die zwischen ihnen nicht stimmten. Dann kam es immer häufiger zu Krächen und Auseinandersetzungen und schließlich zu einem so großen Zerwürfnis, dass es unmöglich schien, sich noch einmal zu versöhnen. Aber sie hatten es noch einmal geschafft und Maria war wieder auf den Hof zurückgekehrt. Und für Florian war wieder alles wie zuvor gewesen, ein ungetrübtes Glück. Doch schon nach sechs Wochen hatte Maria ihm eines Abends erklärt, dass sie einen anderen Mann kennengelernt habe und den Hof noch in derselben Stunde für immer verlassen würde.

Ohne ein weiteres Wort war sie dann in ihren Wagen gestiegen und davongefahren. Florian hatte sie nie wieder gesehen, aber später einmal gehört, dass Ria mit einem Mann nach Norddeutschland gezogen sei.

Für den jungen Bauern war dieser Abend die größte Katastrophe seines Lebens gewesen. Ganz fest hatte er bis dahin daran geglaubt, dass die Liebe alle Hindernisse überwinden würde. Doch nun war er so enttäuscht, dass er sich schwor, nie wieder mit einer Frau zu tun haben zu wollen.

»Die Zeit heilt alle Wunden«, hatte Resl ihn damals getröstet. Doch inzwischen hatte sie einsehen müssen, dass dieses Sprichwort nicht immer galt. Zumindest nicht in diesem Fall. Florian schien jedes Jahr seinen Schwur zu erneuern und auf den Kirmesball war er auch nie wieder gegangen.

Der Bauer blickte auf und bemerkte, dass er allein in der Küche saß. Er war so in Gedanken versunken gewesen, dass er gar nicht bemerkt hatte, wie Resl hinausgegangen war.

Er holte tief Luft und stand auf.

»Nein!«, bekräftigte er, während er ins Bad ging, »ganz gewiss wird's hier auf dem Hof keine Bäuerin geben – jedenfalls keine, die mich noch mal so enttäuscht!«.

5. KAPITEL

Ein langer Tag

Am nächsten Morgen wachte Katja auf und blickte sich verwirrt um. Was war das für ein Zimmer? Und wieso lag Irmchen nicht neben ihr?

Ach ja – es waren ja Ferien! Sie richtete sich im Bett auf und zog den Vorhang beiseite. Draußen schien die Sonne und sie versprach, für einen schönen Sommertag zu sorgen.

Viel zu schön, um noch im Bett liegen zu bleiben!

Rasch stand Katja auf und ging ins Bad. Es war nicht sehr groß, hatte aber eine moderne Dusche.

Die Kinder schlafen wohl noch, vermutete sie, während sie das Wasser andrehte.

Es war ja erst sieben Uhr. Während sie es gewohnt war, früh aufzustehen, hatte besonders Irmchen ihre Schwierigkeiten damit. Katja grauste es schon davor, wenn ihre Tochter nach den Sommerferien in die Schule kommen würde.

Dann war Schluss mit der Langschläferei!

Nachdem sie sich angezogen hatte, ging die junge Witwe zum Zimmer der Kinder und öffnete vorsichtig die Tür. Wie erwartet, schlief das Mädchen noch, während Thomas schon ein Heft in der Hand hatte und las.

»Guten Morgen, mein Großer«, begrüßte Katja ihn und gab ihm einen Kuss.
Den ließ er sich gefallen. Wenn sie ihn an der Schule absetzte oder zum Fußball brachte, verbat ihr Sohn sich aber strikt jede Art von Zärtlichkeit.
Jetzt legte er den Comic auf die Bettdecke. »Wann gibt's denn Frühstück?«, wollte er wissen.
»Sobald ihr gewaschen und angezogen seid«, antwortete Katja und wandte sich dem anderen Bett zu. »Hallo, Irmchen, aufstehen.«
Die Kleine reckte und streckte sich. Die beiden Fäustchen rieben über die Augen und dann gähnte ihre Tochter ausgiebig.
»Uuuaaah, guten Morgen, Mami«, rief sie und strahlte Katja an.
Ihre Mutter zog die Bettdecke zurück.
»So, komm, Spatz'l, dein Bruder hat Hunger.«
Sie schaute zu Thomas, der sich noch im Bett wälzte.
»Allerdings ist er noch net aufgestanden, also gehst du zuerst ins Badezimmer.«
»Aber ich muss mal!«, protestierte der Junge.
»Dann geh rüber in mein Zimmer, da ist auch ein Bad«, sagte Katja. »Ich lege euch was zum Anziehen raus.«

Zwanzig Minuten später marschierten sie über den Hof. Resl begrüßte sie fröhlich.
»Na, habt ihr gut geschlafen?«, wollte sie wissen.
»Ganz wunderbar«, antwortete Katja und auch die beiden

Kinder bezeugten lautstark, dass sie ebenfalls toll geschlafen hätten.

Der Tisch in der Diele war gedeckt, lediglich Eier, Wurst und Getränke fehlten noch.

»Wer möcht' denn ein Frühstücksei?« fragte die Magd. »Ganz frisch heut' morgen gelegt.«

Die Kinder verzichteten, aber Katja nahm eines, weich gekocht. Resl brachte Kaffee für sie und Kakao für die Geschwister. In einem großen Korb standen Semmeln und Brot bereit, die Wurst- und Käseplatte hätte auch für die doppelte Anzahl Gäste gereicht.

»Wo ist denn Florian?«, wollte Irmchen wissen.

»Der Florian ist heut' ganz früh schon in den Bergwald gefahren«, erklärte Resl augenzwinkernd. »Weißt', auf dem Bauernhof da fängt man ganz früh an zu arbeiten und kann dafür auch früher zu Bett geh'n.«

»Die Semmeln schmecken ja herrlich!«, lobte Katja nach dem ersten Bissen.

»Das freut mich. Ich hab' sie heut' morgen frisch gebacken.«

»Was? Das machen Sie auch?«

»Ja, freilich. Erstens ist's viel billiger und zweitens schmeckt's besser.«

Die junge Mutter nickte.

»Da haben S' Recht, Resl.«

Die Magd hatte sich zu ihnen gesetzt.

»Wissen S' schon, was Sie heut' unternehmen wollen?«, erkundigte sie sich.

Katja schaute ihre Kinder an.

»Ich glaub', ich kann ihnen keine größere Freude machen, als ins Schwimmbad zu fahren«, antwortete sie.
Dieser Satz löste ein wahres Indianergeheul aus.
»Sind S' dann zum Mittagessen wieder zurück oder möchten S' lieber heut' Abend was Warmes essen?«
»Lieber heut' Abend«, erwiderte Katja. »Heut' Mittag gibt's ein belegtes Brot.«
»Dann machen S' sich und den Kindern nur genug zum Mitnehmen«, ermunterte die Magd sie. »Ich hol' Ihnen rasch Papier zum Einwickeln.«
Außer belegten Broten nahmen sie noch Obst und reichlich zu trinken mit. Resl hatte sie außerdem mit einem Korb, Handtüchern und einer Decke ausgestattet.
»Viel Spaß«, wünschte sie, als die drei losfuhren.

Das Schwimmbad lag etwas außerhalb der Ortschaft, aber sie hatten keine Schwierigkeiten, es zu finden. Auf dem Parkplatz gab es fast keine freie Lücke mehr, sodass sie in der hintersten Reihe parken und gut dreihundert Meter zu Fuß gehen mussten – was Irmchen ganz und gar nicht gefiel.
Katja verdrehte die Augen, als ihre Tochter stehen blieb und behauptete, nicht mehr weitergehen zu können.
»Nun komm schon«, mahnte sie. »Da vorn ist ja der Eingang.«
Über den Zaun hinweg, der das Bad umgab, drang das Gekreische der Badenden zu ihnen. Irmchen gab sich einen Ruck und lief los. Mutter und Bruder hatten Mühe, ihr zu folgen.

Florian hatte sich angewöhnt, zum Mittagessen nach Hause zu kommen, wenn die Arbeit es erlaubte. Als er heute auf den Hof fuhr, freute er sich schon auf das Essen. Er war im Bergwald gewesen, um endlich den Schaden zu besehen, den ein Sturm in der vergangenen Woche angerichtet hatte. Eine Menge Windbruch war zu beseitigen. Stundenlang hatte er geknickte Stämme zersägt und auf den Anhänger geladen. Eine Arbeit, die hungrig machte.

»Und sind unsere Gäste zufrieden?«, erkundigte er sich beim Essen.

Die Magd nickte.

»Sehr zufrieden. Sie sind zum Baden gefahren.«

Der Bauer nickte.

»Ich muss wohl noch mal wieder hinauf«, sagte er. »Der Sturm hat doch mehr Schaden angerichtet, als ich gedacht hab'. Mal seh'n, ob da noch was zu retten ist.«

»Vielleicht ist ja was Brauchbares für die Sägemühle dabei«, hoffte Resl.

Florian zuckte die Schultern.

»Auf den ersten Blick hat's net so ausgeschaut«, entgegnete er. »Aber vielleicht weiter drinnen. Hoffen wir das Beste.«

Er bediente sich noch einmal von dem Graupeneintopf, den Resl schon gestern gekocht und heute wieder heiß gemacht hatte. Aufgewärmt schmeckten Eintöpfe nun mal am besten.

»Was gibt's denn zum Abendessen?«, wollte er wissen. »Ich glaub' net, dass die Kinder die Suppe mögen.«

Die Magd schmunzelte.

Seltsam, was er sich für Gedanken machte …

»Die bekommen auch keine Suppe, sondern Nudeln«, antwortete sie. »Nudeln mögen alle Kinder.«
»Dann bin ich heut' Abend auch ein Kind«, grinste Florian.
»Dich hab' ich längst eingerechnet«, lachte Resl. »Ich weiß doch, wie gern du sie ist.«
Nach dem Essen saß der Bauer noch eine Weile vor dem Haus und trank Kaffee. Resl kam nach draußen, als sie mit dem Abwasch fertig war und stellte eine Thermoskanne mit Kaffee auf die Bank, auf der Florian saß.
»Möchtest' von dem Kuchen auch was haben?«
»Nur wenn noch genug für die Kinder da ist.«
Wieder schmunzelte sie.
»Keine Sorge, ich hab' längst neuen gebacken.«
Florian schaute sie an.
»Du willst dich jetzt aber net jeden Tag in die Küche stellen und backen, oder?«
»Doch«, nickte sie. »Brot und Brötchen back' ich sowieso, da spielt's keine Rolle, wenn ich noch einen Kuchen ins Rohr schiebe.«
»Aber geht das net ins Geld?«
Die Magd winkte ab.
»Die paar Cent«, meinte sie, »die spielen nun wirklich keine große Rolle.«
»Na schön«, meinte er, »Hauptsache, am Ende stimmt die Kasse.«
»Das wird sie schon. Übrigens, nächste Woche ist Kirmes in Kirchdorf. Das wird eine schöne Abwechslung für die Kinder.«

Florian nagte an der Unterlippe. Der Gedanke an die Kirmes löste nicht gerade ein Hochgefühl in ihm aus.
»Ja, ja«, nickte er, »die werden sich bestimmt freuen.«
Er nahm die Thermoskanne und stand auf.
»Ich muss los.«
Resl sprang hoch.
»Wart' einen Moment«, rief sie. »Ich hol' schnell den Kuchen.«
Florian nickte und ging in die Scheune. Dort stand in einer Ecke ein zwar alter, aber immer noch funktionsfähiger Kühlschrank, in dem er Wasserflaschen lagerte, die er bei dieser Hitze gern mitnahm, wenn er aufs Feld oder in den Wald fuhr. Er steckte zwei in eine Kühltasche. Als er aus der Scheune kam, wartete Resl schon mit dem Kuchen.
»Bis später«, verabschiedete er sich und schwang sich ins Führerhaus.
Als er die enge und kurvige Bergstraße hinauffuhr, musste er wieder daran denken, was damals auf der Kirmes geschehen war. Für einen Augenblick sah er Maria und ihre Freundin zum Greifen nahe vor sich. Dann fuhr er an den Straßenrand und schaltete den Motor aus. Mit einer brüsken Bewegung wischte er sich über das Gesicht.
»Du musst diese verdammte Geschichte endlich vergessen!«, forderte er sich auf.
Aber das schien schier unmöglich, denn seit jenem Tag, an dem Maria ihm den Laufpass gegeben hatte, war ihm das nicht gelungen.

Für die Kinder war es ein Paradies!
Thomas, der schon das bronzene Schwimmabzeichen hatte, war gleich ins Wasser gelaufen, nachdem sie ihre Decke ausgebreitet hatten. Katja hörte und sah den halben Tag fast nichts mehr von ihm. Allerdings wusste sie, dass er ein besonnener Junge war und sie sich auf ihn verlassen konnte. Er kam nur angerannt, wenn er Hunger oder Durst hatte. Mit ein paar anderen Jungen bolzte er drüben auf der großen Wiese, wo zwei Fußballtore standen.
Irmchen war noch nicht so sicher im Schwimmen und blieb im Kinderbecken, wo sie mit ihrer Mutter umhertobte und vor Vergnügen quietschte und kreischte, wenn Katja sie hochhob und dann ins Wasser fallen ließ – natürlich nur aus geringer Höhe.
»Zu lange dürfen wir net im Wasser bleiben, du hast schon ganz blaue Lippen«, stellte Katja schließlich fest. Irmchen protestierte lautstark dagegen, sich auf die Decke legen zu müssen. »Wir geh'n ja später noch mal wieder rein.«, versprach Katja ihr.
Sie zog ihrer Tochter den Badanzug aus und trocknete sie sorgfältig ab. Dann reichte sie ihr einen Becher Saft, den die Kleine in einem Zug austrank.
»Na, da hattest du aber Durst. Möchtest' auch was essen?«
Irmchen nickte und biss hungrig in die Semmel, die Katja ihr reichte. Ihre Mutter aß auch eine und schaute sich dabei nach ihrem Sohn um. Der tobte immer noch mit den anderen Buben herum, aber Katja wusste, dass er von allein kommen würde, wenn er Hunger bekam.

Es war schon später Nachmittag, als sie wieder zum Hof zurückfuhren.
Thomas hatte zwar noch nicht fort gewollt, aber Irmchen schlief auf der Rückfahrt beinahe schon ein.
Resl wartete bereits mit dem Abendessen. Die Magd hatte einen großen Topf Nudeln gekocht und dazu Tomatensauce gemacht. Der Käse war frisch gerieben.
»Ich glaub', ich leg' dich nach dem Essen gleich schlafen«, meinte Katja zu ihrer Tochter.
Irmchen hing mehr auf dem Stuhl, als dass sie saß und schaute aus müden Augen in die Runde.
»Thomas, magst' nachher wieder beim Melken dabei sein?«, fragte Florian.
Der Junge nickte begeistert. Und während seine Mutter die Schwester ins Bett brachte, trieben er und der Bauer die Kühe zum Melkstand.
»Was geschieht eigentlich mit der ganzen Milch?«, wollte Thomas wissen, als sie fertig waren und die beiden Milchbehälter in das Kühlhaus geschafft hatten.
»Daraus macht die Resl zum Beispiel Butter«, erklärte Florian. »Bestimmt darfst' ihr dabei mal zuschau'n. Außerdem macht sie auch Käse aus der Milch, Topfen, den du zum Frühstück gegessen hast. Und auch die Milch für euren Kakao stammt von unseren Kühen.«
Der Bub machte ein nachdenkliches Gesicht.
»Ich dachte immer, Butter und Käse kommen von der Molkerei«, sagte er schließlich.
»Das ist schon richtig«, lächelte der Bauer. »Die Molkerei hat

große Tanklastwagen, die die Milch bei den Bauern abholen. Aber dafür haben wir net genug Kühe, verstehst'?«
Thomas nickte.
»Warum hast du eigentlich keine Kinder?«, fragte er den Bauern plötzlich.
Florian Reidinger blieb überrascht stehen.
»Wie kommst' denn jetzt darauf?«
»Nur so. Wär' doch schön. Dann hätt' ich jemanden zum Fußballspielen.«
»Wenn's denn ein Bub wär'.«
»Freilich, aber manche Madeln können auch bolzen.«
»Stimmt.«
»Und warum hast du denn nun keine Kinder?«, blieb der Junge hartnäckig.
Florian seufzte.
»Na ja, es hat sich halt nie ergeben ... ich mein', ich hab' ja gar keine Frau und die braucht man ja nun, wenn man eine Familie gründen will.«
Sie schlenderten weiter über den Hof, zwischen Bauern- und Gästehaus.
»Und warum hast' denn keine Frau?«
Florian sah den Bub kopfschüttelnd an.
»Himmel, was für Fragen du stellst! Weil ich eben keine will. Darum.«
»Darum ist keine Antwort«, rief Thomas ärgerlich. »Das sagen nur Leute, die net die Wahrheit sagen wollen.«
Rief es und lief davon.
Der Bauer sah ihm einen Moment verblüfft nach.

»Was geht den Burschen eigentlich mein Liebesleben an?«, schimpfte er leise vor sich hin, während er weiterging.

Katja hatte von alldem nichts mitbekommen. Sie wunderte sich nur, dass ihr Sohn so viel früher als sonst ins Bett gehen wollte. Sie schob es auf die frische Luft hier in den Bergen, die müde machte.

Nachdem auch Thomas im Bett lag, setzte sie sich in ihr Zimmer und schaltete den Fernseher ein. Allerdings gefiel ihr keines der Programme und sie schaltete das Gerät bald wieder aus. Von zu Hause hatte sie sich ein Buch mitgebracht. Einen Liebesroman, der auf dem Land spielte. Sie hatte erst ein paar Seiten gelesen und die Lektüre in den Urlaub mitgenommen, in der Hoffnung, dass sie Zeit und Muße haben würde, weiterzulesen. Aber jetzt merkte sie rasch, dass sie sich gar nicht auf die Handlung konzentrieren konnte und legte das Buch wieder aus der Hand. Sie stand auf und schaute aus dem Fenster. Eben ging die Magd mit dem Eimer, in dem sich die Essensreste befanden, zum Hühnerhof, auf der anderen Seite verschwand Florian Reidinger in der Scheune, bald darauf erklang ein leises Hämmern.

Ein seltsames Gefühl durchströmte sie. Irgendwie war es hier ganz anders, als sie es sich vorgestellt hatte. Die beiden Menschen, die auf dem Hof lebten, waren ein eingespieltes Team, und Katja kam sich mit ihren Kindern wie ein Fremdkörper vor, der nicht hierher gehörte. Trotzdem schien es ihr zugleich so, als wären sie schon immer hier gewesen.

Plötzlich schlug ihr Herz schneller: Florian Reidinger war wieder aus der Scheune gekommen und ging über den Hof. Katja sah seine schlanke Gestalt und den muskulösen Oberkörper, der sich unter dem engen Hemd spannte, die Ärmel, die zu platzen drohten, spannte er auch nur einmal die Muskeln an. Und dann fiel es ihr wie Schuppen von den Augen: Sie war drauf und dran, sich in diesen Bauern zu verlieben …

Sie schrak zusammen, als es leise an der Tür klopfte. Resl stand davor und schaute sie an.
»Ich hoff', ich stör' net?«, fragte die Magd.
»Nein, nein«, schüttelte Katja den Kopf.
»Ich wollt' fragen, ob Sie net Lust haben, ein Glas Wein mit uns zu trinken, wenn die Kinder schlafen?«
»Gern«, lächelte die junge Frau. »Die schlafen schon fest.«
»Dann kommen S' doch gleich mit. Der Florian hat noch Tisch und Stühle vors Haus gestellt, von da hören S' bestimmt, wenn eines der Kinder nach Ihnen rufen sollte.«
Katja nahm eine Jacke vom Haken und zog die Tür hinter sich ins Schloss. Der Bauer winkte kurz, als sie und die Magd sich setzten.
»Getränke kommen sofort.«
Wenig später brachte er eine Flasche Grünen Veltliner und zwei Gläser.
»Trinkst du nix?«, fragte Resl.
»Doch. Aber ich will erst noch nach dem Zaun schau'n. Net, dass der Marder sich da wieder durchgebissen hat.«

In den vergangenen Wochen hatte er den Zaun zum Hühnerhof schon zweimal erneuern müssen.
»Außerdem trink' ich lieber Bier«, setzte er hinzu. »Das weißt du doch.«
Während der Bauer aus ihrem Blickfeld verschwand, schenkte Resl für Katja und sich ein.
»Prost«, sagte sie und hob ihr Glas.
Die junge Frau trank einen Schluck.
»Hmmm, der ist aber lecker!«, sagte sie.
»Ein Österreicher«, erklärte Resl. »Hin und wieder fährt der Florian mal rüber und bringt ein paar Flaschen mit. Liegt ja gleich nebenan. Das wär' doch auch mal was für Sie und die Kinder, so ein kleiner Ausflug.«
»Ach, ich weiß net«, erwiderte Katja. »Das kostet wieder Geld, das net eingeplant ist.«
»Ach ja«, nickte die Magd, »ich hab' net dran gedacht. Es ist sicher net einfach für Sie, so ganz ohne Mann und Ernährer, net wahr?«
»Auf jeden Fall muss ich rechnen und genau überlegen, was ich wofür ausgeben will oder muss. Durch meine Arbeit nagen wir zwar net am Hungertuch, aber reich werden wir dabei auch net. Sie wissen ja wie das ist – die Kinder haben nun mal ihre Wünsche, die erfüllt werden wollen. Der Thomas ist im Fußballverein, das kostet einen monatlichen Beitrag und Irmchen ist bis zu den Ferien in den Kindergarten gegangen. Da gab's zwar einen Zuschuss, aber jeden Monat hat's mich hundert Euro gekostet, die ich erst einmal verdienen musste.«
»Ja, ja, versteh' schon«, sagte die Magd nachdenklich. »Es ist

gewiss kein leichtes Leben, das Sie haben, Katja. Was arbeiten Sie eigentlich, wenn ich fragen darf?«

»Eigentlich bin ich Chemielaborantin. Aber nach Thomas' Geburt bin ich nicht wieder in meinen Beruf zurück. Tja, und dann kam Irmchen und als mein Mann starb, da war es zu spät, noch einmal Fuß zu fassen. Inzwischen hatten Jüngere die Plätze eingenommen. Ich bin froh, noch eine Arbeit in einem Kaufhaus gefunden zu haben. Verkäuferin hab' ich zwar nie gelernt, aber ich kann gut mit Menschen umgehen. Das hat wohl den Ausschlag gegeben, dass ich die Stelle bekam. Aber wie gesagt, reich wird man davon net.«

Florian kam zurück und ging ins Haus hinein. Mit einer Bierflasche und einem Glas kam er wieder heraus.

»Es ist noch richtig warm, was?«, meinte er. »Hoffentlich gibt's kein Gewitter. Die Luft ist irgendwie aufgeladen.«

»Mal bloß net den Teufel an die Wand«, sagte Resl und schlug ein Kreuz. »Regnen mag's von mir aus, aber ein Unwetter muss ich net haben.«

Florian erzählte von dem letzten Gewittersturm, der allerhand Schäden angerichtet hatte.

»Gott sei Dank lässt sich doch noch einiges an die Sägemühle verkaufen. Ich hab' schon den Burgsmüller angerufen. Wir treffen uns morgen Vormittag droben im Wald und machen den Preis aus.«

Er schaute Katja fragend an.

»Und was hast du morgen mit den Kindern vor?«

Er stutzte, als ihm aufging, dass er sie geduzt hatte.
»Ach … Entschuldigung …«
»Schon gut«, winkte sie ab. »Lassen wir's doch dabei. Wir sind ja eh etwa in einem Alter.«
»Sechsundzwanzig«, nickte Florian.
»In welchem Monat?«
»März.«
»Dann bist du genau zwei Monate älter.«
»Du hast also im Mai Geburtstag.«
»Ja, im Wonnemonat.«

Plötzlich erfasste sie ein tiefes Gefühl von Traurigkeit. Ohne es zu wollen, hatte sie die Sprache auf ihren Geburtstag gebracht, und genau dieser Tag war der wunde Punkt in ihrem Leben, denn da hatte sie Christian, ihren Mann, kennengelernt.
Als Bekannter einer Bekannten war er damals zu ihrer Geburtstagsparty mitgekommen und er hatte sich tausendmal dafür entschuldigt. Katja musste ihm den halben Abend lang versichern, dass es für sie völlig okay sei, dass er da war. Zum Abschied hatte er sie um ein Wiedersehen gebeten und sie zum Essen eingeladen – weil er ja ohne Geburtstagsgeschenk gekommen war.
Das war der Beginn ihrer großen Liebe gewesen.
Das alles schoss Katja in Sekunden durch den Kopf, während sie mit Florian sprach und ihn dabei mit ihrem verstorbenen Mann verglich.
Äußerlich ähnelten sich die beiden überhaupt nicht. Aber in

ihrem Wesen schienen sie sich zu gleichen. Florian redete wie Christian in einem ruhigen, gelassenen Tonfall, so als würde ihn nichts erschüttern können.
All das verwirrte Katja, ganz abgesehen davon, dass ihr der junge Bauer ausnehmend gut gefiel.
Wie lange war es her, dass sie im Arm eines Mannes gelegen hatte? Es kam ihr wie eine Ewigkeit vor.
Christians Tod hatte eine tiefe Wunde hinterlassen, die zu schließen keinem Mann leicht fallen würde. Zugleich sehnte sich Katja danach, in den Arm genommen und liebkost zu werden, die Hand eines Mannes auf ihrer Haut zu spüren, ihn zu fühlen, mit jeder Faser ihres Körpers.
»Mein Gott«, schoss es ihr durch den Kopf, »Was mach ich hier bloß!«.
Sie hatte das Gefühl, Florian könne jeden ihrer Gedanken lesen. Wenigstens schaute er sie so an.

6. KAPITEL

Thomas gewinnt einen Freund

Am nächsten Morgen erwachte die junge Frau aus einem unruhigen Schlaf. Immer wieder war sie aufgewacht und hatte dann Schwierigkeiten gehabt, wieder einzuschlafen.
Ob es am Wein gelegen hatte?
Resl hatte immer wieder nachgeschenkt, aber dann hatte Katja die Notbremse gezogen und um Wasser gebeten, mit dem sie den Veltliner verdünnte. Jetzt wusste sie gar nicht mehr, wie lange sie draußen zusammen gesessen hatten. Jedenfalls war es schon sehr spät und dunkel gewesen, als sie zum Gästehaus hinübergegangen war.

Nach einer kalten Dusche fühlte sie sich wieder besser. Lächelnd betrat sie anschließend das Nachbarzimmer und weckte ihre Kinder.
»Was machen wir denn heute?«, wollte Thomas wissen, als er sich anzog. »Fahren wir noch mal ins Schwimmbad?«
»Nein«, schüttelte seine Mutter den Kopf. »Das wär' doch langweilig.«
Abgesehen davon kostete es mehr, als sie ausgeben konnte.

Schon gestern hatte sie neben dem Eintritt auch noch Geld für Eiscreme und Süßigkeiten zücken müssen. Denn natürlich mochten Thomas und Irmchen nicht zurückstecken, wenn sie andere Kinder Eis schlecken sahen.

»Mal seh'n, was wir unternehmen«, sagte sie. »Das können wir beim Frühstück besprechen.«

Zu ihrer Freude – die sie sich nicht anmerken ließ – war Florian an diesem Morgen noch auf dem Hof.

Der Bauer setzte sich zu ihnen an den Tisch und trank eine Tasse Kaffee mit.

»Habt ihr Lust, mit dem Traktor in den Bergwald hinaufzufahren?«, fragte er die Kinder.

»Au ja!«, rief Thomas sofort. »Darf ich auch mal lenken?«

»Freilich darfst' das«, nickte der Bauer und zwinkerte ihm verschwörerisch zu. »Aber nur, wenn keine Polizei in der Nähe ist.«

Auch Irmchen hatte Lust zu dem Ausflug.

»Aber nur, wenn Mama mitkommt«, stellte sie zur Bedingung.

»Na freilich nehmen wir die Mama mit«, sagte Florian und schaute Katja lächelnd an.

Resl schmunzelte in sich hinein. Ganz offensichtlich schien der Bursche an Katja gefallen gefunden zu haben ...

Nach dem Frühstück ging es los. Florian nahm Thomas auf seinen Schoß und ließ ihn lenken, während er selbst Gas, Kupplung und Bremse bediente. Katja und Irmchen saßen auf dem Notsitz über dem linken Hinterrad. Die junge Frau hatte den Korb in der Hand, den sie gestern zum Baden mitgenommen hatte. Diesmal war alles für ein Picknick darin eingepackt. Stolz betrachtete sie ihren Sohn, der konzentriert auf die Straße schaute und den schweren Traktor gekonnt lenkte.

»Brauchst keine Angst haben«, hatte Florian Katja zuvor beruhigt, »hier oben ist kaum Verkehr.«

Doch nun kam ihnen plötzlich ein anderer Traktor von oben entgegen.

»Nur die Ruhe«, beschwichtigte der Bauer den Bub, der nervös wurde, »ich übernehm kurz selbst wieder das Lenkrad.«

Er hielt an der rechten Seite und hob grüßend die Hand. Auf dem anderen Gefährt saßen ein Mann und ein Junge, der in etwa Thomas' Alter hatte.

»Grüß dich, Granzinger«, nickte Florian dem Nachbarn zu. »Wie geht's dann immer?«

»Wie soll's schon geh'n?«, erwiderte Anton Granzinger mit einem schiefen Grinsen. »Und das sind deine Gäste?«

»Ja, die Frau Brunner mit ihren Kindern, Irmchen und Thomas. Dabei fällt mir ein, Fabian, hast' net Lust, mal hin und wieder mit dem Thomas zu spielen, solang' er hier auf Urlaub ist?«

Fabian war der jüngste Sohn des Bauern. Die beiden Buben hatten sich schon abschätzend gemustert und grinsten sich jetzt an.

»Für wen bist' denn?«, fragte der Bauernsohn, »Bayern oder 1860?«
Es war klar, dass es sich bei dieser Frage um Fußball drehte.
»Bayern«, erwiderte Thomas.
»Und welcher Lieblingsspieler?«
»Podolski«, kam die Antwort wie aus der Pistole geschossen.
»Prima, dann treffen wir uns heut' Nachmittag«, sagte Fabian. »Ich komm' zu euch auf den Hof.«
Florian lachte.
»Na, da haben sich ja zwei gefunden. Pfüat di, Toni, pfüat di, Fabian. Bis später dann.«
Der Nachbar warf den Motor seines Traktors wieder an.
»Pfüat euch, miteinand'«, rief er und fuhr weiter.

Zehn Minuten später hatten sie den Bergwald erreicht, der zum Reidingerhof gehörte. Florian hatte gestern noch eine ganze Menge Aufräumarbeiten geschafft. Jetzt lagen die Stämme ordentlich aufgestapelt, das Kleinholz hatte er am Vortag auf den Hof geschafft und hinter der Scheune abgeladen.
Florian führte seine Gäste ein kleines Stück in den Wald hinein. Auf einer Lichtung stand eine alte Jagdhütte, die kaum mehr benutzt wurde. Florian hatte als Besitzer des Waldes zwar auch die Pflicht, sich um den Wildbestand zu kümmern, aber er schlug sich deswegen nicht die Nächte im Wald um die Ohren. Die Hütte benutzte er nur noch, wenn er wie gestern hier oben zu tun hatte und einen Platz zum Verschnaufen brauchte.

»Mensch, toll!«, rief Thomas entzückt, als er die Hütte sah. »Hier kann man ja richtig Cowboy und Indianer spielen!«
»Magst du Cowboyspiele?«, erkundigte sich Florian.
Der Bub nickte.
»Als Papa noch bei uns war, hat er mir abends immer aus Winnetou vorgelesen«, sagte er voller Begeisterung.
Die Erwähnung ihres verstorbenen Mannes ließ Katja zusammenzucken. Sie beobachtete Florian. Der Bauer nickte Thomas zu.
»Winnetou hab' ich auch immer gern gelesen«, erzählte er. »Du, ich glaub', auf dem Dachboden sind sogar noch ein paar Karl-May-Bücher. Da schau'n wir nachher mal nach, wenn wir wieder auf dem Hof sind.«
Etwas entfernt hupte ein Auto.
»Ach, das wird der Burgsmüller sein«, sagte Florian. »Macht es euch schon mal bequem«. Dann ging er den Weg zurück.

Katja öffnete die unverschlossene Hüttentür und stellte den Korb auf den Tisch. Sie öffnete Fenster und Fensterläden und ließ Licht und frische Luft herein. Außer dem Tisch, zwei Stühlen und zwei dreibeinigen Schemeln gab es in der Hütte nur noch ein altes Feldbett, das rechts unter dem Fenster stand.
Irmchen und Thomas erkundeten draußen schon die Umgebung, als Katja wieder hinausging. Der Junge hatte einen Bachlauf entdeckt und war dabei, kleine Holzstücke auf große Fahrt zu schicken.

Florian kam nach einer Viertelstunde zurück.
»So, alles bestens«, sagte er. »Der Sägemühlenbesitzer schickt schon morgen seine Leute, die alles aufladen und abtransportieren werden.«
Er deutete auf Thomas, der sich Schuhe und Strümpfe ausgezogen hatte und bis zu den Knien im Wasser stand.
»Pass auf, dass dich net erkältest«, rief er.
»Ich finde auch, es ist genug«, sagte Katja, »komm jetzt mal wieder raus.«
Irmchen saß brav im Gras und »fütterte« ihre Puppe mit Kleeblättern.
»Wo geht's denn dahin?«, wollte der Bub wissen, als sie an dem kleinen Tisch vor der Hütte Platz genommen hatten. Er deutete auf einen Weg, der hinter der Hütte steil bergauf führte.
»Da darfst du net hinauflaufen«, mahnte Florian. »Net weit, und es wird ganz steil und gefährlich für Ungeübte. Der Pfad führt direkt zum Gipfel hinauf, aber selbst gestandene Bergwanderer steigen net da auf, sondern nehmen einen anderen Pfad, der net so rau und gefährlich ist. Du musst schon in der Nähe der Hütte bleiben.«
Der Bub versprach es.
Katja schenkte allen Saft nach. Als sie Florian seinen Becher reichte, berührten sich für einen winzigen Augenblick ihre Hände. Ihr war es, als ob ein elektrischer Strom durch sie hindurchschösse. Sie zuckte unwillkürlich zusammen und sah den Bauern an.
Florian hatte es auch gespürt. Er blickte Katja in die Augen und lächelte.

Am Nachmittag kam Fabian Granzinger zum Spielen auf den Reidingerhof. Die beiden Buben blieben nicht lange dort, sondern zogen los, die Gegend zu erkunden, wobei Fabian den Fremdenführer machen wollte.

»Geht aber net zu weit«, ermahnte Katja ihrem Sohn.

Sie setzte sich mit Irmchen in den Garten und las ihrer Tochter vor. Florian war nach dem Mittagessen zusammen mit Thomas auf den Dachboden gestiegen. Dort hatten sie so lange in den Kisten und Pappkartons gestöbert, bis sie tatsächlich die alten Bücher aus Florians Kindheit und Jugend gefunden hatten. Darunter war auch ein uraltes Märchenbuch gewesen.

»Das nehmen wir für Irmchen mit«, hatte der Bauer beschlossen.

Die Kleine genoss es, ihre Mama endich mal ganz für sich allein zu haben. Sie hatten sich auf eine Decke unter einen Baum ins Gras gesetzt. Und während das tapfere Schneiderlein Sieben auf einen Streich erschlug, gähnte Irmchen mehrmals und kuschelte sich dann auf der Decke ein, ehe sie zufrieden einschlief.

Kaja lehnte mit dem Rücken an dem Baum und betrachtete ihre schlafende Tochter. Während Thomas sehr nach seinem Vater kam, hatte Irmchen eindeutig die Gesichtszüge ihrer Mutter. Sie strich dem Kind leicht über das Haar und legte einen Finger auf die Lippen, als Resl herankam. Sie stand leise auf und setzte sich mit der Magd an den Tisch.

»Ich wollt' fragen, ob du schon Kaffee möchtest«, erkundigte sich Resl, »oder ob wir auf den Florian warten wollen?«
»Wir können gern warten«, antwortete Katja.
Resl sah sie lächelnd an und deutete mit dem Kopf auf das schlafende Kind.
»Ich glaub', dem Irmchen tut die Luft hier ganz gut, was? Sie hat schon richtig Farbe bekommen.«
Katja nickte.
»Ich muss nur aufpassen, dass sie net zu lang in der Sonne liegt. Sie hat genauso eine empfindliche Haut wie ich.«
»Thomas kommt wohl eher seinem Vater nach?«
»Ja. Aber vielleicht sogar noch mehr seinem Großvater, also meinem Schwiegervater.«
»Gibt es noch Verwandte deines Mannes?«
»Nur meinen Schwiegervater. Der lebt in einem Seniorenheim. Christan, mein Mann, hatte keine Geschwister und seine Mutter habe ich gar nicht mehr kennengelernt. Sie ist schon lange vor unserer Hochzeit gestorben.«
Katja schaute über den Gartenzaun auf die Wiesen und Felder, die sich hinter dem Hof erstreckten, in der Hoffnung, Thomas zu sehen.
»Hoffentlich machen die beiden keine Dummheiten«, meinte sie besorgt.
»Da brauchst' dir keine Gedanken machen«, winkte die Magd ab. »Viel können s' net anstellen und der Fabian ist ein braver Bub.«

Eine halbe Stunde später wachte Irmchen wieder auf und kurz darauf fuhr der Bauer auf den Hof. Und als hätten sie es gerochen, erschienen auch die beiden Jungen wieder, als der Kuchen gerade auf dem Tisch stand.
»Nächste Woche ist Kirmes«, erzählte Fabian mit vollem Mund.
»Au prima«, rief Thomas. »Mama, geh'n wir da hin?«
Katja hatte schon mit dieser Frage gerechnet.
»Nur wenn du brav bist.«
Ihr Sohn sah sie kopfschüttelnd an.
»Ich bin immer brav«, stellte er fest.
»Stimmt net«, stellte Irmchen sofort klar. »Zu mir bist' manchmal ziemlich bös'.«
Ihr Bruder sah sie geringschätzig an.
»Bist ja auch bloß ein Mädel«, meinte er und biss in seinen Kuchen.
»Hört jetzt auf!«, sagte Katja. »Sonst ist die Kirmes für euch gestrichen.«
»Sei net so hart«, mahnte Resl.
Die junge Mutter gab der Magd mit einem Augenzwinkern zu verstehen, dass sie es auch gar nicht so ernst gemeint hatte.

Gleich nach dem Kaffeetrinken waren die zwei Buben wieder aufgebrochen. Florian kehrte zu seiner Arbeit zurück, und Katja half Resl beim Abräumen des Tisches. Dann setzten sie sich auf die Bank vor dem Haus. Die Magd hatte am Morgen Erbsen gepflückt und nun zeigte Katja Irmchen, wie die Scho-

ten aufgedrückt und die kleinen, grünen Kugeln herausgepult wurden.
»Ist ja wie bei Schneewittchen«, freute sich die Kleine, die sich an das Märchen erinnerte, das Katja ihr vorgelesen hatte.
Katja brachte ihre glücklichen und erschöpften Kinder an diesem Abend schon früh nach dem Essen ins Bett. Dann setzte sie sich an den kleinen Tisch in ihrem Zimmer und schrieb ein paar Ansichtskarten. Natürlich musste ihr Schwiegervater eine bekommen, dann die Nachbarin, die sich daheim um die Blumen und den Briefkasten kümmerte und eine Kollegin im Kaufhaus, mit der sich Katja hin und wieder auch privat traf. Nach einem kurzen Blick in das Abendprogramm der verschiedenen Fernsehsender beschloss sie, lieber ins Bett zu gehen und noch ein paar Seiten zu lesen. Doch schon bald löschte sie das Licht und schlummerte ein.

7. KAPITEL

Bahnt sich da etwas an?

Je länger sie auf dem Reidingerhof waren, um so wohler fühlte Katja sich dort. Sie mochte gar nicht daran denken, dass diese schöne Zeit bald vorbei sein würde.
Aber vielleicht lag es auch daran, dass sie immer sehr nervös wurde, wenn Florian in der Nähe war …
Es war eine heimliche Liebe, die da bei ihr entstanden war, denn natürlich wusste niemand etwas davon. Manchmal glaubte sie allerdings, man müsse es ihr doch ansehen und es stünde ihr geradezu auf die Stirn geschrieben. Oft ertappte sie sich dabei, wie sie Florian träumerisch musterte und erschrak, weil sie fürchtete, Resl müsse es bemerkt haben.
Aber weder die Magd noch der junge Bauer ließen sich etwas anmerken und Katja war ganz froh darüber. Ihr war klar, dass ihre Liebe unerfüllt bleiben müsse. Zum einem hatte sie bei Florian nichts wahrgenommen, was auch nur auf ein vages Interesse an ihrer Person schließen ließ, zum anderen war ihr klar, dass sie als Mutter zweier unmündiger Kinder nicht das war, was sich der Bauer als mögliche Gefährtin vorstellte. Ganz sicher würde Florian Reidinger eine eigene Familie gründen und nicht zwei Halbwaisen mit großziehen wollen.

Also würde alles nur ein schöner Urlaubstraum bleiben, an den sie noch lange würde zurückdenken können.

»Morgen ist's soweit«, verkündete Resl Burgstetter beim Frühstück, bei dem Florian fehlte, der sich mit dem Sägemüller verabredet hatte, »dann beginnt die Kirmes.«
Für Thomas war das keine Sensation mehr, denn von seinem Freund Fabian hatte er längst erfahren, wann es auf dem Festplatz losgehen würde.
»Am Samstagabend ist übrigens Tanz im Dorfkrug«, plauderte die Magd weiter und schaute Katja an. »Hast' net Lust hinzugeh'n?«
Die junge Frau blickte erstaunt auf.
»Ich? Ach du meine Güte, wie lang' ist das her! Ich kann mich gar net mehr erinnern, wann ich das letzte Mal getanzt hab'.«
In der Erinnerung daran lächelte sie. Dann schüttelte sie den Kopf.
»Nein, da kann ich net hin«, sagte sie. »Erstens kenn' ich niemanden dort und zweitens hab' ich ja auch noch die Kinder.«
»Auf die pass ich schon auf«, versicherte Resl sofort. »Das ist überhaupt kein Problem.«
»Aber ich kann doch net allein …«, stotterte Katja.
»Musst ja auch net. Frag' doch den Florian, ob er mit dir hingeht.«
Katja spürte, wie ihr das Blut ins Gesicht schoss. Verlegen schaute sie nach unten und tat so, als sei ihr etwas heruntergefallen.

»Nein«, sagte sie leise, »das geht doch net. Was soll er denn von mir denken?«
»Was soll er schon groß denken?« fragte Resl. »Dass du Lust zum Tanzen hast eben.«
»Ach, ich weiß net …«

Als die Kinder dann raus auf den Hof gelaufen waren, blieben die beiden Frauen noch bei einer Tasse Kaffee sitzen.
»Du würdest doch schon wollen, oder?«, hakte die Magd nach.
Katja biss sich auf die Lippe.
»Hör mal, ich hab' schon lang' gemerkt, dass dir der Florian net gleichgültig ist«, fuhr Resl unbekümmert fort. »Und ich denk', dass ihr beiden gut zusammenpasst. Also, warum traust dich net, ihn zu fragen?«
Die junge Frau schluckte und suchte nach Worten.
»Ich … ich«, stotterte sie und kam nicht weiter.
»Ich will dir was sagen, Katja, ganz im Vertrauen«, sagte Resl leise. »Der Florian hat eine große Enttäuschung hinter sich …«
Katja sah sie überrascht an.
»Was? Ich kann mir gar net vorstellen …«
Und die Magd erzählte, was Florian damals mit Maria Krenzler widerfahren war.
»Es ist ein Wunder, dass der Bub jetzt wieder so zugänglich ist«, meinte sie dann. »Bisher ist er nämlich jeder Frau aus dem Weg gegangen und das Thema Hochzeit durfte man in seiner Gegenwart net anschneiden. Glaub mir, Katja, ich

spür', dass du ihn net kalt lässt. Er verbirgt seine Gefühle nur vor allen andern und macht es mit sich selbst ab.«
Katja lächelte.
»Ich mag ihn schon sehr«, gestand sie. »Aber es ist doch aussichtslos. Schau, Resl, zuhaus', da ist alles anders. Da ist das Leben geregelt, ich hab' meine Arbeit, die Kinder die Schule. In den Ferien, da gestattet man sich mal so einen Traum, aber man muss auch wissen, dass es nur ein Traum bleiben wird.«
Die Magd war nicht zu überzeugen.
»Wenn zwei Menschen sich lieben, dann ist nix verkehrt daran, wenn sie's sich auch sagen.«
»Aber ich weiß doch gar net, ob der Florian was für mich empfindet«, erwiderte Katja hitzig. »Vielleicht irrst du dich ja mit deiner Vermutung. Und mal ganz abgesehen davon, bin ich als Witwe mit zwei Kindern wohl net grad die Partie, die sich ein Mann vorstellt.«
»Unsinn!«, schüttelte die ältere Frau resolut den Kopf. »Wenn man sich liebt, dann spielt das überhaupt keine Rolle.«

Resl sah ein, dass sie so nicht weiter kam. Dabei stand für sie fest, dass es ihr irgendwie gelingen musste, die beiden zusammenzubringen. Sie konnte sich nicht vorstellen, dass ein Paar besser zusammenpasste als Katja und Florian. Sie musste den Bauern nur dazu bringen, die junge Frau auf den Tanzabend auszuführen.
Als sie Florian am Nachmittag in einer ruhigen Minute darauf ansprach, runzelte er nur die Stirn.

»Wie kommst du darauf, dass ich zum Tanzen geh'?«, fragte er misstrauisch.
Resl legte ihm die Hand auf die Schulter.
»Weil es endlich an der Zeit ist, dass du vergisst, was geschehen ist«, antwortete sie. »Es ist so lang her und einmal muss es ein Ende haben.«
Florian antwortete nicht sofort, aber seine Gesichtsmuskeln bewegten sich, als er die Zähne aufeinander presste.
»Wer sagt denn überhaupt, dass Katja hingehen will?«, rang er sich schließlich ab.
»Sie hat's mir gesagt und wenn du ehrlich bist, dann musst du zugeben, dass der Gedanke schon verlockend ist.«
Er blickte sie verdutzt an.
»Wieso …?«
»Wieso, wieso?«, äffte sie ihn nach. »Weil du bis über beide Ohren in das Mädel verliebt bist. Darum!«
»Wie kommst du denn darauf?«, schüttelte Florian empört den Kopf. »Das sind doch Hirngespinste!«
»Ach, erzähl mir doch nix«, entgegnete die alte Magd. »Ich hab' doch Augen im Kopf. Meinst', ich hätt' net gemerkt, wie du die Katja immer anschaust, wenn du denkst, dass es keiner sieht?«
»Du hast …?«
»Ja ich hab'«, nickte Resl. »Und jetzt geh und mach endlich den ersten Schritt. Du musst ihr ja net gleich um den Hals fallen. Aber das kommt dann schon noch. Lad sie erst einmal für Samstagabend ein.«
Florian war jetzt doch irritiert.

»Du meinst wirklich, ich soll?«

»Freilich sollst du. Und lass dich net damit abspeisen, dass da ja die Kinder sind. Ich hab' der Katja schon gesagt, dass ich auf die beiden aufpassen würd'.«

Sie blickte den Bauern einen Moment prüfend an.

»Die Kinder – du magst sie doch, oder?«

Erstaunt nickte Florian.

»Freilich mag ich sie.«

»Na, dann ist ja alles gut.«

8. KAPITEL

Überraschung auf der Dorfkirmes

Katja konnte es noch gar nicht fassen, dass sie sich nun tatsächlich im Saal des Dorfkrugs befand, inmitten des Gedränges der vielen lärmenden Gäste. Und neben ihr saß Florian Reidinger, der in seinem guten Anzug eine besonders stattliche Figur machte.

Als er sie gefragt hatte, ob sie Lust habe, mit ihm den Tanzabend zu besuchen, hatte Katja im erste Moment gedacht, sie habe sich verhört. Aber gleichzeitig hatte sie gewusst, dass der junge Bauer ihr mit seiner Frage die kühnsten Hoffnungen erfüllt hatte. Trotzdem war da irgendetwas in ihr gewesen, das ihr riet abzulehnen.

»Nein«, hatte sie mit einem Kopfschütteln geantwortet.

Florians enttäuschtes Gesicht redete eine deutliche Sprache.

»Es ist nur wegen der Kinder«, hatte sie rasch erklärt. »Ich kann sie ja net allein lassen.«

Florian hatte spitzbübisch gelächelt.

»Die Resl passt auf. Also keine Ausrede mehr!«

Da hatte sie sich geschlagen gegeben.

Am Freitagmittag war sie dann mit ihren Kindern und Fabian Granzinger nach Kirchdorf gefahren. Groß war die Kirmes nicht – nur ein paar Buden, zwei Karussells und ein Verkaufswagen mit den üblichen Süßigkeiten. Aber immer mehr Leute waren herbeigeströmt und bald hatte eine ausgelassene Stimmung geherrscht.

Die Kinder hatten nicht genug bekommen können und so waren sie erst recht spät am Nachmittag wieder auf den Reidingerhof zurückgekommen.

Katja hatte ihren Kindern dann anvertraut, dass sie am Abend mit Florian auf den Tanzabend gehen würde. Irmchen hatte diese Nachricht gelassen aufgenommen und sich sogar gefreut, als Katja sagte, dass Resl auf sie aufpassen würde.

Thomas dagegen hatte sie seltsam angeschaut.

»Was ist denn?«, hatte Katja ihn gefragt.

»Wieso gehst' denn mit ihm?«, hatte der Bub wissen wollen.

»Warum sollte ich denn net?«

»Weil … weil Florian net unser Papa ist!«, hatte Thomas verzweifelt hervorgestoßen.

Katja hatte ihren Sohn sanft in die Arme geschlossen.

»Nein, natürlich ist Florian net euer Papa«, hatte sie ihm erklärt. »Aber ich kann doch trotzdem mit ihm ausgehen, nicht? Ich hab' doch sonst keine Gelegenheit zum Tanzen.«

Thomas war nicht anzumerken gewesen, ob er damit zufrieden war. Er hatte sich aus ihren Armen gelöst und sich wieder nach draußen verabschiedet. Erst als Florian und sie sich angeschickt hatten, ins Dorf aufzubrechen, war er wieder aufgetaucht.

»Also, seid schön artig und horcht auf das, was die Resl sagt«, hatte Katja ihre Kinder ermahnt.
Die Magd hatte ihre Arme um die beiden gelegt.
»Ach, mit uns wird das schon klappen«, versprach sie. »Habt ihr beide einen schönen Abend und amüsiert euch.«

Katja hatte zunächst nicht gewusst, was sie anziehen sollte, denn auf einen Tanzabend war sie nicht vorbereitet gewesen. Aber schließlich hatte sie sich für eine helle Stoffhose mit einem dunklen Blazer und ein cremefarbenes Top entschieden. Fast hatte sie befürchtet, eine Spur zu elegant zu wirken. Doch diesen Zweifel hatte sie fortgewischt, als sie Florians bewundernden Blick bemerkt hatte.
»Toll schaut ihr aus«, hatte Resl strahlend kommentiert.

Zuerst waren sie wie alle ziellos über die Kirmes spaziert. Katja war nicht entgangen, dass viele Leute sie und Florian neugierig und erstaunt musterten.
Dann war ihr eingefallen, dass der Bauer, wie die Magd ihr erzählt hatte, seit der Geschichte mit Maria nicht wieder auf der Dorfkirmes gewesen war. Es musste also eine wahre Sensation für die Nachbarn sein, wenn sie ihn heute mal wieder hier sahen.
Und dann noch mit einer Frau an seiner Seite!
An der Schießbude hatte ein Riesenandrang geherrscht. Florian hatte sich angestellt und, als er an der Reihe war, mit drei

Schuss genau die Rose heruntergeschossen, die er sich ausgesucht hatte. Er hatte sie Katja lächelnd überreicht.
»Auf einen schönen Abend.«
Sie hatte sich bedankt und bei ihm untergehakt.
Sie hatte sehr bedauert, dass die Karussells den Kindern vorbehalten waren, denn sie hätte große Lust gehabt mitzufahren. Und in ihrer abenteuerlustigen Stimmung hatte sie sich unbändig auf den ersten Tanz mit Florian gefreut.

»Darf ich bitten?«
Florian verbeugte sich formvollendet und bat um den nächsten Tanz. Katja willigte strahlend ein und stand auf.
Herrlich!
Zum ersten Mal seit einer wahren Ewigkeit schwebte sie wieder in den Armen eines Mannes über das Parkett und wünschte sich, dass dieser Tanz nie enden würde.
Der junge Bauer schaute in das glückliche Gesicht der Frau in seinen Armen. Schon als Resl ihn so bedrängt hatte, mit Katja auf den Tanzabend zu gehen, hatte er längst gewusst, dass diese hübsche junge Mutter zweier prachtvoller Kinder ihm nicht gleichgültig war. Wenn er sie anblickte, klopfte sein Herz schneller und er wusste vor lauter Verlegenheit gar nicht, wohin mit sich.
Gleichzeitig kam die Erinnerung an Ria zurück und der ganze Schmerz war wieder da. Hundertmal, tausendmal hatte er sich geschworen, sich nie wieder zu verlieben. Aber nun war es doch noch einmal geschehen. Und insgeheim fürchtete Flo-

rian nichts so sehr wie den Tag, an dem die kleine Familie wieder abreisen würde.
Und auch wenn es mit schmerzlichen Erinnerungen verbunden war, war der junge Bauer gern hier und das Lächeln seiner Tanzpartnerin verzauberte ihn.

Nach etlichen Tänzen machte die Musik eine Pause und nicht wenige Gäste zog es nach draußen an die frische Luft. Nebenan, auf dem Kirmesplatz, herrschte immer noch Betrieb und ein paar Leute gingen hinüber, um sich die Beine zu vertreten oder für die Angebetete eine Blume zu schießen. Andere hatten sich vorn ins Lokal gesetzt, um eine Kleinigkeit zu essen.
Auch Katja und Florian machten ein paar Schritte über den kleinen Vorplatz des Wirtshauses.
»Und gefällt's dir?«, erkundigte sich der Bauer.
Die junge Frau nickte heftig.
»Sehr!«
»Dann hast' es also net bereut, mitgegangen zu sein?«
»Keinen Moment lang«, antwortete sie. »Ich hab' kaum mal dran gedacht, was die Kinder wohl machen.«
»Bei Resl sind's in den besten Händen«, versicherte Florian.
»Ja, das glaub' ich«, stimmte sie zu.
»Du hängst sehr an ihnen, was?«
»Sie sind alles, was ich habe«, entgegnete Katja. »Alles, was mir aus einer glückliche Zeit geblieben ist.«
Es war schon dunkel geworden, aber am Himmel stand der

volle Mond und leuchtete freundlich herunter. Katja und Florian schauten sich an.
»Bist' denn sicher, dass du nie wieder glücklich werden kannst?«, fragte er sie schließlich mit belegter Stimme.
Katja spürte, wie ihr Puls zu hämmern begann und ein heißer Blutstrom zu ihrem Herzen schoss. Ihre Zungenspitze leckte über die Lippen, und ihre Nasenflügel bebten.
»Doch«, erwiderte sie, »das würd' ich schon können …«
Florian nahm ihre Hand.
»Vielleicht auch mit mir?«
Kaja schluckte den dicken Kloß hinunter, der in ihrem Hals steckte. »Ja, Florian«, sagte sie leise, »auch mit dir.«
Sanft zog er sie zu sich heran und schloss sie in seine Arme.
»Ich hätt's net geglaubt, dass ich mich noch mal verlieben könnt'«, gestand er leise. »Aber jetzt ist's doch gescheh'n und es ist schön.«
Ihre Lippen trafen sich und für beide war es seit langer, langer Zeit der erste Kuss.

9. KAPITEL

Ernste Komplikationen?

Trunken vor Glückseligkeit kamen sie weit nach Mitternacht auf den Hof zurück. Aber es war ihnen nicht danach, schon schlafen zu gehen. Florian holte eine Flasche Wein und Gläser aus der Küche und dann setzten sie sich hinten im Garten an den Tisch, tranken und hielten sich an den Händen.

Dabei bemerkte Katja, wie sich in das Hochgefühl ihres neuen Glückes langsam dunkle Gedanken drängten.

Was sollte denn aus dieser Liebe werden? fragte sie sich. Konnte das Ganze denn für sie beide wirklich ein glückliches Ende nehmen?

Beängstigend wurde Katja klar, dass sich ihre Ferien schon dem Ende näherten. Morgen in einer Woche würde ihr letzter Ferientag hier auf dem Reidingerhof sein.

Und was dann?

Sie wagte nicht, diese Frage zu stellen, auch wenn sie ihr auf der Zunge brannte. Zu schön war das Gefühl, verliebt zu sein.

Es dämmerte schon, als Florian sie zum Gästehaus brachte. Katja ahnte, dass er gern mit hereingekommen wäre und eigentlich sprach auch nichts dagegen. Sie waren beide erwachsene Menschen, frei und ungebunden und niemand konnte ihnen vorschreiben, was sie zu tun und zu lassen hatten. Und doch war da eine unsichtbare Hürde, die Katja noch nicht überspringen konnte, obwohl sich alles in ihr danach sehnte, die Nacht mit Florian zu verbringen und in seinen Armen aufzuwachen.

Sie umarmte ihn heftig und küsste ihn leidenschaftlich.

»Ich … ich möcht' net, dass die Kinder was merken«, vertraute sie ihm an. »Jedenfalls noch net.«

»Natürlich«, nickte er. »Ich versteh' dich doch.«

Selig schaute er sie an.

»Aber eines Tags werden sie es erfahren müssen.«

»Ja, aber ich will es ihnen selbst sagen. Sie sollen net …«

Florian wusste, was sie meinte und unterbrach sie mit einem Kuss.

»Schlaf schön«, sagte er. »Und morgen lassen wir uns nix anmerken.«

Sie schlüpfte durch die Tür des Gästehauses und ging leise durch den Flur zu ihrem Zimmer. Doch bevor sie sich schlafen legte, schaute sie noch einmal nach den Kindern. Irmchen und Thomas lagen friedlich schlafend in ihren Betten, Resl hatte es sich auf dem Sofa unter einer Wolldecke bequem gemacht und schlief auch.

Katja entschied, sie nicht zu stören und schlafen zu lassen.

Als sie selbst endlich im Bett lag, war es für die meisten Bauern Zeit aufzustehen, wenigstens für diejenigen, die Viehwirtschaft betrieben. Den Kühen, Schafen und Schweinen war es nämlich egal, ob es Sonn- oder Alltag war, sie wollte ihr Fressen zur gewohnten Stunde haben.

Katja konnte nicht direkt einschlafen. Zu viele Gedanken gingen ihr durch den Kopf, vor allem quälte sie die Frage, ob es richtig gewesen war, ihren Gefühlen nachzugeben.

Wieder und wieder sah sie das Gesicht ihres Sohnes vor sich und seinen seltsamen Blick, als sie ihm erzählt hatte, dass sie und Florian zusammen den Tanzabend besuchen würden.

Gönnte Thomas ihr dieses kleine Vergnügen nicht? Oder ahnte er etwa, was sich da anbahnte?

Unsinn, dachte sie, Thomas war noch viel zu klein, um sich solche Gedanken zu machen.

Trotzdem spukte ihr noch immer seine misstrauische Frage im Kopf herum: »Warum gehst' mit ihm?«

Schlaflos wälzte Katja sich von einer Seite auf die andere. Konnte es sein, dass Thomas nicht ertrug, wenn sie sich in einen Mann verliebte, aus purer Angst, sie könne darüber seinen Vater vergessen?

Aber er musste doch wissen, dass Christian seinen Platz in ihrem Herzen nie verlieren würde!

Seufzend stand Katja auf und ging ins Bad, um einen Schluck Wasser zu trinken. Dann kroch sie wieder ins Bett und zog sich die Decke über den Kopf.

Es schien ihr, als wären gerade erst fünf Minuten vergangen, als sich ihre Kinder mit einem wahren Indianergeheul auf sie stürzten.

»Schlafmütze, aufsteh'n!«, brüllte Irmchen ihr so laut ins Ohr, dass Katja sicher war, ihr Trommelfell würde platzen.

»Ach, Kinder, bitte, lasst mich noch ein bissel schlafen«, bettelte sie.

Aber die beiden waren unerbittlich.

»Wir haben Hunger«, erklärte Thomas nachdrücklich, »und Resl wartet schon mit dem Frühstück.«

»Also gut, ihr Racker«, stöhnte Katja. »Ihr lasst ja doch keine Ruhe. Geht schon mal rüber, ich komme nach.«

Sie warf die Decke von sich und stapfte ins Bad. Sie duschte kalt, um richtig wach zu werden, doch das half nicht viel. Aber immerhin fand sie sich einigermaßen vorzeigbar, als sie zum Bauernhaus hinüberging.

In der Diele saßen ihre Kinder und die Magd.

»Florian schläft wohl noch?«, fragte sie.

»Von wegen«, hörte sie seine Stimme aus der Küche.

Kurz darauf kam er mit einem Milchkrug zurück.

»Na, gut geschlafen?«, erkundigte er sich schmunzelnd.

»Überhaupt net«, schüttelte sie den Kopf. »Die Nacht war viel zu kurz.«

Sie lächelten sich innig an, trotzdem entging Katja nicht der misstrauische Blick ihres Sohnes, mit dem er sie und Florian bedachte ...

»Wenn's recht ist, dann kümmere ich mich nachher um Irmchen«, bot Resl an. »Thomas ist ohnehin mit dem Fabian ver-

abredet und du kannst dich dann noch ein bissel hinlegen.«
»Ach, das ist wirklich lieb von dir«, freute sich Katja. »Ich glaub', so ein Angebot kann ich net ablehnen.«

Am Abend spazierten Katja und Florian ein Stück die Straße hinauf und bogen dann auf eine Wiese ab, wo sie sich hinsetzten und ins Tal hinabschauten.
Florian hatte seinen Arm um Katja gelegt und strich ihr zärtlich übers Haar. Sie sah ihn forschend an.
»Woran denkst du?«, fragte sie.
Florian lächelte.
»Ich überleg' gerad', wie's wohl mit uns weitergeh'n wird.«
Sie fühlte sich ertappt, denn genau diesen Gedanken hatte sie auch gerade gehabt, während sie ihren Blick über das Land schweifen ließ und sich fragte, ob sie hier wohl würde heimisch werden können.
»Was stellst du dir denn vor?«, fragte sie nach.
Er drückte ihre Hand.
»Mit dir kann ich mir alles vorstellen«, antwortete er leise und schaute ihr in die Augen. Dann fasste er sich ein Herz: »Ich weiß, Katja, dass es eigentlich noch zu früh ist, um dir diese Frage zu stellen, aber ... willst du meine Frau werden?«
Sie holte überrascht Luft.
»Ich ...«
»Natürlich musst du net gleich antworten«, sagte Florian. »Lass dir Zeit. Aber ich möcht' dir sagen, dass ich alles tun werd', um dich und die Kinder glücklich zu machen.«

»Du magst sie, net wahr?«, stellte sie aufatmend fest.
»Sehr«, nickte er ernst.
»Und es stört dich net, dass es net deine eigenen sind?«
»Nein«, schüttelte Florian den Kopf. »Irmchen und Thomas können ja net dafür. Ich hab' sie lieb. Und wir können noch mehr Kinder bekommen.«
Er drehte sie mit sanfter Gewalt so zu sich, dass sie halb auf ihm zu liegen kam und küsste sie leidenschaftlich.
»Ich kann's kaum erwarten, bis wir Mann und Frau sind«, stieß er dann mit trockener Kehle hervor.
»Noch hab' ich net ja gesagt«, neckte sie ihn.
»Aber du wirst es tun?«, fragte er ängstlich.
Wieder lächelte sie ihr unwiderstehliches Lächeln.
»Ja, Florian«, beruhigte sie ihn, »ich will deine Frau werden. Von ganzem Herzen.«
Erneut küssten sie sich innig, als im Tal die Kirchenglocken schlugen.
Katja schreckte auf.
»Lieber Himmel, schon acht Uhr?«, rief sie. »Komm, lass uns zurückgeh'n. Die Kinder warten sicher schon. Vor allem Thomas.«
»Wann wirst du es ihnen sagen?«, fragte Florian.
Katja zuckte unschlüssig die Schultern.
»Wenn der rechte Zeitpunkt gekommen ist«, antwortete sie. »Ich hoff' bald.«

Als sie zum Hof zurückkamen, saßen die Kinder und Resl vor dem Haus.
»Ihr wart aber lang spazieren«, beschwerte sich Irmchen.
Thomas sah seine Mutter nur schweigend an. Aber der Vorwurf in seinem Blick war unübersehbar.
»Jetzt bin ich ja da«, sagte Katja und strich ihrer Tochter über den Kopf. »Los, ihr zwei. Sagt gute Nacht und dann Abmarsch.«
Im Badezimmer machte sie mit ihnen wie jeden Abend ihre Späßchen. Irmchen quietschte vor Vergnügen, als Katja ihr den Duschkopf auf den Bauch hielt. Thomas jedoch zog ein langes Gesicht, das seinen Unwillen ausdrückte.
»Na, mein Großer«, sagte Katja und nahm ihn in den Arm. »Was ist los mit dir?«
»Nix«, entgegnete er barsch und machte sich unwillig von ihr los.
Sie ließ ihn gewähren und ging hinaus. Sie ahnte, dass da noch einiges auf sie zukommen würde. Es würde sicher nicht leicht, den Kindern zu erklären, dass sich in ihrem Leben vieles ändern würde. Ganz klar auch, dass Irmchen dabei im Vorteil war. Sie kam erst noch in die Schule, während Thomas seine Klassenkameraden verlieren würde, wenn sie hierher zögen. Und nicht nur das – auch den Fußballverein würde er dann aufgeben müssen.
Ahnte der Junge das vielleicht schon?

In den nächsten Tagen verstärkte sich Katjas Eindruck, dass Thomas sie und Florian zunehmend argwöhnisch beobachtete. Als sie Florian darauf ansprach, schüttelte der den Kopf und meinte, sie bildete sich das nur ein.
Aber so leicht ließ sich die Sache nicht abtun.
Es waren nur noch ein paar Tage bis zum Urlaubsende und bis dahin musste sie eine Entscheidung treffen.
»Dann red' doch endlich mit ihm«, drägte Florian sie eines Abends, als sie nach dem Essen noch zusammensaßen.
Katja schaute zur Küchentür. Die Kinder und Resl suchten nebenan in der Kühltruhe gerade nach Eis am Stiel. Die Magd hatten die Frischverliebten inzwischen in ihr Geheimnis eingeweiht und Resl freute sich wie narrisch darüber, dass ihr »Bub« endlich die Frau fürs Leben gefunden hatte.
Florian beugte sich über den Tisch und gab Katja einen Kuss.
»Red' mit ihm«, wiederholte er.
»Das sagt sich so leicht«, seufzte sie.
»Ich weiß«, nickte Florian. »Aber irgendwann müssen es die Kinder doch erfahren.«
»Ich würd' halt gern noch ein bissel damit warten«, sagte Katja. »Vielleicht ist's sogar am besten, wenn ich's ihnen erst sage, wenn wir wieder zu Hause sind.«
»Aber dann wird die Zeit verdammt knapp«, wandte Florian ein. »Die Kinder müssen hier zur Schule angemeldet werden, du musst deine Arbeit kündigen und der Umzug hierher muss organisiert werden.«
Katja nickte und plötzlich wurde ihr angst und bange, als ihr aufging, was da alles auf sie zukam.

Die Kinder stürmten mit ihrem Eis in die Küche.
»Was meint ihr?« fragte Florian sie. »Sollen wir morgen vielleicht mal eine Bergwanderung machen? Freilich net so eine große Tour. Nur so grad recht für Kinderfüße.«
»Darf der Fabian auch mitkommen?«, fragte Thomas sofort.
Die beiden Jungen hatten sich richtig angefreundet und Thomas war inzwischen auch schon ein paar Mal auf dem Granzingerhof gewesen.
»Aber klar«, nickte Florian. »Am besten rufst' ihn gleich mal an und fragst, ob er Lust hat. Wir holen ihn dann vom Hof ab.«
Das ließ der Bub sich nicht zweimal sagen.
»Musst du denn net aufs Feld?«, fragte Katja.
Der Bauer schüttelte den Kopf.
»Ich hab' extra heut' mehr geschafft, damit ich morgen Zeit für euch hab'«, antwortete er.
»Toll!«, freute sie sich.
Spät am Abend, als die Kinder längst im Bett waren, beschlossen Katja und Florian, sich noch draußen die Füße zu vertreten ... Resl war ja da, um auf die Kinder aufzupassen.

10. KAPITEL

Thomas kann nicht schlafen

Am nächsten Morgen scheuchte Katja Irmchen und Thomas früh aus den Betten. Der Bub gähnte und rieb sich die müden Augen.

»Was ist denn los?«, fragte er. »Es ist doch noch gar keine Schule.«

»Nein, aber wir machen doch die Bergtour«, erinnerte ihn seine Mutter. »Schon vergessen?«

Sofort war der Junge hellwach und sprang aus dem Bett.

»Wie spät ist es denn?«

»Kurz nach sechs.«

Nachdem sie gewaschen und angezogen waren, gingen sie zum Bauernhaus hinüber. Die Magd hatte das Frühstück schon fertig und Florian packte gerade den Proviant in einen großen Rucksack.

»Guten Morgen zusammen«, sagte er. »Ausgeschlafen?«

Katja deutete auf Irmchen, die noch nicht ganz wach war. Florian nahm die Kleine auf den Arm.

»Macht nix. Wenn wir erstmal an der frischen Luft sind, dann wirst' schon von ganz alleine wach«, meinte er. »Und wenn net, dann kommst' bei mir auf die Schulter.«

Sie frühstückten schnell und machten sich dann auf den Weg, um Fabian abzuholen. Alle trugen wetterfeste Kleidung und hatten das richtige Schuhwerk an
»Wir wollen zum Kreuzerhorn hinauf«, informierte Florian die Buben, denn kaum war Fabian bei ihnen, verdrückten sich die zwei auch schon. »Verfehlt also den Weg net.«
Der Nachbarsjunge nickte nur. Er kannte sich in der Gegend gut aus und würde sich bestimmt nicht verlaufen.
Mit Irmchen an der Hand kamen sie natürlich nicht so schnell voran. Aber das spielte auch keine große Rolle. Florian hatte nicht vor, bis zum Gipfel aufzusteigen. Zum einen hätten sie dann schon viel eher losgehen müssen, zum anderen wäre die Tour für die Kinder auch zu schwierig.
Auch so hatten sie nach zwei Stunden eine beträchtliche Höhe erreicht. Die beiden Buben waren als erste angekommen. Der Weg war über Bergwiesen und Geröllhalden gegangen und sie hatten herrliche Pflanzen und scheue Tiere gesehen. Einmal kreiste sogar ein Steinadler über ihnen, der für das Berchtesgadener Land so typisch, aber leider vom Aussterben bedroht war.
Florian stellte den Rucksack ab. »So, Jungs«, sagte er, »die Jacken könnt ihr ausziehen und euch draufsetzen.«
Er wandte sich an Katja.
»Ich glaub', sie müssten noch mal eingecremt werden.«
Die Sonne stand nämlich inzwischen hoch am Himmel. Die Wanderer trugen zwar Mützen und Hüte, aber es war auch wichtig, alle freien Körperstellen mit Sonnenschutzmittel einzucremen.

Katja nickte und holte die Tube aus ihrem Rucksack. Der war kleiner als der von Florian, aber er enthielt so wichtige Dinge wie eine Notfallapotheke und eben die Sonnencreme.
Dann setzten sie sich nieder und ließen sich schmecken, was Resl ihnen eingepackt hatte: belegte Brote mit Wurst und Käse und dazu in einem Plastikbehälter Scheiben von dem Zitronenkuchen, den die Magd am Vortag gebacken hatte. Außerdem gab es Kaffee für die Erwachsenen und Früchtetee für die Kinder.
So saßen sie in gemütlicher Runde und schauten ins Tal hinab, wo die Menschen und Autos so klein wie Ameisen waren.

Katja fühlte ein eigenartiges Kribbeln im Magen.
Das sollte also die neue Heimat für sie drei werden. Und es würde ein ganz neuer Lebensabschnitt beginnen. Die Frage, ob sie hier wohl zurechtkommen würde, stellte sich für sie gar nicht mehr, denn an der Seite des geliebten Mannes würde sie überall leben können. Aber als zukünftige Bäuerin auf dem Reidingerhof würde sie noch eine Menge zu lernen haben und darauf freute sich Katja. Und es gab ja Resl, die ihr alles Nötige beibringen würde.
Ja, Katja war sich sicher, dass sie sich hier rasch einleben und wohlfühlen würde – aber galt das auch für die Kinder?
Über ihre Tochter sorgte sie sich nicht. Irmchen war noch klein und stellte sich schnell auf neue Gegebenheiten ein. Anders sah es bei Thomas aus. Katja war klar, dass er den neuen Mann im Leben seiner Mutter nicht so leicht verkraften würde. Der Jun-

ge hatte an seinem Vater gehangen und dessen Tod noch immer nicht verwunden. Gerade darum scheute Katja ja davor zurück, ihn jetzt einfach vor vollendete Tatsachen zu stellen. Aber sie wusste, dass die Zeit drängte. Sie musste bald handeln, sollte es nicht zu spät sein.

Florian blies bald zum Aufbruch, immerhin mussten sie den ganzen Weg ja auch wieder zurückgehen und das war für die Kinder schon eine recht weite Strecke. Natürlich musste Irmchen auf dem letzten Stück getragen werden. Erschöpft und glücklich trafen sie am Abend wieder auf dem Hof ein, nachdem sie Fabian zu Hause abgeliefert hatten. Resl erwartete sie schon mit einem Topf voller Gulasch und Nudeln.
»Na, wie war's?«, erkundigte sie sich.
»Schön«, antwortete Katja, »und anstrengend«.
Die Kinder sagten vor lauter Müdigkeit gar nichts mehr – darum brachte Katja sie gleich nach dem Essen ins Gästehaus hinüber und steckte sie ins Bett.
»Das Duschen lassen wir ausnahmsweise ausfallen«, ordnete sie an. »Nur Zähneputzen.«
Irmchen war so müde, dass sie keine Gutenachtgeschichte mehr brauchte, um auf der Stelle einzuschlafen.
Selbst Thomas hielt sein Comicheft nur noch mühsam in den Händen. Katja nahm es und legte es beiseite. Dann gab sie ihrem Sohn einen Kuss.
»Gute Nacht, mein Großer. Schlaf schön und träum was Süßes.«

»Du auch, Mami«, gähnte er und drehte sich auf die Seite.
Katja blieb noch einen Moment im Zimmer, dann ging sie wieder zu Resl und Florian hinüber. Der Bauer wedelte mit einem Blatt Papier.
»Jetzt scheint's anzulaufen«, verkündete er freudestrahlend. »Hier sind zwei Reservierungen für die nächste Woche.«
»Das ist ja klasse!«, freute sich Katja mit ihm.
Sie bediente sich noch einmal von dem Gulasch, das Resl wieder heiß gemacht hatte.
»Dann wollen wir mal hoffen, dass es so weitergeht«, sprach sie ihren Wunsch aus.

Später am Abend lag Thomas wach in seinem Bett. Er wusste nicht, was ihn geweckt hatte, aber er konnte nicht wieder einschlafen. Ruhelos wälzte er sich hin und her. Dabei ging ihm vieles durch den Kopf.
Zuerst hatte es ihm ja überhaupt nicht gefallen, dass sie hierher gefahren waren. Ferien auf dem Bauernhof – was war das schon gegen eine Fußballfreizeit mit all seinen Freunden!
Doch inzwischen hatte er an diesem Urlaub Gefallen gefunden. Das hatte auch mit Fabian zu tun, der ein echt prima Kumpel war. Und Fußball spielen konnte er auch.
Aber Florian Reidinger konnte Thomas nicht richtig einordnen. Anfangs hatte er ihn überhaupt nicht gemocht, doch mittlerweile fand er ihn ganz nett. Er hatte ja sogar extra die Winnetoubücher für ihn vom Dachboden geholt und ihn den Traktor lenken lassen. Eigenlich schien er in Ordnung zu sein,

wenn er nur nicht … ja, wenn er nur nicht die Mama immer so merkwürdig angucken würde.
Der Bub ahnte kaum, was in den Erwachsenen vorging, aber er spürte instinktiv, dass sich zwischen seiner Mama und dem Bauern etwas anbahnte, so wie vielleicht früher zwischen seinen Eltern.
Und natürlich kannte er auch das Wort Liebe – in der Schule amüsierten sich die Jungs über die kichernden Mädchen, die sie aber insgeheim doch nicht ganz so doof fanden, wie sie vor den Kameraden taten. Aber etwas anfangen konnte Thomas damit nicht. Und schon gar nicht wusste er, dass man dieses schleichende Gefühl, das in einem aufstieg und schlechte Laune machte, Eifersucht nannte, obwohl es genau das war, was er jetzt empfand: Eifersucht auf den Mann, der dabei war, ihm die Mama wegzunehmen und dafür sorgen wollte, dass sie den toten Papa vergaß!

Thomas musste an Henrik denken, einen Freund aus dem Fußballverein. Dessen Eltern hatten sich scheiden lassen. Henrik war bei seiner Mama geblieben und der Papa in eine andere Stadt gezogen. Irgendwann hatte dann Henriks Mutter einen anderen Mann kennengelernt und ihn schließlich geheiratet. Und sein neuer neuer Vater war für Henrik ein wahrer Horror geworden. Zuerst hatte er dem Jungen verboten, seinen richtigen Vater zu erwähnen und dann durfte Henrik ihn auch nicht mehr besuchen.Thomas erinnerte sich gut, wie sein Freund einmal tränenüberströmt zum Training gekommen war.

Und genau das würde ihm auch geschehen, wenn Mama Florian heiraten sollte, davon war Thomas überzeugt.
Und der Gedanke machte ihm fürchterliche Angst!
Er richtete sich in seinem Bett auf und rang nach Luft. Sein kleines Herz hämmerte in der Brust und der Puls jagte das Blut durch die Adern.
Als er sich endlich wieder beruhigt hatte, kletterte Thomas aus dem Bett. Er musste unbedingt auf der Stelle mit Mama sprechen und ihr sagen, dass sie Florian nicht heiraten durfte.

Er warf einen besorgten Blick auf seine Schwester. Aber Irmchen schlummerte sanft und selig in ihrem Bett und bekam nicht mit, wie ihr Bruder aufstand und aus dem Zimmer schlich.
Gott sei Dank brannte im Flur ein kleines Licht, sodass es dort nicht ganz düster war. Und Mamas Zimmer war ja gleich gegenüber. Der Junge horchte einen Moment an ihrer Tür, dann drückte er die Klinke herunter.
»Mama?«, rief er leise. »Mama, ich kann net schlafen.«
Keine Antwort.
Durch den Türspalt fiel nur wenig Licht, aber genug, um zu erkennen, dass das Bett seiner Mutter leer war.
Ihn durchfuhr ein eisiger Schreck – seine Mama war fort!
Doch dann überlegte er, dass sie bestimmt noch drüben im Bauernhaus war. Mama würde doch ihn und Irmchen nicht einfach so verlassen.

Thomas schaute an sich herunter. Er hatte nur seinen Schlafanzug und seine Hausschuhe an. Wahrscheinlich würde Mama schimpfen, wenn er damit über den Hof lief, aber das war jetzt auch egal.
Er ging zur Haustür und öffnete sie. Draußen schien der Mond und über dem Hauseingang brannte eine Lampe. Thomas nahm all seinen Mut zusammen und lief schnell über den Hof zum Haupthaus hinüber. Die Tür war nicht abgeschlossen, er öffnete und trat in die Diele, wo die Erwachsenen sicher sitzen würden. Aber die Stühle um den großen Tisch waren leer.
Thomas schluckte und dachte nach.
Wenn sie nicht hier waren, wo dann?
Im Wohnzimmer – natürlich!
Er ging hinüber, aber auch dort war niemand.
Langsam bekam Thomas Angst.
War er etwa ganz allein hier im Bauernhaus? Das konnte doch nicht sein!
Wo steckten die denn bloß?
Er schlich zu Resls Zimmer und lauschte an der Tür. Ganz deutlich war ein lautes Schnarchen zu hören. Resl lag also in ihrem Bett.
Aber wo war Mama?
Zwei Türen weiter befand sich Florians Schlafzimmer. Die Tür war nur angelehnt, dahinter schimmerte Licht. Thomas stockte der Atem, als er die Stimme seiner Mutter hörte. Vorsichtig schob er die Tür ein Stück weiter auf und schaute in den Raum.

Mama lag neben Florian im Bett, so wie sie früher neben Papa gelegen hatte und sie hielten sich genauso im Arm!
Thomas konnte kein Wort herausbringen. Er stand nur da und belauschte zitternd die beiden Erwachsenen.

11. KAPITEL

Verschiedene Pläne

Nach dem Abendessen und dem obligatorischen Spaziergang hatten Katja und Florian noch ein Weilchen mit Resl zusammengesessen, etwas getrunken und besprochen, wie sie den Betrieb und das Zusammenleben organisieren sollten, wenn Katja mit den Kindern auf den Hof gezogen wäre. Die alte Magd freute sich schon darauf, etwas entlastet zu werden. Denn es bedeutete doch eine Menge zusätzlicher Arbeit, wenn Feriengäste auf dem Hof wohnten. Und man wusste ja noch gar nicht, wie sich das alles entwickeln würde. So oder so aber musste Essen gekocht werden und die Zimmer mussten gesäubert und die Bettwäsche und Handtücher gewaschen werden.

»Ich denk', in einem Jahr hat sich das alles eingespielt«, meinte Florian, als sie das Thema anschnitten.

»Wir teilen uns die Arbeit«, sagte Katja zu der Magd. »Wenn du das Kochen übernimmst, kümmere ich mich um die Zimmer und alles andere.«

»Aber zuallererst müsst ihr überhaupt mal herziehen«, stellte Florian fest. »Ich kann es gar nicht erwarten, bis es soweit ist. Zu dumm, dass ich im Moment keine Zeit hab', sonst würd' ich mitkommen, wenn ihr heimfahrt und euch beim Umzug helfen.«

Katja lächelte.

»Das weiß ich doch, Florian«, sagte Katja. »Aber ich hab' genug Freunde, die mir bei allem helfen werden.«

Er schaute sie nachdenklich an.

»Wirst du sie nicht vermissen?«

Die junge Frau zuckte die Schultern.

»Vielleicht«, meinte sie. »Aber dass ich fortziehe, muss ja net das Ende der Freundschaft bedeuten. So groß ist die Entfernung nun auch wieder net. Und vielleicht kann ich die einen oder anderen überreden, hier bei uns ihren Urlaub zu verbringen.«

Resl zog fröstelnd ihre Strickjacke enger um sich.

»Mir wird kalt«, sagte sie. »Ich geh' hinein.«

Sie wünschte eine gute Nacht und ging ins Haus. Katja und Florian blieben noch auf der Bank sitzen und hielten sich an den Händen.

»Zwei Tage noch«, sagte der Bauer düster.

Katja schluckte schwer.

»Hör auf, mir wird ganz schlecht, wenn ich nur dran denk'.«

Florian zog sie in seine Arme und drückte sie fest an sich.

»Am liebsten würd' ich dich gar net fortlassen«, flüsterte er. »Aber ich weiß ja, es muss sein.«

Katja stand auf.

»Willst du schon schlafen geh'n?«, fragte er.

Die Enttäuschung in seiner Stimme war nicht zu überhören.

Katja schüttelte den Kopf und lächelte hintergründig.

»Nicht ins Gästehaus«, sagte sie.
Er brauchte einen Moment, bis er begriff.
»Du meinst … du …?«
Sie nickte. »Ist vielleicht die einzige Gelegenheit, die wir haben. Wir sollten sie nicht ungenutzt vorübergehen lassen.«
Mit einem tiefen Seufzer drückte er sie an sich und küsste sie. Dann gingen sie ins Haus und schlichen auf Zehenspitzen in sein Schlafzimmer.
Alles in ihr bebte, als Florian ihr den Pullover hochzog und über den Kopf streifte. Sie knöpfte sein Hemd auf und küsste seine Brust, während seine Finger den Verschluss ihres BHs suchten.
Langsam ließen sie sich auf das Bett gleiten. Sie wussten, dass sie in dieser Nacht alle Zeit der Welt haben würden. Niemand würde sie stören, wenn sie ihren Gefühlen und ihrer Leidenschaft freien Lauf ließen.
Es war Ewigkeiten her, dass Katja einen Mann so gespürt hatte. Florian war ein wunderbar zärtlicher Liebhaber, der auf ihre Wünsche einzugehen wusste, noch ehe Katja sie geäußert hatte. Sie bewegten sich in einem identischen Rhythmus, so als würden Meereswellen gegen das Ufer schlagen und dann explodierte es in ihnen und um sie herum versank die Welt.
»Mein Gott, wie ich dich liebe!«, keuchte Florian erschöpft.
»Ich liebe dich auch«, flüsterte Katja glücklich. Lange hatte sie ein solches Erdbeben nicht mehr erlebt.

Als sie sich ein wenig ausgeruht hatten, stand Florian auf und kam mit einer Weinflasche und zwei Gläsern wieder zurück. Sie tranken einen Schluck und lachten glucksend, als sie an Resl ein paar Türen weiter dachten. Am Bett brannte nur die kleine Nachttischlampe.

»Du musst aber bald mit den Kindern sprechen«, mahnte Florian.

Er legte sich auf den Rücken und legte seinen Arm um sie. Katja bettete ihren Kopf auf seine Brust.

»Ja, mein Lieber«, antwortete sie. »Morgen nehme ich mir Zeit dafür. Ich hoffe nur, Thomas wird mich verstehen.«

»Er ist ein großer Junge und wird begreifen, dass du nicht den Rest deines Lebens allein bleiben willst. Außerdem bekommt er doch einen neuen Vater.«

»Schon, ich glaub' auch, dass das nicht das größte Problem ist, sondern eher die Trennung von seinen Freunden in der Schule und im Fußballverein.«

»Freilich wird's net leicht für ihn, aber früher oder später wird er sich dran gewöhnen.«

Florian griff zu seinem Glas.

»Willst du auch noch?«, fragte er.

Katja schüttelte den Kopf.

»Nein, besser nicht«, sagte sie. »Ich fürcht', ich muss jetzt auch hinüber geh'n, damit ich noch ein paar Stunden Schlaf bekomm'. Außerdem will ich drüben sein, wenn die Kinder aufwachen. Und heut' sind s' garantiert zeitig dran, weil sie so früh ins Bett gegangen sind.«

Florian lächelte träumerisch.

»Wenn wir erst einmal verheiratet sind, brauchen wir uns net mehr zu verstecken.«
»Ich freu' mich schon drauf«, sagte Katja und schlug die Bettdecke zurück.

Thomas floh in diesem Moment von seinem Lauschposten, als wäre der Teufel hinter ihm her. Mit rasendem Herzen kam er im Gästehaus an. Irmchen schlief fest. Thomas legte sich in sein Bett und wartete angstvoll ab.
Hatte er sich vielleicht durch irgendein Geräusch verraten? Wussten sie, dass er gelauscht hatte? Wenn es so war, würde jeden Moment die Tür aufgehen und seine Mutter würde hereinkommen und ihn zur Rede stellen!
Er schloss die Augen und stellte sich schlafend. Nach paar Minuten öffnete sich die Tür tatsächlich und seine Mutter schaute herein. Thomas sah sie durch seine halb geschlossenen Lider. Sie blickte erst zu Irmchens Bett, dann zu ihm herüber und schloss die Tür dann leise wieder.
Thomas atmete auf.
Noch mal Glück gehabt!
Doch sofort wich die Erleichterung tiefer Verzweiflung. Es war also genauso, wie er befürchtet hatte – Mama würde Florian heiraten und er bekam einen neuen Papa. Sie würden hierher ziehen und er musste all seine Freunde zurücklassen!
Tausend Gedanken schossen dem Jungen durch den Kopf, doch am Ende kristallisierte sich ein einziger ganz klar heraus:

Mama hatte ihn einfach nicht mehr lieb! Es konnte gar nicht anders sein, sonst würde sie ihm so etwas nicht antun!
Immer wieder dachte der verstörte Bub darüber nach, und endlich reifte in ihm ein kühner Entschluss: Er würde fortlaufen. Noch in dieser Stunde. Wenn Mama ihn nicht mehr lieb hatte, dann brauchte er auch nicht hierzubleiben. Dann konnte er fortgehen, irgendwohin, wo ihn niemand suchte. Und er würde erst dann zurückkommen, wenn Mama Florian nicht heiratete und wenn sie mit Irmchen und ihm in der Stadt wohnen bliebe!

12. KAPITEL

Ein folgenreicher Entschluss

Als ihm die ganze Tragweite seines Entschlusses bewusst wurde, stockte Thomas für einen Moment der Atem. Aber er sah keinen anderen Ausweg.

Leise stand er wieder auf und zog sich an. Draußen war es kalt, das hatte er bemerkt, als er über den Hof geschlichen war. Also musste er sich jetzt etwas Warmes anziehen. Am besten die Sachen, die er auf der Bergtour getragen hatte.

Und etwas zu essen brauchte er!

Hastig schrieb er noch ein paar Zeilen für seine Mutter auf einen Zettel, den er auf sein Bett legte.

Dann schlich er auf Zehenspitzen aus dem Zimmer und dem Gästehaus und öffnete kurz darauf die Tür zum Haupthaus. Die Speisekammer lag hinter der Küche. Dort griff er sich ein paar Semmeln aus einem Korb und stopfte sie in einen Leinenbeutel, der an der Tür hing. Jetzt noch etwas von der Salami und ein Stückchen Käse.

Fehlte noch was?

Ja, eine Flasche Wasser musste auch mit.

Endlich war er dann wieder draußen, rannte über den Hof und die Straße hinauf.

Er keuchte und sein kleines Herz schlug vor Aufregung, als er die Straße verließ und den Hang hochkletterte, der zum Bergwald hinaufführte. Inzwischen hatte die Morgendämmerung eingesetzt und es war nicht mehr ganz so finster. Thomas beruhigte sich allmählich und auch seine Angst, entdeckt zu werden, legte sich.

Nur einmal schluchzte er unwillkürlich auf, als er an seine Mutter dachte.

Aber sie war ja selbst Schuld! Sollte sie ruhig mal merken, wie weh das tat, wenn er nicht mehr da war. Vielleicht sah sie dann endlich ein, dass nur sie drei, Mama, Irmchen und Thomas, zusammengehörten und dass da für niemand anderen mehr Platz war.

Als die Sonne aufging, hatte er, ohne sich zu verlaufen, die alte Jagdhütte erreicht. Thomas war stolz auf seinen guten Orientierungssinn, immerhin war er ja erst einmal hier heraufgekommen.

Er ging hinein, ließ aber die Fenster geschlossen und nur die Tür einen Spalt breit geöffnet, damit etwas Licht hereinfiel. Dann aß er ein Stück Semmel und etwas Käse und trank einen Schluck Wasser. Hundemüde reckte er dann die Arme und legte sich auf das Feldbett. Es dauerte nicht lange, bis er eingeschlafen war.

Auf dem Reidingerhof waren unterdessen Florian und Resl schon aufgestanden und hatten ihre morgendlichen Arbeiten erledigt.

Der Bauer trank nur eine Tasse Kaffee, denn Frühstück sollte es erst geben, wenn Katja und die Kinder aufgestanden waren.

»Wie hast dir denn den Umbau gedacht?«, wollte die Magd wissen.

Gestern hatte Florian kurz erwähnt, dass er das Haus umbauen wollte, während Katja noch in der Stadt war.

»Ich würd' gern den kompletten ersten Stock für uns als Wohnung ausbauen«, weihte Florian Resl in seine Pläne ein. »Ich will dir ja net zumuten, in deinem Alter noch Treppen steigen zu müssen …«

»Danke«, entgegnete sie. »Aber ich bin allemal schneller als du.«

»Im Ernst«, sagte Florian. »Die Wohnstube hier unten bleibt natürlich. Aber oben werden die Kinderzimmer sein und unser Schlafzimmer. Platz genug ist da ja.«

In diesem Augenblick wurde die Haustür aufgestoßen, und Katja stürmte mit kreidebleichem Gesicht herein. In der Hand hielt sie einen Zettel.

»Thomas ist weg!«, schrie sie.

Florian und Resl schauten sie fragend an.

»Wie weg?«, fragte der Bauer.

»Fortgelaufen! Hier!«

Sie reichte ihm den Abschiedsbrief, den der Junge geschrieben hatte. Florian las ihn und schüttelte den Kopf.

»Was ist denn nur in ihn gefahren?«, rief er.

Katja schossen die Tränen in die Augen.
»Es ist nur meine Schuld«, schluchzte sie. »Ich hätt' net so lang' damit warten dürfen, es ihm zu sagen.«
Florian nahm sie in die Arme.
»Beruhig dich«, sagte er sanft und strich ihr übers Haar. »Wir werden ihn schon finden. Ich versprech's dir!«
Er wandte sich an die Magd.
»Kümmerst du dich um Irmchen?«
»Freilich«, nickte Resl und ging sofort zum Gästehaus hinüber.
Florian drückte Katja auf einen Stuhl und goss ihr eine Tasse Kaffee ein.
»Trink erstmal einen Schluck.«
Ihre Hand zitterte, als sie die Tasse zum Mund führte.

Sie war früh aufgewacht und hatte gleich ein merkwürdiges Gefühl gehabt.
Und als sie dann in das Zimmer der Kinder gekommen war, hatte ihr das leere Bett ihres Sohnes sofort einen gehörigen Schreck versetzt. Einen Moment lang hatte sie noch angenommen, er sei schon ins Bad gegangen, aber da war er nicht. Und dann war ihr aufgefallen, dass auch die Sachen fehlten, die Thomas gestern getragen hatte. Als sie dann seine Nachricht gefunden und gelesen hatte, wäre fast ihr Herz stehen geblieben.
Jetzt wusste sie, was diese Blicke bedeuteten, die Thomas ihr und Florian in den letzten Tagen zugeworfen hatte. Er war

längst dahinter gekommen, was da zwischen seiner Mutter und dem Bauern geschah. Und nun setzte er ihr ein Ultimatum. Katja war froh, dass Irmchen noch schlief. Sie wollte ihr so lange wie möglich die ganze Aufregung ersparen.

»Wo kann er nur hingegangen sein?«, überlegte Florian. »Und wieso weiß er überhaupt von unseren Plänen?«

»Er wird uns belauscht haben«, vermutete Katja.

Sie stand auf und lief aufgeregt hin und her.

»Ich mach' mir solche Vorwürfe!«

»Dafür ist jetzt keine Zeit«, sagte er. »Lass uns lieber überlegen, was wir jetzt unternehmen.«

»Wir müssen die Polizei alarmieren«, verlangte Katja. »Ein achtjähriger Junge, so ganz allein, der muss doch jemandem aufgefallen sein. Irgendwer hat ihn bestimmt geseh'n.«

Der Bauer guckte zweifelnd.

»Möglich schon, aber ich glaub' net, dass er nach Kirchdorf gegangen ist. Er schreibt doch, dass er wiederkommen wird, wenn du dich so entschieden hast, wie er sich das wünscht. Ich könnt' mir also viel eher vorstellen, dass er sich hier irgendwo in der Nähe versteckt.«

»Vielleicht ist er bei Fabian!«, rief Katja.

»Meinst du? Ich ruf mal an.«

Da kamen Resl und Irmchen hereinmarschiert. Die Magd lenkte das Mädel ab und tatsächlich schien die Kleine ihren Bruder noch gar nicht zu vermissen.

Florian legte den Telefonhörer wieder auf.

»Fabian ist zu Haus«, erklärte er. »Und Thomas war seit zwei Tagen net mehr bei ihnen auf dem Hof.«

»Ich kann hier net untätig herumsitzen«, sagte Katja. »Wir müsen ihn suchen!«
»Freilich müssen wir das«, sagte Florian. »Aber es bringt nix, wenn wir hier hektisch umeinand'rennen. Also, wo könnt' er stecken?«
»Vielleicht ist er zur Hütte gelaufen«, überlegte Katja. »Da hat es ihm doch so gut gefallen.«
»Ja«, nickte der Bauer, »das könnt' gut sein. Los, zieh dir feste Schuhe an und dann fahren wir hinauf.«

Irmchen hatte Resl zum Hühnerhof begleitet, um dort mit ihr die frisch gelegten Eier zu holen.
So fiel es ihr gar nicht auf, dass Katja und Florian aus dem Hof fuhren.
Sie brauchten nicht lange bis zu dem schmalen Waldweg, der zu der Lichtung führte, auf der die Hütte stand.
Ihnen bot sich ein romantisches Bild, denn die warmen Sonnenstrahlen ließen den Waldboden dampfen. Irgendwo rief ein Kuckuck und geradewegs vor ihren Füßen huschte ein Eichhörnchen über den Weg und raste einen Baumstamm hinauf.
Aber Katja war nicht nach Romantik zumute, sie war erfüllt von der Angst um ihren Sohn.
Endlich standen sie vor der Hütte.
»Die Läden sind geschlossen«, stellte Florian fest, »aber das muss nix heißen.«
»Die Tür steht auf.«

Katja öffnete sie ganz und rief in den Raum hinein: »Thomas? Bist du hier?«
Keine Antwort.
Florian folgte ihr in die Hütte und stieß ein Fenster auf, um Licht hereinzulassen.
Dann schaute er sich um.
»Aber er war hier«, sagte er und deutete auf den Tisch. Brotkrümel lagen da und ein Stück Käserinde. »Nur er ist uns wieder entwischt.«
»Aber wo ist er von hier aus hin?«, fragte Katja. »Er ist uns ja net entgegengekommen ...« Aber im selben Augenblick erinnerte sie sich daran, wie ihr Sohn Florian gefragt hatte, wohin denn dieser Pfad führe ...
Der Bauer nickte düster, als hätte er ihre Gedanken erraten.
»Ja«, sagte er, »wir müssen zurück und die Bergwacht alarmieren. Wenn Thomas tatsächlich auf dem Weg zum Gipfel ist, dann kann nur noch sie helfen!«

Als er aufgewacht war, hatte Thomas im ersten Moment nicht gewusst, wo er sich befand. Aber dann war die Erinnerung zurückgekehrt. Lange würde er hier nicht bleiben können, denn früher oder später würden sie nach ihm suchen und dann bald auch hierher kommen. Er musste weiter.
Darum war er aufgestanden und hatte sich an den Tisch gesetzt. Aus dem Leinenbeutel hatte er die Reste seines Proviants hervorgekramt und hastig gefrühstückt. Nachdem er die halbleere Wasserflasche draußen am Gebirgsbach wieder aufgefüllt

hatte, machte er sich daran, den verbotenen Pfad hinaufzusteigen.

Der führte zwar recht steil bergan, aber zunächst konnte Thomas nicht verstehen, was daran so gefährlich sein sollte. Er kam jedenfalls gut voran.

Es ging immer weiter hinauf. Schon hatte er den Wald hinter sich gelassen und befand sich auf einer großen Geröllhalde. Unter seinen Füßen rutschten einige lose Steine weg und rollten den Hang hinunter. Thomas fand Spaß daran und gab auch ein paar größeren Brocken einen kräftigen Tritt, damit sie abwärts kugelten, wobei sie eine ganze Menge kleinerer Steine mit sich rissen.

Er kletterte weiter. Über ihm ragte der Berg riesig in die Höhe, sein Gipfel verschwand fast in den Wolken. Es war merklich kühler geworden. Und noch etwas hatte sich verändert: Die Sonne war hinter einer dicken, grauen Wolkenwand verschwunden und in der Ferne rollte ein kräftiger Donner.

Nun erschrak der Bub aber. Ein Unwetter in den Bergen, das war gefährlich, hatte Florian erzählt und Thomas glaubte ihm das jetzt aufs Wort. Er erinnerte sich daran, dass der Bauer gesagt hatte, dass man sich in einem solchen Fall unbedingt einen Unterschlupf suchen sollte.

Er sah sich ängstlich um. Weit und breit gab es hier nichts, wo er Schutz gefunden hätte, keine Hütte und nicht einmal eine Höhle, in die er sich hätte flüchten können.

Und dann fielen die ersten dicken Tropfen. Der Bub schrie entsetzt auf, als plötzlich ein greller Blitz über den pechschwarzen Himmel zuckte, und gleich darauf ertönte mit ei-

nem gewaltigen Krachen der Donner, der von den Felsen als vielfaches Echo zurückgeworfen wurde.
War Thomas vor einer Weile noch noch der abenteuerliche Held gewesen, der die Welt erobern wollte, so wünschte er sich jetzt nichts sehnlicher, als auf dem schönen Reidingerhof zu sein und sich in die warmen Arme seiner Mutter kuscheln zu können. Weinend kletterte er weiter, bis er einen schmalen Felsvorsprung entdeckte, unter dem er sich zitternd an den kalten Stein presste. Unter fürchterlichem Geblitze und Donnern peitschte der Regen heulend an den Berg. Thomas hielt sich die Ohren zu, schloss die Augen und schrie aus Leibeskräften nach seiner Mama.

Katja kam halb um vor Angst um ihren Sohn. Als sie auf den Hof zurückkamen, brach das Unwetter gerade los. Florian rief die Bergwacht an und meldete das vermisste Kind, das vermutlich unterwegs zum Gipfel war. Toni Birchler versprach, sofort einen Hubschrauber loszuschicken, sobald das Gewitter abflaute.
»Aber der Bub ist ganz allein da droben am Berg!«, drängte Florian.
»Schon, Florian, aber was soll ich machen?«, fragte Toni. »Bei diesem Wetter kann die Maschine net starten. Das weißt' doch selbst.«
Natürlich wusste Florian Reidinger das. Er war ja selbst Mitglied der Bergwacht.
Katja, die mitgehört hatte, schossen die Tränen in die Augen.

Florian nahm sie fest in seine Arme. »Ich mach' mich sofort auf den Weg«, sagte er.
»Ich komme mit«, antwortete sie entschlossen.
»Nein, du bleibst hier«, schüttelte er den Kopf. »Das ist viel zu gefährlich.«
»Es ist mein Sohn, um den es geht!«, beharrte sie, und ihre Stimme duldete keinen Widerspruch.
»Also gut«, gab Florian nach. »Aber wir müssen uns was Anderes anziehen.«
Zehn Minuten später waren sie wieder unterwegs. Jetzt trugen sie Regenkleidung und festes Schuhwerk. Resl war mit Irmchen in ihre Kammer gegangen, um alte Fotoalben anzuschauen und Katja war froh, dass sie sich jetzt nicht um ihre Tochter kümmern musste.

Florian hatte sein Sprechfunkgerät mitgenommen, um sofort Verbindung mit dem Hubschrauberpiloten aufnehmen zu können, wenn das Gewitter abgezogen war. Jetzt schaltete er das Gerät ein.
»Kirchdorf 2«, rief er, »hörst du mich?«
»Hier Kirchdorf 2«, meldete sich der Pilot mit der Kennung seines Helikopters. »Bist du's, Florian?«
»Ja, Georg«, antwortete der Bauer. Er hatte die Stimme seines Freundes Georg Burger erkannt und informierte ihn:
»Der Bub ist vermutlich zum Gipfel hinauf. Ich weiß net genau, in welcher Höhe er sich befindet. Möglicherweise unterhalb des Kreuzerhorns.«

»Okay, ich schau's mir mal an.«
Sobald sie aus dem Bergwald heraus waren, sahen sie den Hubschrauber wie ein kleines Insekt am Berg kreisen.
»Wie ist der Junge bloß da hinaufgekommen?«, wunderte sich Katja voller Sorge.
»Das ist erst einmal gar net so schwierig«, erklärte Florian. »Erst wenn er über die Geröllhalde hinweg ist, wird's gefährlich. Dann ist ihm der Rückweg abgeschnitten, weil jeder falsche Schritt eine Steinlawine auslösen kann.«
In seinem Funkgerät krächzte es. Florian hielt es an seinen Mund und drückte auf die Sprechtaste.
»Hallo Georg, hast du was?«
»Ich glaub' ja«, kam die Antwort. »Er scheint tatsächlich unterm Kreuzerhorn zu stecken. Allerdings komm' ich da net runter.«
Florian überlegte einen Moment.
»Kannst' uns aufnehmen?«, fragte er dann.
»Freilich«, antwortete der Pilot. »Wo steckt ihr denn?«
Florian gab ihm ihre Position durch und wenig später schwebte der Hubschrauber über ihren Köpfen. Die Seitentür öffnete sich, und ein Drahtseil wurde herabgelassen, an dem eine Art Sitzschale befestigt war. Florian half Katja hinein und schnallte sie an.
»Keine Angst«, beruhigte er sie.
Dann gab er dem Piloten das Zeichen, Katja heraufzuziehen. Keine zwei Minuten später saß auch er in dem Hubschrauber. Florian ging nach vorne zum Piloten und schaute durch das Fernglas.

»Siehst du ihn?«, rief Katja.
Sie waren etwas höher gestiegen. Florian richtete das Glas auf die Felsen unter sich. Da entdeckte er die kleine Gestalt unter dem Felsvorsprung.
»Dort unten«, sagte er und reichte Katja das Glas.

Georg Burger ließ den Hubschrauber auf der Stelle schweben. Florian ging zum Ausstieg und setzte sich wieder in den Sitz. Auf einen Knopfdruck hin glitt das Seil nach unten. Als er am Boden angekommen war, winkte er Thomas zu, der die ganze Aktion mit weit aufgerissenen Augen verfolgte.
Ganz vorsichtig kletterte Florian zu dem Jungen hin.
»Keine Angst, Thomas«, rief er ihm aufmunternd zu. »Gleich bist' gerettet.«
Er griff sich die kleine Hand und zog den Jungen an sich.
»Na, bist' schon mal Helikopter geflogen?«, fragte er ihn.
Der Bub schüttelte den Kopf.
»Du wirst staunen, wie toll das ist. Du hast doch keine Angst, oder?«
Wieder ein Kopfschütteln.
Angst hatte er nicht, der kleine Bursche. Höchstens vor der Standpauke, die seine Mama ihm halten würde. Aber das war im Moment auch egal.
Hauptsache, er kam endlich von dem Berg weg. Ihm war kalt und die nassen Sachen klebten ihm auf der Haut. Er sehnte er sich nur noch nach seiner Mama.
Florian kletterte in den Sitz und nahm Thomas auf den

Schoß. Dann schnallte er sich und den Jungen fest und gab dem Piloten das Zeichen.
»Okay, Georg, zieh uns rauf.«
Thomas krallte sich zwar an Florians Armen fest, aber es war verflucht aufregend, so in der Luft zu schweben.

Oben griffen Arme nach ihm und trotz des Lärms der Rotoren hörte er den Freudenschrei seiner Mutter, als sie seine Hände packte. Sie drückte ihn an sich, überhäufte sein schmutziges Gesicht mit Küssen und wollte ihn gar nicht mehr loslassen.
Florian half ihm auch aus dieser Patsche, indem er ihm einen Becher mit heißem süßem Tee aus dem Notfallkoffer reichte. Oft hatten in Bergnot geratene Leute einen Schock, der eine Unterzuckerung auslösen konnte.
»Trink schön langsam, mein Junge«, riet Florian.
Thomas gehorchte, dann sah er seine Mutter und und seinen Retter an.
»Ich hab' was ziemlich Dummes gemacht, gelt?«, fragte er.
»Ach, wenn schon«, beruhigte Katja ihn. »Hauptsache, du bist gesund.«
Der Kleine biss sich auf die Lippe.
»Und ihr seid mir wirklich net bös'?«
Sie schüttelten gleichzeitig die Köpfe. Florian strich dem Bub übers Haar.
»Nein, das sind wir net«, versicherte er ihm, »aber ich möcht' dich was fragen …«

»So? Was denn?«
»Bist du einverstanden, dass ich deine Mama heiraten will?«
Ein leises Lächeln huschte über das Gesicht des Jungen, als er heftig nickte.
»Ihr sollt es net bereuen«, beteuerte Florian. »Ich will ein guter Vater sein und dir, Katja, ein guter Mann.«
»Das wirst du bestimmt«, nickte sie glücklich und küsste ihn.

ENDE

2 CD
Ein Kuss im Kornfeld
Die schönsten Hits aus
Bauer sucht Frau
RTL